全国少数民族文学创作骏马奖获奖作家作品精选集

作品精选

东西 主编

QUANGUO SHAOSHU MINZU WENXUE CHUANGZUO JUNMAJIANG HUOJIANG ZUOJIA ZUOPIN JINGXUANJI

于晓威

作品精选集

广西民族出版社
Gvangjsih Minzcuz Cuzbanjse

《全国少数民族文学创作骏马奖获奖作家作品精选集》
丛书编委会

作者简介

于晓威，1970年生。辽宁省作家协会副主席、小说创作委员会主任。曾任《鸭绿江》杂志主编。在《收获》《十月》《上海文学》《钟山》《作家》等数十种文学刊物发表中短篇小说一百多万字。著有小说集《L形转弯》《勾引家日记》《午夜落》《羽叶茑萝》《陶琼小姐的1944年夏》及长篇小说《我在你身边》等。获第九届全国骏马奖、十月文学奖、《民族文学》年度奖、《鸭绿江》年度奖、辽宁文学奖及辽宁省优秀青年作家奖等。作品被翻译成日、韩、西班牙文等多种文字。

#《全国少数民族文学创作骏马奖获奖作家作品精选集》

序 言

◎ 邱华栋（中国作家协会党组成员、副主席、书记处书记）

这是一套获得全国少数民族文学创作骏马奖（简称骏马奖）的作家作品精选集。骏马奖是由中国作家协会和国家民族事务委员会共同举办的，旨在奖励全国少数民族文学创作优秀成果的国家级最高奖项。骏马奖自1981年创立至今，已连续评选13届，对推动中国少数民族文学创作和提高优秀民族作家创作积极性产生了良好效果。这一奖项的设立，体现了党和国家的民族政策，体现了中华各民族的大团结，体现了各民族文学交流互补、共同繁荣的盛世气象，对中国的改革开放和祖国的统一发挥着积极的推动作用。

党的十八大以来，各民族作家在文学作品中自觉弘扬中华优秀传统文化，中华民族共同体意识显著增强，都在努力讲好中华民族共同体故事；继承和发扬爱国主义传统，自觉维护祖国统一、民族团结。许多作品展现了中国式现代化文明的新成果，全面、及时反映民族地区的发展变化以及中国式现代化的伟大成就，引发各族人民的共鸣、共情。

此次广西民族出版社推出的《全国少数民族文学创作骏马奖获奖作家作品精选集》，主要收录党的十八大以来，历届骏马奖获奖作家中的部分优秀作家所创作的作品，以此推动我国少数民族文化建设，增强各民族读者的“五个认同”，推动各族人民相互了解、相互尊重、相互包容、相互欣赏、相互学习、相互帮助，像石榴籽一样紧紧抱在一起。相信这些弘扬主旋律，有正能量、有感染力，能够温润心灵、启迪心智的文学作品以丛书的形式集中推出，能起到推动新时代民族文学融入现代传播格局，加强民族文学阵地建设的作用。

精选集包括了八位作家的中短篇小说集和一位作家的散文小说合集。这九位作家都是当代极具实力的创作者。他们分别是：满族作家于晓威、回族作家石舒清、藏族作家梅卓、仡佬族作家肖勤、回族作家马金莲、壮族作家陶丽群、蒙古族作家鲍尔吉·原野、布依族作家潘灵、壮族作家黄佩华。所收录的作品可以视为这些优秀作家近年来的代表作。这些作品各具特色，思想性和艺术性都比较突出。

有些作家的作品，呈现的是一种普遍的人类境况，或具有民族共同体成员的普遍性特征，深入人的心灵世界。如满族作家于晓威专注于对人性或人的命运与境遇的勘探，其《裙子的那种蓝》将两位人物的复杂内心与行为动机通过有意无意间的只言片语揭示出来，余音袅袅。《马桶》表面写的是男性和女性的不同思维方式，但背后是人和人的隔阂与疏离的现实，以及对沟通与爱的渴望，而深潜其中的忏悔、内疚与辩解纠缠在一起，呈现出心理的幽暗、隐微与内在冲突。《L形转弯》里对人物心理复杂性的描述，借助对真相抽丝剥茧的层层推进于峰回路转中完成，对那种爱恨交织的幽微精神世界的把握举重若轻。

回族作家石舒清对普通人、边缘人命运的关注，使其作品获得了一种超越一时一地的具体事件的普遍性意义。《淘书纪事》中，摆旧书摊的人是为了谋生获利，而淘书的人当时只是为了乐趣和喜欢，两种看似完全不同类型的人竟因书产生了一种不自觉的紧密联系。那些摆旧书摊的人，他们的命运，他们人生的意义，就这样与一位写书的作家关联到了一起，作家记录他们的行迹，也是为了映照自己的人生，从而形成了一种奇特的共生关系。而其《九案》选取九件旧案为题材，反映人生的各种乖张错谬，在那些看似离奇怪异、不易理解的人和事背后，几乎都有一个共同点在指引着读者对作品的理解，即事与愿违。《淘来的故事》及《慢光阴》的命意和叙事策略与《九案》相仿。如《记工分》一篇，本来似乎是一句道歉就能解决的小事，竟因当事人的固执与偏狭，导致了家破人亡的惨案。令人唏嘘之余，却也引人沉思，到底是哪些不可逆料的因素参与导演了悲剧。

现代教育与文化的普及，产生了一个重要结果，就是女性和男性一样，受教育程度和文化水平普遍得到提高，即使是在偏远的少数民族地区也不例外，所以涌现一批批少数民族女作家也就是顺理成章的事情。藏族作家梅卓的小说多以传统的安多地区为背景，既有融合历史、传说与现实的魔幻叙事作品，也有书写社会和时代巨变引发的人们思想意识和行为模式的剧烈变化的现实力作。《神授·魔岭记》将在藏族、蒙古族等少数民族间广泛流传的英雄史诗《格萨尔》中的英雄除魔故事，与藏族少年阿旺罗罗成为神授传唱艺人的历程交叉叙述，形成一个有机的双线（复线）结构，表现的其实是普遍的人类命运及人类理想。《在阿庆与多拉雪山之间》里，年轻一代接受了现代的文化教育，已经不再将传统的信仰视为神圣不可动摇之物，像才让甚至有可能是表面装着相信，其实却是借机敛财。作家虽然故意以模棱两可之辞制造悬念，才让的不辞而别显然已道破玄机，而他在外乡办学校的传闻，又使故事的含义变得暧昧与多重。

仡佬族作家肖勤的小说多以乡村、基层干部和群众的生活为题材，充满人世间的烟火气，同时常常以“曲终奏雅”来收束全篇。《你的名字》以人的名字与身份、命运的关系为切入点，在一种貌似戏谑的笔调背后，是对正道与人情的呼唤。《所有的星星都有秘密》写的是关于农村合作医疗资金被套取的故事，属于反腐题材，但作家没有停留在事件的表面，而是深入表现故事背后人物复杂的关系与内心。《丹砂》里的堂祖公为人驱魔却驱不了自己的魔，但他其实是个真正的好人，喜欢说“收了米油在手，不如存了丹砂在心”，免费教村里的孩子认字。当然，故事的核心是，有些秘密即使已经不是秘密，也还当其是秘密才能减少对人的伤害。

回族作家马金莲的作品多以底层弱者为关注对象，描写贫穷对人生活与生命态度的影响，特别是含辛茹苦的妇女形象让人印象深刻。《醉春烟》用多重视角来反映复杂的人际关系，姐姐和男孩的成长具有象征意味。中篇小说《日夜之间》设置了类似悬念又不能完全称之为悬念的叙事障碍，主人公赫莲如来到偏僻的乡下山野，为的是要“杀”自己的父亲——一个怪人。但在与父亲的相处中，她逐渐改变了自己的认识和态度。在大自然和人类自然情感的相互作用下，她开始与父亲和解，同时与自己和解。《暂借》里年近四旬的李小梅，吃自助火锅时偶然与一位男青年坐在一桌，最后误打误撞被别人当成了他的“女朋友”。善良的她没有揭破真相，有一些瞬间甚至感到无由来的幸福。小说通过一个意外事件将人内心的微妙复杂展现出来，构思精巧。

如果说马金莲笔下多以女性形象为主，壮族作家陶丽群则更加专注于对女性人物与命运的描述，有些篇章对人物心理的刻画非常深入。在《母亲的岛》里，岛是母亲走向经济独立、获得自我新生的空间。那个从异地嫁来的母亲，一直默默忍受丈夫和子女们的使唤，但有一天突然只身往孤岛去，自己开荒种地，养殖家禽。小说并没有交代她的动机，也没有指出结局，但非常明显的是，她想寻找属于自己的空间，而不愿再被当作丈夫和子女的附属品。《净脸》则是描绘人类对温暖的需要，莫老太给临终之人或逝者家属以安慰，而自己也从中获得某种解脱与宁静。几位女作家的写作，给读者的普遍印象就是细腻、幽微，甚至精致。

由于历史的原因，中国的少数民族普遍聚居于中国的边疆地区，对维护祖国的统一和领土的完整起着至关重要的作用，而其在生产方式和文化上既具有东方或中华民族的共同特征，也具有自身的独特性，展现出中华文化的丰富性和多样性。收入丛书的蒙古族作家鲍尔吉·原野的作品，既有散文，也有小说，主要以书写草原生活为主，视野开阔，气韵生动，而又情真意切，诚挚感人。《把干净的字排在一起》里写道，“鸟类、蚂蚁和月光都不需要说教，它们按着自己的轨迹轮回”，这可以说是对大自然最高的礼赞了。当然，我们的作家也没有天真到认为人类不会试图主导世间的一切。《草原上的小黄羊》里，善良的牧民收养受伤的小黄羊，因为没有报告有关部门而受到了批评，原因是不能“私自收养”。《跑步者》一篇，把一般人视为单调枯燥的跑步写得趣味盎然，但也涉及人的身体运用的复杂性，并不是简单地为健身和运动背书。

布依族作家潘灵的小说虽然也有边疆生活的背景，但每一篇都能自出机杼，别开生面。《太平有象》一语双关，将人民对美好生活的期盼写了出来。《奔跑的木头》通过两个各有残障的年轻人之间的故事，讲述历史变化与个人际遇的复杂纠葛，同时赋予人物性格一种复杂性。《被遗忘的戍者》读来令人唏嘘，那个“不知有汉，无论魏晋”的清代守边战士的形象让人难忘，相形之下，民国殖边队的几个人物反而有些面目模糊。小说最有意思的地方在于，守界者能活着并完成自己的使命，其实有赖于越界者。

壮族作家黄佩华的早期小说表现边远地区人们的生活与风俗习惯，如《远风俗》一篇就是代表，以一种古老的风俗“以弟为子”为出发点。他近期的小说以普遍性的题材为主，如《落叶》着眼于主人公的暮年生活，由其中风所引发的一系列情节，促使读者去思考如何养老这一现实问题。《乡村大厨》围绕着乡村创业展开，其背后是命运的转机问题。

总体来看，收入精选集中的作品题材丰富、风格多样，反映了新时代作家们的创作成果，是当代中国文学的重要收获。期待作家们创作出更多更优秀的作品，不负时代的重托，永攀文学的高峰。

是为序。

2024年7月7日星期日于北京

目　录

L形转弯

原载《收获》2005 年第 3 期 / 获第九届全国少数民族文学创作骏马奖

杜坚看着乔闪在一点点穿衣服。女人在室内只有两种姿态最美，一种是脱衣服，一种是穿衣服。这两种姿势因为有了物理上的距离，目光落上去才会更显得适合一些。在床上亲近的时候，目光是看不到更多曲线的，只会看到表情和欲望。杜坚躺在床上，用脚背抵住乔闪的腰窝，想把她扳倒。他想再来一次。乔闪在床边回过头，摁上乳罩的搭扣，说："起来吧，你也该走了。"

杜坚看了一下腕上的手表，说："我送你。"

"你送我？"乔闪边说边站了起来，"你送我还是我送你？你还没有车呢。"

正在这时，杜坚的手机响了，是厅里黄副厅长打来的，要他马上到他的办公室去一趟。

杜坚和乔闪走出门。大街上已经开始繁忙了，晨色将城市漂得焕然一新。杜坚拉上铝合金卷帘门，锁好，乔闪正在车上等他。杜坚挥挥手，说：“不用了，我打的去。”

乔闪启动了她的车。宝马760的启动系统干净到位，发动机声音轻微得就像一只手机发出振动似的。杜坚目送乔闪开车走远，转身奔向附近的电车站牌。

在省公安厅大楼黄副厅长的办公室里，黄副厅长送给杜坚一份文件，说：“你的靶子饿了，这一阵要好好喂喂它。”

杜坚说：“又要训练？”

黄副厅长说：“这是公安部搞的2000年全国巡警防暴警射击大比武规程，全省将统一组队参赛。微冲和狙击步枪这一部分，外市已有人选。手枪枪种这一个名额，厅里觉得还是给你适合。”

杜坚接过文件看了起来。

“比赛还不到一个月时间，你要抓紧训练，不过要记住，这期间如有任务，还是执行任务第一。”

“是。”杜坚简短地答道。

杜坚和乔闪是半年前认识的。

半年前的一天中午，乔闪下班稍晚了一些，她照例坐16路电车回家。这个时间早已没座位了，并且还有一点挤，不过并不严重。说并不严重的意思，就是别的乘客与乔闪之间的距离，还没有达到使她太过难堪的地步。12点20分，电车将到西辰路的时候，情况起了一点变化，乔闪感觉一个男人，悄悄地贴近了她，随着车子的颠动，身体同她有了局部的接触。乔闪没有回头，只是稍稍让了一下，可是那个男人似乎也是很不经意的，马上靠近了她。车到西辰路，上来几位农村打工的少女，过道上立刻显得拥挤了，乔闪明显感觉那个男人的裆部，一点点地碰着她。乔闪回头，不客气地看了那个男人一眼，可是对方若无其事，两只手抓住吊杆，像是篮球运动员那样，更像是她的情人那样，让她依偎并护持着她。乔闪只好小心地规避着，同时愤怒地想，难怪中国这些年女性开私家车的数量激增，跟电车上这种无能的勾当不无联系。车到华韵乐器行，乔闪实在受不了了，她宁可忍受步行三站路的代价，提前下了车。不料下了车，那个男人也到了目的地跟着下来，一边走一边打着手机。

在人行道上，乔闪在前面走，他在后面走，乔闪停住脚步，他也似乎下意识地停住脚步。乔闪干脆站住，回过头，大声问："你到底要干什么？"

那个男人愣了一下，说："我没干什么啊？"

反正街道前面不远处就是淡蓝色的省公安厅大楼，乔闪并不怕他，乔闪说："车上人多，我已经够给你面子了！"

"啊，"那个男人打了个哈哈，说，"是啊，刚才车上人多，要不是我有意挡着你，你肩上挎包里的东西早就没了。"

"扯谎。"乔闪说。

"刚才电车上有三个男人合伙行窃，我猜他们至少有两个人揣着刀。我的眼睛只会告诉我谁是歹徒，不过哪位乘客的包里有钱，他们的眼睛比我更专业。我猜你的包里会有很多钱。"

三千元。乔闪想。不很多，也不很少了。

“你是警察？”乔闪看着身穿T恤的男人问。

对方不置可否地笑了笑。

“那你为什么不制止他们？”乔闪说。

“没有证据，”男人说，“没有证据，任何人只能无所作为，除了歹徒。再说，我还年轻，车上那么挤，我不想做无谓的流血或牺牲。”

正说着，男人的手机响了。在接听手机之前，男人向乔闪摊开了双手：“你看，现在的情况可能就不同了。”

男人打开了手机，里面传来另一个男人的声音，大意是，车上的歹徒在电车过了华韵乐器行时开始行窃，110警务指挥中心已经派人堵截抓捕成功，目前人赃俱获。

男人站得虽然不是离乔闪很近，乔闪还是清晰地听见了里面的声音。这么说，男人刚才下车打手机，是在给他的同行——110警务指挥中心报警。

乔闪说：“谢谢你。”

男人说：“不客气。”

杜坚和乔闪的第二次见面，是在一次晚宴上。

那次是杜坚的朋友小峰请的客。小峰6岁的儿子毛毛在幼儿园荡秋千，不小心跌下来摔折了小腿腿骨，眼部也受到了一点创伤，被送到省立医院手术治疗。小峰把一切忙完，过了差不多一周后，猛然想起毛毛当初是买了人身保险的。小峰把事情通知了保险公司。按规定，小峰已经超过了在事发后第一时间告知保险公司的告知时段的，但是保险公司还是给予了积极的配合。毛毛出院后，小峰决定请保险公司方面吃一点饭，对方婉言谢绝了。因为不管怎么说，这次事故证据完备，事实清楚，理赔是应该的。但是小峰执意要请，小峰认为这次事情办得非常顺利，没有丝毫拖泥带水，再说，毛毛身体已经恢复健康，就算是借此表示一下庆祝吧！

小峰邀请杜坚作陪，从小，他俩就是形影不离的好朋友。杜坚的妈妈和小峰的爸爸退休前，分别是本市舞蹈团的团长、副团长，多年搭档和战友，两家关系处得非常好。小峰和杜坚曾同在一个少年舞蹈队学习过四年，只不过后来小峰考入了经贸大学，杜坚则考上了警察学校。在警校做格斗训练的时候，“旋身劈腿”和“屈体空翻”这些复杂的技能动作，全班其他人都不堪其累，只有杜坚做得轻松利落、准确到位。他有舞蹈的练功基础，再加上身体爆发力强，成为训练能手并不奇怪。当然，这些并不是轻易得来的，他11岁那年胫骨上过夹板，不是受伤了上夹板，而是好好的却用夹板夹伤，因为他的胫骨稍微有外倾的迹象。现在好了。据大夫说，他的身高为此至少增加了0.9厘米，他现在是1.82米。

杜坚应邀赶到的时候，才知道保险公司也是来了两个人，一个是业务部的经理，另一个就是乔闪。乔闪是保险公司的业务员，小峰当初的那单保险协议，就是乔闪上门联系的。与业务经理握过手后，小峰指着乔闪对杜坚说：“来，我给你介绍一下这位。”乔闪对杜坚笑着说：“我们见过。”杜坚的职业特性使他当然也不会忘记乔闪。乔闪大大方方地伸出手和杜坚握了一下，说：“你来之前小峰已经给我们介绍过你了，原来你是公安厅直属防暴队的队长。”

“是副队长。”杜坚说。队长是一直由黄副厅长兼任的。

“防暴队好啊，”乔闪说，“是警察中的警察。”

大家都笑了。

那天晚上杜坚对乔闪的印象很好。杜坚没敢喝酒，原来说6点钟有一个任务需要执行，可是到了下班后也没有动静，说是随时待命，现在已经快8点了。乔闪倒是喝了一点酒。乔闪喝了一点果酒便脸色酡红，她穿了一件莱卡无袖V领上衣，举手投足有时会隐现诱人的乳沟。也许是当晚轻松特定的氛围所致，杜坚觉得乔闪比他俩第一次见面要美。乔闪那天晚上所喝的致使她脸色酡红的唯一一杯果酒，是敬给杜坚的。她再一次向杜坚表示了谢意。当然，她也惬意于眼下轻松的环境，包括小峰对她的体贴周到，她觉得这也缩短了她与杜坚之间的距离。她想起了第一次与杜坚的见面，毕竟意外，毕竟偶然，所以陌生。这次不同了，这次因为随意，所以快乐。

临分手的时候，乔闪随意地问起杜坚的家庭是否买过保险。

“没有。”杜坚说。

“那，有机会我去拜访你。”乔闪说。

“啊。”杜坚愣了一下，出于礼貌，他点了点头。

杜坚至今还记得他第一次开枪杀人的情景。

忘不掉。

是在接到报警之后，追捕一个抢劫犯。他和一个战友同去的，那时候，他还在本市公安局下面的一个派出所做所长。

他们把歹徒逼到墙角。经验告诉他们，歹徒这个时候往往会激烈地负隅顽抗的，然而他们还是低估了形势。他们在夺掉了歹徒的刀子之后，没想到歹徒又从腰间拔出另一把刀，直接捅伤了他的战友。

在歹徒扑向杜坚的时候，杜坚快速地拔出了手枪，大声警告歹徒。歹徒已经杀红眼了，他把杜坚的警告看成是一种变相的怂恿和鼓励，他继续扑向杜坚的时候，杜坚的枪响了。

没想到64式手枪子弹的侵彻力这么好。也许是距离太近的缘故，子弹产生了在创伤弹道学上所称的“流体动力作用”的效果，在歹徒头部里面发生翻滚，这样，歹徒倒下去的时候，暴露给杜坚一个后脑勺，那里，有一个喇叭形的出口创伤，血和脑浆流了一地。

杜坚当时没感觉到什么。太紧张了。因此，也就是太自然了。到食堂吃午饭的时候，他看到邻桌的盘子里满是红辣椒和豆腐脑。他的胃部一阵痉挛，想到了一地的血和白花花的脑浆。他退到一边，剧烈地呕吐起来。

仅仅是心理上产生一点反应，这是远远不够的。他的行动变得迟缓，重复，犹豫。他的说话声音突然变得很大，哪怕事情微小得就是跟人家要一根火柴。局里及时给他找来了心理医生，帮助他做意外突发事件后的心理治疗和保健恢复。这也是惯例。有不少年轻的警察，就是因为应对不了亲手击毙歹徒的事实，心理承受压力过大，不得不离开警察队伍。这些人想到的一个简单事实是：同样是生命，就因为他们拥有了一把手枪，就可以像抹掉玻璃窗上的水珠一样抹掉另一个人的生命。

尤其是，所谓的犯罪动机与罪后代价不成正比的时候。比如，杜坚枪杀的这个歹徒，事后得知，他仅仅抢了一名打工仔的40块钱。

心理医生来到的时候，杜坚正躺在值班室的床上看电视。“你好，我姓官。”心理医生说。

杜坚站起来关掉了电视。两个人坐了下来。

“一般来讲，警察在履行正义行为射杀犯罪嫌疑人的时候，事后总会产生一点内疚。这也是正常的。心理学把这叫作‘肌肉同情’效果。”这是心理医生讲的第一个方面问题。

“不过，上述经验，或者说同情，是本能的、低级的，因此也可以说是动物性的。比如说一只鸡看到另一只鸡倒下，本能地它会跳到一边。”心理医生补充说。

心理医生讲的第二个方面是，当犯罪嫌疑人在实施犯罪过程中即将危害到公众安全利益包括警察个人生命时，不听劝阻和警告的，实质上对方已转化为我们的敌人。此时，用武器消灭敌人，是法律和人民授予警察的权利，警察是在正常履行职责。

第三个方面，心理医生说，对于警察用枪，必须“该出手时就出手”，否则会极大助燃犯罪分子的嚣张气焰。举例说吧，1999年全国警察牺牲539人，负伤5400多人。其中差不多有一半的原因，是警察顾虑太多，怕担责任，不敢用枪。至于另一半原因，心理医生说："我相信你自己清楚。"

心理医生大约跟杜坚谈了半个小时。他们顺便谈了一些别的。临走的时候，心理医生忽然回头问杜坚："我姓什么？"

杜坚想，什么心理医生，绕了半天他连自己都不知姓什么了。不过杜坚马上明白了，对方是在探测自己职业上的注意力和记忆力。杜坚不假思索地说："谢谢你，宫医生。"

心理医生终于露出笑容。他连声说："很好，很好，你不会有什么问题。外面阳光很好，你多出去晒一晒就行了。"

杜坚没有想到，自小峰请吃的那次晚宴后，乔闪第二天就给他打来了电话。

"我去看你。"乔闪说。这是一个星期天。

杜坚知道她要来推销保险。他对保险了解不多，不过，他知道某一种业务冠以"保险"这个名称并不恰当，在潜意识中容易误导人们的消费心理。"保险"并不是保证危险不发生，只不过是在危险发生后给予一定的金额补偿罢了。

"你在哪里？"杜坚在电话中问。

"我在单位。"乔闪说。

"那……我去你那里吧。"杜坚说。

"不行，我们今天开客户宣传会，人太挤了，走廊和我的办公室到处都是人。"

"那再说吧。"杜坚说。

杜坚这么说话，并不是想有意推掉乔闪的保险业务，他对保险这门行当并不像有些人那么深恶痛绝。当然，这也并不说明杜坚经济条件多么好，他多么热爱加入保险。他觉得这就是一个极其简单的判断问题，买还是不买，不会比一个人出门时要考虑先迈左脚还是先迈右脚难到哪去。

让他稍感为难的是，妻子去市场买菜了，家里只有他一个人。让乔闪以推销保险的名义单独上门，很容易使人想到一个常识问题。

“别，”乔闪没理会杜坚的语气，“你等着，我马上就来。”

十分钟后，乔闪来了。杜坚给乔闪倒了一杯雀巢咖啡。乔闪站在客厅里，环视杜坚书架上历年来获得的立功嘉奖证书，轻轻地发出赞叹：“哇——，这么厉害！”

坐下后，乔闪打开带来的资料，说：“你就保一个毛毛那样的险种吧，你的小孩多大？”

“我没有小孩。”杜坚说。

乔闪愣了一下。在确信自己没有问错什么、同时也没有听错什么之后，乔闪不由得脱口而出：“哦，你们是丁克家庭。”

“也不是，”杜坚说，“我爱人不能生孩子。”

“为什么？”乔闪没有时间来想自己问的是一个什么问题。

“她婚后患了子宫肌瘤，把子宫切除了，后来，她又被查出患有中度的心肌梗死。”

“哦。”乔闪明白了。就是说，他的爱人不仅不能生孩子，连平常的性生活都不能有。

“对不起。”乔闪说。

“给我保一个成人险吧。”杜坚沉默了一会儿说。

“你？”乔闪问。

“我。”杜坚说，“你给我介绍一下都有什么类别。”

乔闪给杜坚简单讲解了几类。如果杜坚执意要投保的话，她推荐杜坚加入下面的险种：“……每年只交两千多元，60岁之后一次性返还二十万元。如果这期间你意外……意外——”乔闪不作声了。

“意外死亡。”杜坚笑着说。

“对不起，”乔闪不好意思地说，“你就可以一次性拿到三十万元赔偿金。”

“噢！”杜坚听得入了迷，“三十万！”

“可是，真是那样，这钱你拿不到了啊——是给你的受益人。”

“我知道。”杜坚说，“给我爱人，这我知道。”

乔闪喝了一口咖啡。她想了一想，说：“不过，我倒是建议你，还是让你的爱人购买这个险种更适合一些。”

杜坚明白乔闪的意思。她是好意，并且也是有道理的。不过，杜坚还是摇了摇头。

“怎么？”乔闪问。

“不怎么。”杜坚平静地说，“我是想，如果她发生意外，我得到这三十万元也没什么大用；但是如果我发生意外，三十万元对她来说就太重要了。”

乔闪抬起头，认真地看了杜坚一眼。

那天上午他们还唠了一些别的，杜坚很自然地问起了乔闪的家庭情况。从乔闪若有若无和简短的谈吐中，杜坚知道了乔闪有一个3岁的女儿，寄养在附近一座小城的姥姥家。乔闪的丈夫是一位建筑开发商，毕业于清华大学建筑系，对乔闪非常体贴。

“只是，”乔闪说，“他太忙了，对工作过分投入，一个月只能回家一两次。”

“你呢？”

“我？”乔闪笑了，“是呵，有时候我感觉我比他还要忙。”

杜坚下楼送乔闪离开的时候，看见乔闪打开泊在楼下的一辆银灰色宝马轿车的车门。杜坚怔了一怔，他不明白一个四处推销保险的女业务员，怎么会开着一辆高档轿车。

“是我老公的。”乔闪似乎觉察到杜坚的不解，轻声解释道。

记不得签完保险单之后的第几个周末了。反正是一个周末，一个下午，天气非常好。如果不是乔闪再次打来电话，杜坚就会和她极其正常地失之交臂，就像以往杜坚在工作上所接触过的极其正常的异性一样。其实，杜坚在生活中没有真正的异性朋友。

乔闪开车请他到市郊去玩。那里有真正的河水，带着透明的甜味的那种河水，当然，也有山。山的南坡据说新发现了一处古代的什么大家族遗址，刚刚被开发为旅游景点。

乔闪和杜坚在河里用橡皮筏玩了几趟漂流。他们顺流而下，有人再用越野吉普车把他们接回来。玩累了，他们顺着路标，去看据说是新发现的三百多年前的干尸。路牌广告上说这具干尸的主人（这么说不确切，它是它自己的主人）系男性，是这个大家族的统治者，也是一方大地主。广告上还说这具干尸历经三百多年，仍栩栩如生。杜坚和乔闪十分好奇，都不明白“栩栩如生”是一个什么概念。杜坚买了票，两个人进到陈列馆。

原来就是一具老朽的尸体，皮肤像塑料布一样薄薄地紧贴在骨骼上，泛着黄光。杜坚大失所望，不过说它是明朝的，大概不至于有假。如此，明知道有上当的感觉，却也无法投诉，因为每个人理解的“栩栩如生”程度是不同的。

这么想着，杜坚就去看了乔闪一眼，乔闪正低头看着那具干尸的某一个部位，样子嫌恶却又好奇。杜坚也看了一眼，是那个人的生殖器。已经皱缩销蚀得很厉害了，说它是平面物体上的一个符号更为恰当。倒是旁边的毵毛，可以说清晰可辨，栩栩如生。杜坚忍不住心生悲凉，好歹这也是一方大地主了，生前过的是锦衣玉食、妻妾成群的生活，谁想到死后，那里会变得如此老境，一片颓唐。又想，这也不错了，人家毕竟还是保存了三百多年呢。

乔闪喊他，说咱们走吧，两个人就出去了。天渐渐黑了，两个人都有该吃饭的感觉，却又都不饿。乔闪说：“买一点东西吧，回去路上可以边走边吃。”

杜坚买了一点火腿、三明治、沙琪玛什么的，塞进了乔闪的车里。上了车，乔闪开始慢慢地往城里开。

一共是一小时四十分钟的路程。两人边走边聊，不觉车即将开出郊区边界，快要进入市内了。前面大约还有三十分钟的路程。既然两个人不想去饭店，又不能同时去到谁家，那么买的食品，就应该在这个时候在车里吃了。乔闪把车停到路边一座工厂的铁艺栅栏下，对杜坚说："来，咱俩把它们吃掉。"

音乐放的是珍妮·桑坦格的《是这样，我才喜欢》。车内的环周照明灯映出车内精致的纯皮排座，色调柔和，线条流畅，舒服的感觉仿佛置身于一个小小的机舱。杜坚跳下车去垃圾桶扔掉吃剩的残留物。等到他回来时，他发现宝马车前那一对骄傲的升降式隐形大灯灭掉了，车内的环周照明灭掉了，连黑夜里自动闪烁的停车警示器也灭掉了，只有音乐还在黑夜里残留。他拉开车门，听见乔闪急促的声音："快关上！"

黑暗中，首先感到的是一阵淡香，乔闪已经脱去了所有上衣。只有牛仔裤，还被一条皮带扎在腰间。杜坚感到一阵眩晕。乔闪扑到他的怀里，说："吻我。"杜坚扳着她的后背，他感觉乔闪的肌肤光滑无比。他不去吻她，他没有时间去吻她。他像是一只从湖里爬上岸的河马，粗暴而笨拙。他把乔闪背对着自己抱在怀里，两只手褪去她的牛仔裤。

他们能够看到黑夜。隔着带有防晒膜的玻璃窗，黑夜看不到他们。

停下来的时候，乔闪说："你去开车。"

“为什么？”杜坚说。

“我一点力气也没有了，”乔闪说，“混蛋。”

25米单臂立姿侧身射击胸环靶，不是一个让人放心的练习。按规定，自下达装子弹口令起，三分钟内必须射完5发64式手枪子弹。杜坚打了28环，勉强及格。这期间他手枪走火了一次，不然可以打到良好。

然而，距离40环以上优秀的标准，还是很远。

那位姓宫的心理医生说得大体没错，警察伤亡的一半原因是不敢轻易掏枪，另一半原因，杜坚知道，是掏出枪后根本射不准目标。

他记得有一年某省举办“四长”（公安局局长、刑警队队长、治安科科长、派出所所长）军用手枪射击比赛，40名参赛者全都是各地选派的佼佼者，并且赛前经过训练。结果，比赛成绩是：速射，一半子弹脱靶的9人；慢射，一半子弹脱靶的13人；三分之二子弹脱靶的10人；另有一名选手甚至连子弹都不会装。

还有一个震惊警界的案例，某刑警大队5名警察追捕一名持刀歹徒，最后将歹徒围追到悬崖前。歹徒走投无路，扑向5名各持一支装满子弹的手枪的警察。经过一番搏斗，警察四伤一亡，歹徒逃跑了。在搏斗中，曾有一名指导员扣了两次扳机，但枪没响，因为弹匣在追捕途中给掉了。

杜坚每天的训练，是打完50发子弹。

与乔闪第二次上床，是在乔闪的家里。

乔闪家里的面积并不很大。一个年轻的暴发的建筑商，他的住宅并不大，也许这体现了他实用主义的审美趣味。室内的装修也简单，这有助于缓解人对外界的注意力的本能对抗。不知道是不是这个原因，貌似强大的物质环境容易给人肉质的心灵带来压抑，反之，粗糙的环境却能使灵魂得到蓬勃迸发。因此，杜坚没有觉得不适。

乔闪不行。乔闪无法达到高潮。室内的一切物体断续在提醒她：这是在她的家里。她比较适应同另一个男人做这种既原始又现代的运动。杜坚在转动她面庞的时候，她看到了床上的一根头发，比她的要短，比杜坚的板寸要长，那是她丈夫的。乔闪感觉内心也被细丝一样的情感箍了一下，她说："不行，杜坚，你得找一处别的房子。"

这样，他们找到了小峰的房子。

这是小峰去年买的临街的一处门市房，原来准备做店面租出去，每月吃一点租金。却不料这几年建筑开发过热，店面过剩，小峰的房子到手快一年了还没有租出去。招租广告继续贴着，小峰说："那你们就先用吧，不过租出去那天可得还给我。"

杜坚说不好乔闪的皮肤光滑洁净得像什么。像丝绸。像镜面。像滑石粉。其实都不对。那就是一个美丽女人的美丽皮肤，人的皮肤。杜坚学过舞蹈，他知道在舞蹈艺术中，有一种女性的形体叫作"高调形体"，轻盈，挺拔，站在舞台上一踮脚尖就要飞上天一样。乔闪就是这样的形体。

杜坚同乔闪做爱的时候，傍街的卷帘门总是拉垂到距离地面一尺的位置。他从不拉严锁上。当然，他也不可能全部打开。乔闪不止一次让他把卷帘门拉靠，锁死。杜坚说：“不成，大白天的，两个人进来就把自己锁在里边，傻子都知道在干什么。”“那么不拉靠呢？”乔闪问。“不拉靠，”杜坚说，“这是告诉别人不要打扰，这里不营业，正在点货。”

“去你的。”乔闪说。

国庆节过后，乔闪连续两天给杜坚打手机，都是关机。乔闪把电话打到小峰那儿，小峰说：“怎么，你还不知道？杜坚住院了。”

乔闪赶到医院的时候，杜坚刚刚睡完一觉醒来，他在听半导体收音机。对过的屋子里放着心电图仪器和其他治疗设备，手机频率会干扰它们，医生强行让他关机。

杜坚是国庆节当天住院的。他们奉命去郊区的一座民宅执行任务，缉拿一名毒贩，还没等接近就同对方在门口掐上了，展开枪战。对方四五个人，都是一个黑帮的成员，手里全是真家伙。黑帮分子以墙体做掩护，防暴队员们只能就近以街道边的矮灌木丛做掩护。枪战进行了一个多小时，最后歹徒们悉数被击毙。杜坚和手下的一名队员负伤，那名队员的手掌被子弹洞穿，杜坚的胸部则被子弹击中。

所幸杜坚穿的是防弹衣。然而，歹徒所持的79式微型冲锋枪的子弹太过凌厉了，正常情况下，弹头在飞行200米时仍能穿透13厘米厚的木板。尖啸的钢心子弹连续射在杜坚穿的开夫拉防弹服上，把那里打凹进去十几毫米，震裂了他的一根肋骨。

杜坚看到乔闪进来，放低半导体收音机的音量，冲她做了一个鬼脸。快40岁的人了，还这么顽皮，乔闪知道，这就是杜坚的性格，防暴队的副队长，一个贪玩的大男孩子。

乔闪把买来的两瓶极品蜂王浆放在窗台上，发现那里还有相同的两瓶。乔闪问："这是谁送的？"

"我老婆。"杜坚说。

"她哪儿去了？"

"单位效益不好，节假日只好加班。"

乔闪坐下来，瞅着病房的别人不注意，轻轻和杜坚贴了一下脸颊："队里的人不来护理你啊？"

"不用。裂了一根肋骨，这在医学上也只算轻伤，懂么？政法委的书记和厅里的领导们前天来过了，黄副厅长来了两次。还有小峰，他没事就跑过来，刚开始还不知道是怎么回事，进来的时候眼睛都是红红的。"

说着杜坚呵呵地笑起来。

乔闪抿住嘴跟着笑一下，不知怎么这一弄，眼睛竟有点湿。她环视着四周，说："这房间的颜色就是有点素。"

"可不怎么的，"杜坚赶紧接话，"刚才我还跟给我打针的护士小刘说了，这里面待的人除了走路让人扶的，就是吃饭让人喂的，再就是尿床让人洗的，应该布置成幼儿园教室那样，花花草草，红红绿绿的才对。"

乔闪这一回真的忍不住笑了。

杜坚还在摆弄他的收音机。他找到一个频道，里面传来一个叫《法治时空》节目的女主持人的声音。乔闪看杜坚听得蛮有耐心，就说："这个人是我的大学同学，叫周馨纯。"

"对，叫什么馨纯来着，"杜坚说，"她刚刚还来采访我。"

"怎么样？比我还漂亮吧？"乔闪说。

"嗯，"杜坚也索性开起了玩笑，"可惜是你的同学，我希望她是你的亲妹妹。"

"不害臊。"乔闪说。

杜坚又做了一次鬼脸。他关掉了收音机。

乔闪说："你好好养病，争取快点好起来。"

"嗯。"杜坚说。

"如果你好起来——"

"如果我好起来，"杜坚想了一想，小声地说，"你答应我一件事。"

"什么？"

"乔闪，你嫁给我吧。"

乔闪看着他，摇了摇头："我希望你明天就好，可是嫁给你，那是下辈子的事情。"

"知道吗？"乔闪说，"下辈子。"

9环——9环——8环——10环——6环。

单臂立姿无依托的手枪射击的重要环节，不在于瞄准，而在于扣动扳机的一刹那。

一般来讲，一个人伸出手指指向某一处目标时，方向偏离不会很大。手枪的设计会比较合理地顺应人的自然指向。问题是，一支手枪重半公斤多，而扣动扳机的压力约有2公斤，是枪重的4倍。枪手往往在射击的时候，扳机扣动的力量失衡，导致角度偏差，目标偏离。因此，一个心理状态良好并且技术到位的射手，往往看重的不是瞄准，而是握枪。

7环——8环——9环——9环——8环。

杜坚没有戴护耳用具，这是训练不允许的，枪声会损伤人的听力。可是杜坚追求的就是这种现场效果。手枪在连发射击时，产生的后坐力和巨大的声音会使射手提前产生规避心理，影响下一发子弹的命中。实弹感、现场感，会磨炼一个射手真正的意志和毅力。

室内训练靶场里，连绵不断的枪声在巨大地回荡着。

乔闪不知什么时候进来了。杜坚停止射击，他的两耳还一时听不见乔闪冲他喊什么。他侧转身，左腿微弓，右手持枪，左手托握——这是一个标准的国际威沃尔射击姿势。这种动作给人的感觉就是训练有素、干净利落，给敌人以威慑作用，令其不敢轻举妄动。乔闪见了，吓得赶紧举起双手，大声喊叫。杜坚还是开了一枪。

当然是空枪。杜坚心里有数，弹匣里一共5发子弹，刚才已全部打光了。

乔闪轻轻捂着耳朵走过来，在杜坚面前站住，她看着杜坚，关切地问："你的伤好了吗？"

要不是靶场内有监控镜头，杜坚就准备把乔闪抱起来转三圈。他说："没问题，全都好了。"

乔闪说："我请你吃饭。"

"好啊，"杜坚说，他从衣兜里掏出两张戏票，"这是我妈妈分到的两张贵宾券，吃完了饭我们一起去看。正宗的爱尔兰踢踏舞，绝对一流。”

演出结束，月亮已经升起来了。杜坚边走边给乔闪讲解欣赏踢踏舞的感受。他好像还沉浸在刚才舞台的氛围里。演出获得了圆满成功，来自万里之外的那支爱尔兰踢踏舞表演团，没有想到在异域的一座城市里受到这么热切的关注。票价不菲不说，戏院专门为他们更新了舞台地板。那种万马奔腾却又步调一致的美妙节奏和旋律，让观众内心激动，神往不已。尤其是领衔的男演员拉巴斯，创造每秒钟双脚磕地22次的佳绩，台风严谨，姿态潇洒，让人为之倾倒。

“踢踏舞就是这样，”杜坚说，“它的表演过程没有情节，没有故事，有的只是形式和技巧。但是，只要演员的身体和脚步一动，就会使他自己和观众进入到某种情绪当中。这说明，纯形式的东西，也会带人进入情感。”

“嗯，”乔闪点了点头，“杜坚，我听得懂。”

“这方面的例子还比如乌克兰的民族舞蹈——霍帕克舞蹈，他们在舞台上的形体动作就是各种各样的旋转、跳跃，借此展示技巧，但却给人以美的感受。”

“这个我没看过。”

“还有肚皮舞，肚皮舞你看过吧？”

“没有。”

“你看过的，乔闪，哪怕是在电视上。”

“哦，露出肚皮的那种，好像看过。”

杜坚和乔闪不知不觉漫步到小峰那座临街的门市房前。

杜坚掏出钥匙。

“肚皮舞曾在伦敦的皇家剧院里演出，那是非常高雅的东西。她们就是要把女性的美展露出来，追求激烈的动感。因为激烈的动感，才体现生命活着的感觉。”

杜坚打开卷帘门，他们俩走进屋内。杜坚打开灯，回身把卷帘门拉到仍距离地面一尺的位置。

“你饿吗？”乔闪走到煤气灶前，“我给你做点宵夜？”

“不饿。”杜坚说，他继续讲，“中国的舞蹈恰恰相反，太讲究主题和内涵了。演员们只追求骨头、骨气，唯独缺少肉，没有肉感的东西。”

乔闪对着墙上的镜子照着自己。

“我妈妈曾讲过一个玩笑，一个外国现代舞总监观摩了我们的一场民族舞之后，说了这么一段话：西方有许多肚皮舞之类的东西，人们欣赏会很健康；中国的舞蹈除了演员的脸露在外面，上身、下身、脚都穿得严严实实，有时候连手还都是长袖笼罩，这不可谓不健康。可是仔细观察演员们的眼睛，那的确是眉目传情、暗送秋波的，让人感觉十分的淫荡。”

“胡说八道。”乔闪忍不住说，“我说那个外国总监。”

杜坚嘿嘿地笑起来。他的笑容在灯光下也显得那么明朗。

“杜坚，你应该跳舞。”

杜坚站在乔闪的身后，他上下打量着乔闪：“你也应该跳舞。我没见过像你这么完美的身段。”

乔闪意识到什么，但是来不及了，杜坚一条胳膊掩倒和箍住她的上身，另一条胳膊托起她的腿膕部，把她抱到床上。

从杜坚认识乔闪之后，乔闪几乎从不主动跟杜坚要，但是只要杜坚把乔闪压在身下，乔闪就非常顺从和乖巧，她会让杜坚感到快乐，同时也会让自己感到快乐。

只有一次例外。那一次，杜坚不知怎么突发奇想，他想看看乔闪进入梦乡后，她的身体会起到什么不同变化。在上床前，杜坚给乔闪的杯子里放了一颗小药粒，那是速溶的麻醉药片，是国外生产的超强力安眠药，杜坚从公安厅医鉴处那里得到的。乔闪喝完水后，很快在床上沉睡过去，杜坚得以完成他令人脸红的探险。乔闪醒后，发现了不适，非常恼火。她大声对杜坚说：“杜坚，你再有这么一次，我就告你强奸！”杜坚连哄带劝，发誓下不为例，乔闪才算勉强了事。不过，那些剩下的药粒，统统被乔闪没收了，被她藏在壁橱的抽屉里。

此时，杜坚还在乔闪的身上操作着，灯光映着他们的身影在墙上，像是两只摇摇欲坠的黑帆。

重新躺下来的时候，室内静得出奇。杜坚的胳膊被乔闪垫在脖颈子下。他睁开眼睛，突然想起了什么。

“乔闪，能答应我一件事么？”

“我知道，要我嫁给你。这不行。”

“不是。不是这件事。”

“那是什么？”

“我知道你有这个能力，所以我才跟你说。”

“说吧。我听听看。”

“我的一个朋友，”杜坚说，“当然不是小峰。他做生意急需三十万元钱周转，如果你能帮忙，我保证很快就会还给你。”

乔闪伏下脸颊，想了一想，在杜坚的胳膊上咬了一个齿痕。“我想我会帮这个忙的。我会。”

“谢谢你。”杜坚说。他深情地回报给乔闪一个吻。

8环——9环——8环——9环——10环。

累计44环。这是杜坚自训练以来打出的最好成绩。他把手枪卸下来，用通条擦好。他不想再打了，他把今天看作是训练的最后一天。

是的，距离公安部举行的全国射击比赛正好剩下一周时间，他要保留这份自信的感觉，让它一直延宕到赛场。

他张开自己的右手，虎口那里，已经被枪械震击得又红又肿。

杜坚正在浴缸里泡澡的时候，接到了乔闪的电话。最初他以为乔闪在开玩笑。浴室四周的墙壁封闭性太好，并且，恒温阀那边的水龙头还在汩汩地放水，这些都影响了手机的通话的效果。杜坚懒洋洋地说：“你知道我刚刚跳进浴缸里洗澡吧，看我出来后不刮你的鼻子才怪。”

乔闪在那边大声说着什么，同时，手机里传来她的哽咽声。

杜坚跳起来，关掉了水龙头。他终于听清了乔闪在说什么。他清晰而短促地说：“别怕，有我在。”

电话刚撂，黄副厅长的电话就打了进来。杜坚来不及擦干身上的水，他一边接听，一边快速地套上了又湿又涩的裤子和衣服。

出事了。

杜坚赶到石槽街的时候，事发现场的周围早已围满了早晨上班的群众。

到处都拉着警戒线。有几辆警车停在警戒线内，街道四周分布着许多随时待命的防暴警、武警、巡警等不同警种的警察。

这是石槽街L形的转弯处。街心一纵一横停放着两辆轿车。纵向的是一辆银灰色的宝马私家车，横在它车头处的是一辆蓝色的桑塔纳出租车。一看便知，这是一起典型的劫持人质案。犯罪嫌疑人准备劫持宝马轿车的主人驾车离开时，一辆见义勇为的出租车挡住了它的去路。

被劫持的车主，是乔闪的丈夫。

早晨，乔闪的丈夫独自驾车到石槽街，他的车停在街道南向右侧的转弯处，当他办完事坐到驾驶位置上时，顺便给乔闪打了一个电话。就在这时，一个男人打开后门跟了进来，同时，一柄一尺来长的尖刀横在了他的脖颈子处。

乔闪的丈夫本能地呼救，尖刀刺伤了他的左臂和左手虎口。歹徒用一只胳膊从后面箍住他的头部，另一只手用尖刀对准他的喉咙，说：“再动一下，就捅死你！”

一位出租车司机听到了呼救，毫不犹豫地开车横在了宝马车的面前，与此同时，远在别处的乔闪在手机里听到了异常，她大声地询问，只听到她丈夫“我被劫持了，在石槽街……”，就什么都没有了。

杜坚接到的电话，就是乔闪马上打给他的。现场那边，由群众向警方报了案。

此时，杜坚在警戒线内的后勤组看到了乔闪。乔闪看到了杜坚，眼睛里马上淌出了泪水。她的目光邈远而惊恐，面色苍白，仿佛是站在一座没有任何背景衬托的孤岛上。杜坚听到一位女工作人员不断在安慰她：“没事儿，没事儿，要冷静。”

黄副厅长同杜坚一样，一身便装，他简单向杜坚说明了一下情况，同时，部署了一切预案。杜坚向十几米开外那两辆车看了一眼，出租车已经是空的，宝马车里面据说坐着的仍然是乔闪的丈夫和用刀逼着他的犯罪嫌疑人。车门和车窗关得严严的，有两位谈判组的警察正隔着车窗同歹徒谈判。

谈判进行了一个多小时。狙击手此时已经悄悄携带85式狙击步枪，埋伏在附近的大楼里，但不久便反馈情况：由于宝马车的窗玻璃带有特殊防晒膜，视线昏暗不清；同时，歹徒与人质距离太近，无法做到准确击毙歹徒。

谈判组的两位成员撤了回来。歹徒索价二十万元人民币，要求警方必须在20分钟之内送交。

仅仅十几分钟，警察便从附近的银行紧急提取了二十万元人民币，用报纸包着，由一名女警察送去。下面的事情是，歹徒准备打开车窗露出一条缝隙，要求把钱扔进来，然后由被劫持的人质开车，带他离去。

警方不同意。警方说，鉴于人质已受伤，不便开车，可否由一位女性工作人员交换人质，代为开车。歹徒断然否定。警方又问歹徒："会开车么？"歹徒答："会。"警方说，宝马车是私人财产，现准备好一辆警用吉普车，可以由他开走。

按照预案，警用吉普车后部，早已拆装并藏匿了一名持枪的警察。

歹徒同样断然否决。

事情达到了僵持阶段。所有人都感到了一种焦躁，包括歹徒。已经是上午10点了，阳光炙热，空气沉闷，没有开窗也没有打开空调的宝马车内显然更是酷热难当。歹徒提出了要一瓶矿泉水。

杜坚走出来，从附近市民的摊位上随手拿了一瓶矿泉水走过去。他第一次近距离地看到了歹徒，他没想到歹徒那么年轻，很瘦弱，似乎16岁还不到的样子。这样的年纪不知道什么原因逼使他铤而走险。杜坚同时也看了乔闪的丈夫一眼，他同样非常年轻，仿佛比歹徒大不了多少。歹徒在后位上死死地搂住他的脖子，形成一个仰角，一把尖刀几乎剜在了那里。驾驶室内的挡风窗下放着几束鲜花，显得孤独而扭曲。杜坚熟悉这辆车，他和乔闪曾经坐在里边，搂抱在一起，以爱的方式。眼下是两个男人，靠得也是那样紧，却是以反抗和搏斗的方式。按照歹徒的要求，歹徒打开左车窗，露出一条缝隙，杜坚从那里把开了盖子的矿泉水瓶口伸进去，伸进歹徒贴着车窗的嘴里，让清冽的水汩汩地流进歹徒的腹腔。歹徒的两只手丝毫没有改变原来的姿势，他们的眼睛一直在紧张对视着。

从歹徒那里回来，杜坚已经印证了一个事实：除了那把刀子，歹徒身上再没有任何凶器。谈判组的两名成员再次去做劝说工作，半个钟头后，无功而返。

时间像风干的墙皮一样大块大块剥落，街上聚集的行人越来越多。这种情况对任何一方都似乎不利。歹徒即便得到了钱，却走不了；警察不想让他走，却又无法下手。

黄副厅长面色严峻，他把右手的拇指和食指呈九十度角叉开，顶了一下，示意杜坚。杜坚明白这是动枪的意思。他闪到一边，一位警察马上递给他一支92式9毫米大口径手枪。这是国产新式手枪，射击性状符合北约推行的国际标准。杜坚脱下自己的外套，把它遮掩着拎在手里，然后同另一名谈判人员慢慢走了过去。

那名谈判人员走到车头，向歹徒打了一个手势，吸引他的注意力。杜坚站在车窗右侧，滑掉外套，快速出枪。

“砰”的一声。

又一声。

又一声。

总共三声。

几乎所有的人在枪声余音未曾凝止的一瞬间扑到车前，打开车门。下面的情景在人群中的乔闪的眼睛里一辈子也挥抹不掉了，她看到一大片阳光一样耀眼的血迹，警察和医护人员不仅抬出了已经毙命的歹徒的尸体，同时也抬出了已不再呼吸的、不再会睁开眼睛的她丈夫的尸体。

是的，这是一次失败的营救。杜坚的第一枪没有击中歹徒，第二枪打在了歹徒的右肩上，最后一枪才命中了歹徒的头部，而在这过程当中，歹徒早已把尖刀刺入了人质的喉咙。

城市春天的来临，是从柳树梢开始的；同样，城市秋天的来临，也是从柳树梢开始的。紫薇枝头的粉色花朵还开得正闹，柳树的叶子已经最先泛黄凋落了。尤其是下过一场雨，青砖地面上湿湿的，长菱样的柳树叶子贴在那里，像是一尾尾细长的黄鱼。

在这座城市的街心公园里，唯一不受季节变化而仍然喧闹的生命，大概只有两种：一种是枝头间的麻雀，一种是地上永不知疲倦的儿童。眼下，坐在公园长椅上的乔闪就是这么想的。

在乔闪不远处有一个五六岁的女孩在玩，她在玩一种风车。经过乔闪身边的时候，她的目光被乔闪手腕上佩戴的玉石手镯吸引住了。她停下来，看着乔闪，说："阿姨，你手上的东西真好看。"

"是吗？"乔闪浅浅地笑了一下，她抚摸着女孩的头："喜欢吗？"

"喜欢。"女孩爽快地答道。

"好啊，阿姨送给你。"乔闪说着把玉石手镯摘了下来。

“谢谢阿姨。”小女孩高兴地接过手镯，连同她的风车，一起捧着走远了。坐在长椅那端的杜坚怔怔地看着乔闪。

乔闪说：“我还是不明白。”

“对不起。”杜坚说。

与乔闪苍白的面色相比，杜坚的脸膛要沉黯许多。他仿佛不再年轻，也许这同他的胡子刮得不够精心有关。他被暂停工作已快半个月了，如果乐观，这几天也许会重新恢复工作。上次事件之后，公安厅党委和技术部门曾对他现场使用的手枪进行弹道及性能检验，结果一切正常。厅里最后对这次营救失利的行动结论是：由于客观的复杂地物和环境的影响，形成不可抗拒的因素而增大了解救难度；同时，射手的心理技术水平没有得到正常发挥，也是不可轻视的一个重要因素。但是，由此归咎或处分该名射手，也显然有失公允和不当。最后是，暂停工作半个月，扣发当月奖金。

厅里希望杜坚能够正常参加即将到来的全国射击比赛，但是杜坚坚决辞掉了。杜坚说：“我不知道这个子弹该往哪里打，除非是我的脑壳。”

坐在长椅上，乔闪竖起衣领，目光看着远处，“事情如果能够重新发生一次该多好，不，”她喃喃地说，“事情如果从没有发生该多好。”

“不知道为什么我当时那么紧张。”杜坚说。

“你紧张么？”乔闪问。

“是的。”杜坚说，“那一瞬间我的大脑一片空白。”

“所有人都紧张，”乔闪说，“你想想，你的对手也是。”

“我没想到他那么年轻，”杜坚说，“太年轻了，事后也的确证实了，他刚满16岁。”

一枚枯黄的树叶落到乔闪的怀里。乔闪一语不发。

“还有，隔着窗玻璃，视线上存在误差。92式大口径手枪我也不习惯打，没想到它的枪身那么短……”

“别说了。”乔闪说。

刚才的那个女孩一点点走了过来，她把那只手镯还给了乔闪。

“我妈妈不让我要别人的东西。”

“哦。”乔闪看了远处一眼，女孩的父母正在林间交谈着什么。

“妈妈说，能把这么漂亮的东西送给我的人，一定是位好心人。妈妈说我们不能占好心人的便宜。”

乔闪几乎要轻轻地笑一下。停了一停，她想问女孩一个相反的问题，比如——但是她忍住了。

“叔叔，阿姨，你们为什么不领小孩儿来玩儿呀？”女孩天真地问。

“哦，这样，”乔闪说，“叔叔没有小孩儿，阿姨的小孩儿在另一座城里。”

女孩看着他俩，晃了一下头，不明白这是什么意思。她转身走了。

“如果他不在那个转弯处停车……”杜坚说。

"起风了。"乔闪说。她缩了一下衣袖，似乎有点冷。

"问题从开始就很棘手。"杜坚说。

"预报说，三级到四级的风。"

"那不是大风。"

"我知道。"

"乔闪，"杜坚目光盯着乔闪，"你嫁给我吧。"

乔闪慢慢地摇了摇头，似乎在想着什么。

"你的子弹没能打中歹徒，"乔闪说，"在我看来，就同把它打在我丈夫的身上是一回事。"

杜坚吃惊地看着乔闪。

"你知道我丈夫的车为什么停在那个转弯处吗？"乔闪平静地说，"那儿有一家鲜花店，那一天是我的生日，他专门去为我买鲜花。"

"妈妈，快看我的风车！"远处的小女孩大声喊道。

乔闪经常在晚间做梦，梦见她的丈夫。没有具体情节，如果有的话，醒来时也记不清楚。有时候干脆就是这样，她连昨晚究竟做没做梦、是否梦见她的丈夫都搞不明白。早晨醒来时，她经常坐在床上为此发呆一两个钟头。倒不是她记性不好，而实在是，这样的梦太多了，不分白天黑夜地充斥着她的脑海，以至于她分不清梦和现实是怎么回事。

她经常会出现幻听和幻视。一个人独处的时候，她的身边会突然响起那三声枪响，"砰！"隔了大约三秒钟，又一声，然后再一声。闭上眼睛，她看到杜坚一会儿对她笑，很透彻明朗的那种，一会儿又很冷厉（说真的，她还从没见过杜坚对她凶起来是什么样子），拔出枪对准她。走在大街上，她看那些树木的枝杈，全是举起胳膊打枪的姿势，四处乱射，让人不寒而栗。

她的精神上的紊乱可能直接导致了身体的不适。有两次，她的月经竟然延迟了半个月，让她吓了一跳，以为是杜坚不小心使她怀了孕。杜坚经常还会找她，安抚她，劝慰她，当然，也进入她。尤其是，每当杜坚执行完特殊的跟命案有关的任务时，比如，歹徒杀了人，或者是，他又亲手击毙了歹徒，他身体上的性的需求似乎就格外强烈。他仿佛是凭此来减轻某种压力，也或者是，死亡同性爱本来就存在某种天然的沟通或神秘的联系。

乔闪在一个阳光充足的午后找到了小峰。阳光像一辆静静的洒水车，街道上淌满了温煦的暖意。乔闪就是让窗外的阳光曲折在自己身上，坐在一家僻静的酒馆里同小峰谈话的。

"我怎么知道？从你们认识以后，你代替了我的位置，他几乎都不爱跟我来往了。"

小峰上面的这句话，是为了回答乔闪刚刚问过他是否发现杜坚这一阵子有什么变化而发出的一句牢骚。

乔闪笑了一下。她记得，当初小峰请她和保险公司的人以及杜坚吃饭时，就是在对面的一家饭店。如今隔着一条街道，这里静多了。

"我听说前一阵子他有个朋友急需一笔款子——"

"嗯，"小峰不小心把烟灰掉在了碟子里，他急忙用嘴轻轻吹出去，“有这么一回事，需要三十万块钱吧。”他扭过头，喊：“服务员，来点餐巾纸。”

“哦，”乔闪短短地问，“弄到了吗？”

“弄到了，”小峰说，“是跟你借的吧？”

“不是。”乔闪坐在小峰的对面说。他们中间隔着一张仿古圆桌，上面的菜肴，简单之极，如果叫成清供似乎更为恰当。倒是旁边的几瓶啤酒，增添了人生寻常的意味。

“那这家伙还真行，”小峰用佩服的口气说，“他一下子竟然能借来三十万块，从哪儿弄的啊，不会是挪用公款吧？”

“那笔款子，一定是派上了大用场。”乔闪说。

“那倒没有，”小峰直爽地说，“他的朋友很快更改了计划，不需要那三十万块钱了。据我所知，那些钱后来一直放在杜坚的手里。”

“是么？”乔闪深感意外地问。

“没错。我两个月前还想让他借给我一半来炒股，他犹豫着说不行，说这是别人的钱，他马上要还给人家什么的。”

两个月，乔闪想，他没有还她这笔钱。

“如果那时候借给了我，那我们就发了，这个笨蛋。你知道现在的那些股票牛到了多少？”

乔闪忍不住低头咳了一声。她刚才喝了一口酒，没想到正呛了嗓子。她咳得连泪花都溢出来了。

“女人啊，”小峰说，“嘿嘿，我喝酒从来就没不顺过嗓子眼。”他忽然想起了什么，急忙冲里间喊：“服务员，服务员，叫你拿点儿餐巾纸，怎么那么慢啊？”

“对不起，”服务员赶紧走过来递上餐巾纸，“对不起啊。”

乔闪用餐巾纸拭了眼角。窗外，人行道上慢慢走过一对年轻的情侣，因为街道上还算安静的缘故，乔闪听见那个女的对那个男的问：“这就是爱呀？”

停了一会儿，乔闪问小峰：“杜坚……他和他妻子的感情还好吧？”

“他妻子对他很好，好像是，也不反对他跟自己离婚。当然，对杜坚来说，这需要一笔钱。”

“那杜坚呢？”

“杜坚——”小峰犹豫了一下，“开始他没有想要离婚的念头，但是后来——”

“我明白了。”乔闪说。

“后来，你改变了主意。”在临街的小峰的那座门市房里，乔闪这样对杜坚说。外面刚刚落了一场雪。这是这个城市进入冬季的第一场雪。

“是的，因为后来发生了不幸的事。”杜坚吸了一支烟。乔闪意外地看看杜坚，杜坚几乎从来不吸烟的。

“是么？不幸的事？对你而言？”乔闪说。她低头看了一眼床头柜上自己的那只精美的羊皮坤包，坤包的挎带在柜子上弯成一个8形。

“你为什么这样说话？”杜坚问。

“你故意打偏了子弹。你借一个刚满16岁的不成熟的少年的手杀死了我丈夫。”乔闪口齿清晰地说。

“胡说！”杜坚瞪着她。

“这样，你向我借的那三十万元钱，你就认为可以不必还了，因为你知道那是我丈夫的钱。”

“你疯了！”

“何止是不必还了，你认为我失去丈夫后，连人也会嫁给你。”

杜坚的左肩抖动了一下。

“当然，那三十万元钱也落不到你的手里，你会把它送给你的妻子，作为离婚的补偿。她需要有一些钱。”

“你说完了吗？”杜坚面色通红，呼吸急促。

“需要说明的是，你并不是从认识我的一开始就想蓄意谋杀我的丈夫，不是。但是，那次意外的劫车事件确实给了你一次机会，那也许是一生中唯一的机会。你在事发现场产生了意识上的紧急转弯和可耻的想法，它的结果是导致了一个人无辜的死亡。而你的目的，只有一个，你想得到我。”

杜坚慢慢地、轻轻地笑了一下。他不作剧烈的笑，仿佛那样会使面部上的空气会像沙土一样掉落下来似的。他敌意地看着乔闪，说：“乔闪，你再重复一遍，我不相信这些混账话是你说的。”

“是我说的，你已经清楚了。”

杜坚呼地从椅子上站起来，冲到乔闪面前，猛地一巴掌狠狠地打在乔闪的脸上。乔闪失声叫了一下，嘴里慢慢淌出了鲜血。

乔闪晒了杜坚一眼，站起身去到卫生间。在卫生间，她对着镜子一点点拭干了血迹。她简单看了看自己的神色，她发现镜子开始模糊了，她用拭干血迹的面纸去拭干眼窝里升上来的泪水。

“你到底要怎么样？”乔闪从卫生间出来的时候，杜坚低头望着墙角问。

“我要告你。”乔闪说。

“哼哼，”杜坚冷笑了两声，“告我？”

“我要让所有人都知道，你和我一直在通奸。”

“那又怎样？”杜坚看着乔闪，一字一句地开导，“你无法取证。没有证据，任何人都无所作为，这句话我记得以前跟你说过。再说，退一万步来讲，假设你说的一切前提完全正确，那也不能在法律上由此当然地推断我犯有蓄意谋杀的结果。我仅仅是现场发挥失误，没有任何人有理由因此判定我负有刑事责任，给我一次处分已经够了！”

乔闪冷冷地看着杜坚。

“我一直在爱着你，乔闪。我很后悔我认识了你，不，我很后悔我没有更早一些认识你。我承认我爱你。不过，你要记住，我没有故意杀害你的丈夫。”

杜坚直起身，背对着乔闪，晃动着他高大的双肩，慢慢走到门外。

乔闪低下头，看了一眼床头柜上的羊皮坤包，那里边藏着她亲手放进去的一台微型录音机。只不过，坤包拉链的位置变了，挎带当初弯成的8形也变成了0形。那明显是在乔闪去卫生间的时候被杜坚碰过并且发现了。

乔闪的女儿得了一场肺炎，因为哭闹，又想妈妈，乔闪只好请假回去陪她在姥姥家待了一周。一周后，女儿的病好了，乔闪又只身返回了她居住的那座城市。

城市的气压变得很低，很闷，似要降雨而不能。远处的那座本市最高的大厦上的电子显示屏上传输着：气温21℃。这种温度对一座北方城市来说，还算是冬天吗？

杜坚在这一周里，又接到任务去应对一起人质绑架案。据说被绑架的是一位年仅12岁的男孩，但解救结果非常成功。乔闪对这次解救人质事件的过程非常感兴趣，她约了她的大学同学周馨纯出面，以电台记者的身份，找来杜坚他们防暴队的年轻队员金红善做采访。

那天下午正巧杜坚有事出去了。即便这样，乔闪还是和她的同伴把金红善约在一家酒店里见面。金红善是一位朝鲜族小伙子，摔跤和射击技能特别好，同时会说6种不同族语和方言，包括各种黑话。他是从区公安分局新调上来的，调进防暴队不久就赶上了参与执行这次任务。

金红善还不太熟悉乔闪，更不熟悉周馨纯。但是周馨纯的《法治时空》这个节目，他是非常喜欢的。坐下后，周馨纯打开速记本，说："先讲讲事情的过程吧。"

金红善虽然通晓好多种语言，但是他的逻辑归纳能力似乎并不强，也许是首次面对采访，心情有点紧张。他沉吟了一会儿，说："我请你们呼唤和谴责这种暴力行为！"

周馨纯忍不住笑了一下。

“两个人，”金红善说，“把一个放学的男孩塞进面包车，准备勒索家长五十万。他们后来被我们围困在一栋未竣工的大楼里。”

“这两个人的职业？年龄？”周馨纯问。

“无业，都是40来岁。为首的还是一个瘸子。”

“我们去了多少人？”

“不算后勤组的成员，突击组一共8个人。这8个人全副武装，包括杜坚副队长，属于一线成员。”

“哦。”周馨纯点了一下头，“接下来呢？”

“谈判进行了两个小时，我们用话筒不断喊话，嗓子都哑了，要他们悬崖勒马，可是无济于事。有一阵子被绑架孩子的家长精神都快垮了，大声哭着要求我们不要动手，他给歹徒五十万。”

“你们准备怎么动手的？”乔闪忍不住插了一句。

金红善喝了一口茶，“他们在三楼的一个房间里。原来准备由我在腰间绑着吊绳从邻窗突破进去，以闪电战术击毙歹徒。”

“还有吗？”周馨纯问。

“还有，我们在远距离埋伏了狙击手，但是因为歹徒是两个人，并且离孩子太近，不能保证不发生意外。”

“我听说，这次人质事件最终是通过和平手段解决的。”周馨纯说。

“错了，”金红善说，他笑了一下，“不是和平解决，应该叫作……叫作……”他苦苦思索了一下，“叫作平和解决吧。”

“哦？”周馨纯扬了一下眉，“什么意思？”

“歹徒经过紧张的奔波和长时间的精神劳累，感到口渴，他向我们提出先扔进去几瓶矿泉水再说。”

“矿泉水？”乔闪问。

“啊，是啊。就是商店里随便卖的那种矿泉水。”金红善说，“我们拿了几瓶矿泉水准备扔进去，但是杜坚副队长制止了我们。”

“他不让你们给。”周馨纯说。

“不，他让我们给，但是事先偷偷用注射器向里面打进了强力麻醉药，是国外生产的一种药。”

乔闪的脸立时变得煞白。她用手帕捂住嘴唇掩饰自己。

“这种药品特别厉害，服下两粒就可以使正常人10秒内昏迷，丧失一切意识反应。”

“了不得，”周馨纯赞叹地说，“真聪明。我知道后面的结局了。”

“是啊，”金红善说，“两个歹徒扭开盖子喝下之后全倒在地上，昏迷不醒，呵呵。”

“你刚才是说这是……杜坚副队长出的主意吗？”乔闪轻轻地问，怕打扰了什么一样。

“是的，是杜坚副队长。其他人谁也不曾想到。”

乔闪的脑海里闪出了一幕图景。她看到了一片自天而来的清凉的水流，扩展得无边无际。它冲刷着人群，洗刷着轿车，冲掉了一大片阳光般耀眼的血迹。

她看到杜坚拿着瓶中的水，擎给一个坐在车里的刚满16岁的少年喝。

乔闪给杜坚打了一个电话。她感到寂寞。电话开始是忙音，过了一会儿，她打过去了。她想让杜坚过来陪陪她。

夜幕还没有完全降临，从透明的门玻璃可以看到，远处的楼群里的灯火依稀亮了，它们连成一片，像是一大堆透明的快要融化的冰山。

杜坚进来的时候，乔闪已经喝了一点酒。不多。况且是啤酒。她早已给杜坚倒好了一杯，放在桌子上。如果有CD机，她很想放上一段音乐。可是没有。小峰的房子里面没有制造音乐的设备，除了床，并且它只有在两个人同时上去的时候才爱发出声响。

有一个少年进来卖晚报，乔闪摆了摆手。“太晚了。”乔闪说，“不能因为是晚报，你就在这个时候来卖。”

卖报的少年离开的时候，杜坚把铝合金卷帘门拉下来，拉到距离地面一尺的位置。乔闪突然感到这个举动极其陌生。

“我太累了。”杜坚说。他把衣领上的扣子打开一个。

“这个时候街上的车堵得厉害吗？”乔闪问。

“是啊，都是刚刚下班。”杜坚说。他坐了下来。

“也许有人在这个时间刚刚上班。”乔闪说。

“你说得没错。”杜坚说。

“听说今晚有一个演出……”

“是啊，好像是吉尔吉斯斯坦的一个舞蹈团演出古典芭蕾舞剧《睡美人》，不过我不太喜欢。这是老掉牙的东西了，《睡美人》睡了一百多年，它也该醒醒了。”

乔闪不经意地笑了一下。

杜坚端起酒杯，同乔闪碰了一下。他喝了一大口。

“我太累了。”杜坚又说了一句。他走到床前，可是没来得及脱鞋就栽倒在上面。

乔闪轻轻回头看了他一眼。据说，那种国外生产的超强力麻醉片两粒就可以使人快速昏迷，乔闪把上次杜坚带来的剩下的几粒药片，早早从壁橱的抽屉里翻出来，倒在了他的酒杯里。

然后，乔闪走到煤气灶前，扳掉鸣报装置，拧开煤气管道的最大阀门。接下来，她返回床边，躺上去，紧紧地同杜坚搂在一起。

在意识丧失之前，乔闪看了门口一眼。卷帘门底下微暗的光线告诉她，真正的黑夜即将来临了。

河边

原载《雨花》2021 年第 9 期

当初，这里还是一片荒丘，有一条大河从这里经过。河水流淌得非常缓慢，雨季的时候，河水是灰色的，漂着一些从上游断裂下来的水草。而到了晴天，河水会变得非常蓝，蓝得就跟杜哲和雷婷几年前出差到上海，去黄浦江上看到的那些从船坞里跑出来的舰艇身上刷着的钢蓝色的油漆一样。事实是，他们眼前的这条河，偶尔也会划过一两条小船，小木舢板，或是驳壳船。那驳壳船上，朦胧可见还横着衣杆，上面晾晒着几件衣服，显见是它们的主人已经在河上走了几天了，因为在这兵荒马乱的时节，到处都是移动或逃难的人群。

这条河变得越来越窄。这些年，城市在不断扩大，楼群也不断增多，这条河也似乎不再是大地上的一部分，而成为建筑的一种析出物，混合在城市外围，显得极不搭配，又那么令人艳羡。当然也有人过来垂钓，他们不在乎战争，他们开着车，带着帐篷，也有携着女友的，玩累了，钓够了，在帐篷或是车里，睡一觉，还有做爱。

杜哲和雷婷没有开车。他们离这里很近，他俩是步行来的。当初他俩买的是一辆二手车。他俩是在学车时认识并开始恋爱的。车学会了，自然就形影不离了。

雷婷今天穿着一件连衣裙。你们知道，连衣裙，就是那种上下没有断开、不是截然分成衣服和裤子的那种裙子，有的款式有腰带，有的款式没腰带。雷婷此时穿的是没有系腰带的裙子。

但是杜哲一点拥抱她的欲望都没有。他们找了一处干净的草地坐下来。在远处有一小片云朵，单纯用目光测量，那云朵究竟是靠近河水尽头的山更近，还是靠近他俩坐的地方更近，实在是说不好。此时，雷婷就盯着那片云朵，把两条胳膊向后支在草地上，双腿搭在一起，漫不经心地问杜哲：

"我知道你都知道了。"

杜哲沉默着。

"我知道你什么都知道了。"雷婷说。

"当然。我知道。你觉得你还有理了吗？"杜哲说。

"咱先不说这个。"雷婷说。

"我俩今天要说的就是这个。"杜哲说。

"好吧。那有什么不一样吗？"雷婷说。

"你说呢？"杜哲问。

"好吧，不一样。"雷婷说。

杜哲掏出了一根香烟，默默在吸。

“我知道你打算跟我分手。”雷婷说。

“唔，我还怎么能跟你在一起？”杜哲说。

“就因为，我跟另一个你不认识的男人上过床，你就要分手？”

“什么认识不认识。”杜哲说，“我认识不认识无所谓，我不能接受这件事。”

雷婷说：“我们三年的感情都敌不过一个陌生男人的上床？”

“没错。有些事，错了一次，就无法挽回。”杜哲说。

“你别跟我讲这种刻板的句子和俗语。”雷婷说，“咱们好好说话吧。”

“没什么说的了。”

“我问你，你得老实回答我，就当你是跟我分手前的一次了断。”雷婷说。

“好。”杜哲说。

雷婷的目光离开了那片云朵，开始看河对岸，河对岸的小路上，有一个少年在骑自行车。他的身后跟着一条小狗，雷婷看不清那是一条什么狗。

“你决定和我分手的这个念头，是在知道我出轨前就有，还是在知道我出轨后才有的？”雷婷问。

“你出轨后。”杜哲说。

“我想问的是，你是怎么想的？我们已经认识三年了，”杜哲说，“而且，你说了你要跟我结婚。”

“也就是说，你还爱我，但是我伤害了你。”雷婷说。

“没错。”

“如果我没有出轨，你会和我分手么？”雷婷问。

“应该不会。”杜哲说。

“所以唯一的问题就是，我和另一个男人上过床。”

“对。”

“你和我分手之后，你会找新的女朋友吗？”雷婷问。

“这重要吗？”杜哲说。

“很重要。”雷婷说，“如果你不再找女朋友，那这一切还可以理解。可是，如果你打算去找新的女朋友，你跟我分手的这个决定就会显得很荒谬。”

“我以后的事，不用你管。”

“你还爱我。可是分手只是因为我和别人上过床。”

“呃。”

“但是我和你相处，已经三年了，零一个月。”雷婷说。

“你没记错。”杜哲说。

“你现在要重新找一个女朋友，问题是，你有可能知道她的以前吗？”

“不知道。但是起码，认识我之后，她不会做出对不起我的事。”

“如果她像我一样，认识你之后，也做了对不起你的事来呢？”

杜哲不作声。

“好，我替你回答，你仍旧会像对待我的出轨而跟我分手一样，你会跟她分手。”

“是的。”杜哲说。

眼前的这条河，据说在夜晚，尤其在月光下，是最美的。不过，杜哲和雷婷一次也没有在夜晚的时候来过这里。从远处的山谷里吹来的风，延伸到这里的时候，会变得十分温顺，它们像雾一样带着湿气。据说夜晚来临，也会有一些虫子在鸣叫，月光刚从山巅后面露出来，哪怕是夏天，河面上也会突然变得漂动着一层白亮亮的霜。这条河没有名字，此时，虽然是白天，杜哲和雷婷四周，也没有人在垂钓。甚至没有一个人。

“那你何苦。你找了新的女朋友，她不一定非常爱你，而我还非常爱你。”雷婷说。

“……”

“你只是用你现在的眼光，看你新的女朋友，你觉得她什么都是新的，但是你不知道她的过去。她的过去有可能经历过比我不堪的出轨关系。”雷婷吸着鼻子，四处看了看。

“……”

“所以，结论只有一个，你拿跟我分手的现实，去赌一次未知的运气。”

“是这样的又如何？”杜哲说。

“你也不想想，符合你要求的陌生女人，为什么至今单身留给你？”雷婷问。

杜哲熄灭了一支烟，又点着一支。

“以我对你的了解，你喜欢的女朋友，既得年轻，又得好看，还得善良。还得有文化和高级的趣味，但是你不会想一想，这样的人，怎么会单身让你等到？”雷婷说。

“你继续说。”

雷婷说：“我觉得，最大的可能是，她做过和我一样的事，被人甩了。”

“那她背叛的不是我。”杜哲说。

“对于我俩来说，她和我，有区别吗。对她自己发生的事来说，有区别吗。”

“这个我搞不懂，也不想搞懂。”杜哲说。

“假设她之前出轨一次，在你眼里，跟一百次有区别么？何况，出轨一次，大概率还会第二次或许多次。你能保证，她跟你以后不会再出轨？”

“我只想重新开始。我相信她也会。”杜哲说。

一只鸟从河上飞过。白色的，像是一只鹊鸲。过了不多久，又有一只鹡鸰飞过来。这两种鸟杜哲都认识。

“你只想重新开始，你相信她也会——这意思就是，你宁愿给一个你刚认识的女人一个重生的机会，却不肯给一个与你相爱三年的女人一次机会？”

“……”

“不可笑吗？”

在河此岸的远处，出现了两个人。两个男人。一个戴着草帽，一个没戴。他们在那里走一走，停一停，也似乎向这边张望了两下。因为远处还有一个大工厂，经常会传出“咣咣”声音，就像是巨型制砂机的主轴，或者是转动齿轮因为在压力过大时发出的有节奏的声响。那两个男人不知是工厂的工人从围墙内出来了，还是他俩要翻进围墙偷什么东西。总之有点破坏平静的感觉。但是好在还有机器的声音，并且是有节奏的。但凡有节奏的声音，总是让人感觉可靠和温和的。

雷婷和杜哲的目光几乎同时从那边挪回来。现在，雷婷因为长时间保持的那种坐姿——两条胳膊向后支在草地上，双腿搭在一起，她有点累了，她就正经坐了起来。

“如果，你要离开我，你只消说，你厌烦我了，跟我上床也腻了，我立刻会离开你，不再耽误彼此的生命。”

“那倒没有。没有。”杜哲小声地说。

“所以，你是这样的，你会觉得，一个你新认识的女朋友，哪怕她之前做过什么，你可以不介意，但是你赌她今后不会犯错。所以，你等于是在藐视我，不相信我保证以后绝不出轨。”雷婷说。

“但是我知道你那个了，就算不分手，我心里也不会舒服。”

“你将来的新女朋友，在我们相爱的那三年里都做了什么，你心里可以不介意。”雷婷说。

“嗯，有些事情不知道比知道了好。”杜哲说。

“可你为什么要花好多时间和精力，跟踪我和调查我，发现我跟别人那个呢？”雷婷反问。

“好吧，出不出轨是你的事，我决定跟不跟你分手是我的事。我不需要你批准，不需要你觉得合理。”杜哲嗫嚅着说。

“再说了，”杜哲想了一想，又接着说，“你觉得谁都像你一样可以背着男友跟别的男人上床？我现在需要做的，是离开你，至于我喜欢干吗，都跟你无关，你也好自为之。”

“哦。”雷婷从杜哲手里夺过烟盒，她抽出了一支烟。但是她从不抽烟。想了一会儿，她折断身边的一棵草茎，把那支香烟竖插在草茎上。这样，它看起来像是一根冰棒。

“我其实不怕你甩掉我。”雷婷说，“你把我甩了。你可以找新的女朋友，我也可以找新的男朋友。”

“嗯。”

“但是呢，我不会写一张布条贴在脑门上，说‘我出轨被甩了’。你的新女朋友呢，自然也不会。”说完，雷婷仰脸看了看天空。

“所以呢，分手对你和我的后果都是一样的。”雷婷说。

“我乐意。”杜哲说。

“只是你要问问你自己的良心。”雷婷说。

“奇了怪了！”杜哲终于一下子站了起来，指着雷婷说道，“你做错事，要我问我自己的良心干什么？”

“好好好，”雷婷说，“那么我就问问我的良心。”

远处的那两个男人，似乎又朝这边看了一眼。杜哲只好坐下来。

“我先问问我自己的良心。我出轨了，我对不起你。你无论做出什么选择，我无话可说。”雷婷说。

“但是，你也问问自己的良……”雷婷欲言又止，“你说老实话，你离开我，是因为我出轨，还是因为你的面子受不了？”

“都有了。”

“如果是因为面子受不了，那么，因为你开头说过，你认识不认识他都无所谓。我现在要你选择一下，你觉得你认识他对你打击更大，还是不认识他对你打击更大？”

“不知道。”

“你得回答。反正也要分手。”

“如果我认识他，对我打击更大。”

“可是你不认识他，是吧。”雷婷说，“其实我也不认识。”

“你到底想说什么？”杜哲问。

“因为我出轨，你要甩掉我，可是你怎么确认她没出过轨？”

“我确认。”

“哦，我让你没面子，你是属于被动地没面子；你找别人，她万一曾出过轨，你就是主动找没面子受。”

“……”

“我给你戴了绿帽了，你甩我；她给别人戴了绿帽子，你追求她。可笑不？”

“不是每一个女人都像你。你也不要用你的方式去评价别人。”杜哲说。

“对。你喜欢的女朋友，既得年轻，又得好看，还得善良。还得有文化和高级的趣味，现在又加了一条，忠诚度必须比我还高。”雷婷笑了一下。雷婷笑的时候是最好看的，杜哲承认。

“我们假设一下，情况有两种。一、我重复多遍，不多说了，她比我年轻，比我好看，比我善良，比我有文化，但为什么会一直单身？很可能是因为犯错，被人家甩了。”

“你尽管说。”杜哲说。

“二、可能是她男友比她和你更优秀，把她给甩啦。如果是这样，她会对前男友念念不忘。”

“继续。”

“第一种你不想要吧？第二种，谈何对你忠诚？”

杜哲努了努嘴。

“哦，还有第三种情况吧。”雷婷说，“是因为她男友犯错，她甩了她男友。”

“那又怎么？”

“没怎么。这当然是最好的结局了。不过呢，”雷婷说，“我说了你不要生气——”

“我不会生气。”杜哲感觉到雷婷在仔细地看他一眼。

雷婷说：“如果她如此优秀，仅仅是因为她男友犯错就甩了她男友，那么，她跟你恋爱时或结婚后，一定时时会对你不放心，给你设置更多障碍和考验，让你疲于奔命，你不得不花费更大的精力和时间，处处用心讨好她。”

杜哲不作声。

“而我呢，我因为知道自己不慎犯错，很对不起你，起码内心有负疚感，会对你更好。”雷婷接着说，“在一个充满公平变数或者说是都不完美的情况下，两个女人相比，我对你更好，让你更轻松，你不选择我？”

“呃。”

“我仅仅一次不慎犯错，你就要判我死刑，连一次机会都不给。其实你也有很多缺点啊，但是因为我爱你，我从未想过离开你。”

似乎起了点风。开始他俩坐在这里时，也有一点风。这时候风更有力了些。眼前的那些杂草，被吹得摇啊摇的。天灰蒙蒙的，在这种天气下，任谁也不会来垂钓。杜哲隐约记起，好久之前，倒是在一个有风而天空灰蒙蒙的日子里，他跟雷婷来垂钓过。他们一共钓了四尾还是三尾鱼，装在木桶了，桶里全是水，还附带着鱼线上挂进来的、漂浮在桶面上的水草。那种水草像是一颗颗小星星，大概就是一种菱草吧？

“因为我不想换一个我不认识的男人做男朋友。”

“那你为什么跟他那个？你和他很熟吗？”

“不熟。我说了，我就是逢场作戏，我不想和他过日子，也不会为了他跟你分手。”雷婷小声地说。

“但是我心里还是难受。”杜哲说。

“如果你实在难受，我是说，假如，不是出于报复，假如你不小心出轨了，那么——”雷婷在想。

“你会原谅我？”杜哲问。

“假如你不小心出轨了，如果你不想跟我分手，你一定想办法把我哄回来。像我现在哄你一样。”

杜哲终于忍不住，一下子无声地乐了。

“并且，你不可以再拿我犯错的事来说我。”

“好嘛。”杜哲说。

“但你哄我的话，一定不是要像我这样跟你讲道理，你要给我花更多的钱来让我更漂亮。”

“好吧。”

“好吧。让我抱抱你。”

“你明天就准备走了吗？”杜哲问。

“对。我想很快就会回来。”

“你记得，如果有什么危险和不测，你一定不要跟对方拼命，你要活着回来。”

其实，年内的战事已经非常吃紧了。哪怕再不留心的市民，也会发现每日每夜的大街上，有川流不息的军队经过，也有零散的卡车拉着笨重无比的辎重在行进。部队在往南方迁移，但绝不是后撤。部队随时会跟不断集结的日军投入一场更无规律的战争。

雷婷主动应征，在部队里做一名伤科医护人员。三年前，她毕业于无锡卫生中等专科学校。

不久，杜哲接到前方一个同在部队的远房亲戚的战报。在离此地不远的四行保卫战中，雷婷所在的部队几乎全军覆没。雷婷因不堪日军侮辱，饮弹自尽。

年24岁。

教育诗

原载《满族文学》1997 年第 4 期

· 东郭先生 ·

东郭先生姓郭，是男的，教过我们一段时间语文。他应该叫郭庠序，很怪的一个名字。我长大后才知道“庠序”是古代对学校的一种称谓。据说东郭先生小时候家很穷，念不起书。父母把他的名字用“学校”的意思来取，倒是很令听者油生感慨的。

他的个子不高。戴着一副近视眼镜。

冬天的时候，学校要求大家备柴。那时候没有暖气，烧的都是传统的走烟囱的炉子。学生们把从家里拿的、山上拣的、市场上买的长短不齐的柴火捆成捆，全部垛在上课的教室后墙那儿，冷眼望去，像是巷战时用作堡垒的兵寨，蔚为壮观。

按理说，这么多柴火生炉子时做引火用，是足够的了。以后出现的那件小事，纯属偶然。

这天清晨轮到我和杨小东值日生火。我们俩很早就来了，杨小东的书包里还背了一只馒头，可见他没来得及吃早饭。我们俩把柴火塞进炉膛里，用油纸点燃。可能是缺乏经验，也可能是太想把炉子烧红，让同学们早晨上课时感觉更暖和一点。柴火还没有充分燃旺时，杨小东就撮了几铣煤倒进炉膛。教室里很快冒起来浓烟，炉火像睡了似的不愿起来。

我俩又想扒出来重生，又想等待它一点点缓上火——事实是我俩这样才贻误了时间。早晨的阳光一点点升起，窗外也隐隐传来叫卖早点的市声。我和杨小东有点慌，最后决定重生。手忙脚乱中，杨小东抓起身边的一条什么木楞子塞进炉去。等到炉火彻底旺时，我俩不约而同地发现，那是林革三坐的那条长凳的凳子腿。

以后，林革三的长凳一端就变成空的了。他和冯留敏是同桌，没办法，林革三在他这边垫了几块砖，把那条长凳支起来。

一共七块砖。我上课溜号时就这么数。

林革三好动，坐着从没有老实劲。班主任让他回去把衣服烫一烫，言外之意那里有虱子。图画老师看他没有个安生劲，说大烟又让他父亲给藏起来了，意思是他又犯烟瘾了。只有体育老师挺欣赏他，表扬他好动、灵活，符合体育锻炼的特点和规律。让我们都学他。

林革三上课时经常不小心把砖头坐倒了，他摔在地上，身边的冯留敏就顺着凳子倒在他身上。冯留敏是班上长得最好看的女生。每次随着“呼隆”一声响，冯留敏就歪在他身上。我们都有些嫉妒。

后来不知谁把这事告诉冯留敏的哥哥。冯留敏哥哥念五年级，他放学时堵住林革三，说再把凳子坐倒一次，就别怪他不客气。

以后林革三果然把凳子坐得挺安稳。可他的成绩不知怎么一点点下降了。

接下来讲东郭先生。

郭老师可能同吴校长有点矛盾。吴校长有个亲戚从外校调来，是教语文的。这样吴校长想让郭老师去搞后勤，把位置腾给他的亲戚。郭老师不干。吴校长就说郭老师课讲得不好。

这一天上午，第三节是语文课。郭老师进来时，面色有点不太好。我们知道他有胃病。郭老师让我们把书翻开，他刚刚在黑板上写完课文题目，吴校长和另两位老师就走进来听课。

我们都又惊又慌。听课从来都是预先通知的，让老师稍稍有一点准备，郭老师的目光从镜片后透过来，直直地盯着吴校长他们坐下，良久一语不发。

讲课照常开始。可是不寻常得很，连我都感觉到课堂上有一种潜在的混乱的空气在颤动。郭老师让一个同学起来造句，那个同学给造得驴唇不对马嘴。后来又让一个同学朗读课文，这个同学平时口齿清晰，发音流利，可不知怎么今天却结结巴巴的，三百字课文念了快八分钟。郭老师的额头上渗出一层细汗，镜片后的目光像是要哭了似的。我们都怕极了，担心郭老师提问到自己，全都把头埋得低低的。不知过了多久，郭老师缓缓走到林革三身边，正要低头拿起他的语文书说什么，“呼隆”一声，林革三又被冯留敏压在身上。

我们都忍住笑。郭老师俯下身，等到他直起腰时，我们看到他痛苦的表情。是砖头砸伤了他的脚。

讲课被迫就此中断。郭老师被两名学生搀扶着送到校医室。

郭老师终于没去后勤处，他一直教我们语文到毕业。

林革三在30年后事业上有了一些起色。他没有像体育老师说的那样，成为什么运动健将，倒是他与台商联合注册的一家体育器械营销公司，为他积累了一些财富。去年，在庆祝母校成立40周年暨教师节大会上，林革三郑重地把人民币一万元赠给郭老师。

郭老师当众收下这笔赠金。过后，又私下找到我，一起把钱退给林革三。

“郭老师，”林革三有点犹豫，“您不是嫌少吧？”

“革三，”郭老师说，“哪里话。我现在不缺钱。”

林革三说：“郭老师，总觉得对不起您。30年前……”

林革三的意思是说，他一直有一种负疚感。30年前的那节语文课，郭老师走到他身边时，他以为要提问自己，就吓得急忙用脚故意碰了一下砖头，想用一场小小的闹剧来打断郭老师的提问。事实上，他达到目的了。只是郭老师为此付出了代价。

郭老师的脸色有点白，像是旧的伤疤发作了一样。郭老师70岁了，30年前他40岁。郭老师叹了一口气，把眼镜摘下来，用衣角轻轻地擦拭："不，当时是我情急中故意用脚碰的……"

我和林革三简直不敢相信自己的耳朵。

"真的，是我故意去碰那些砖头的。"郭老师的话语中透出无限的沧桑，"记得我常说的那句话吗？'世异则势异，势异则事异'。当初，唉……"

我想起30年前在期末考试结束后离校的前夕，我曾经一个人站在空荡荡的教室里，看着那条缺了一条腿的长凳。它斑驳不堪，又油光可鉴，正一端竖立在地上，一端搭在窗台上，做出一副要跳窗逃跑的样子。

· 孔老师 ·

1977年，我念小学一年级。

孔老师做我们的音乐老师。她那时刚从师范学校毕业，后脑勺扎着一对小把，又黑又粗的，弯成一双弧形。在教室门和黑板中央，她坐在那架破旧的风琴后面，把一副脚踏板踩得呼哧呼哧的，教我们唱歌：

小鸡小鸭真漂亮，真呀真漂亮，

嘟嘟嘟嘟嘟嘟嘟，喇叭响，

我是汽车小司机，我是小司机，

我为革命运输忙，运输忙……

30年后，当我重新回忆这首歌，根据下上文的语境，会恍然大悟它的开头一句不是“小鸡小鸭真漂亮”，而是“小汽车呀真漂亮”，可当时我们就是以讹传讹，信口唱出的。没有歌词，孔老师领唱一句，我们跟唱一句。孔老师喊“预备——唱！”坐我身后的刘大壮就抢头喊：“小鸡小鸭……”刘大壮把声音传给我，我又传给同座的田琪。田琪传给谁我就不知道了，有一次放学路过田琪的家，我听到她的妹妹也这么唱。这首错唱的歌曲至少传达给我这样一个信息，小鸡小鸭很漂亮，它们悠闲地走在大道上，可是为革命运输很忙的小汽车顾不上它们。言外之意，压着不管。

我不知道它在多大程度上左右了我少年的人生观。每到傍晚，学校的琴房里就会传出孔老师练琴的声音。那声音在校园里回荡，显得亘古幽深，又让人莫名惆怅。

“你知道吗？孔老师自己会作曲子。”有一次，刘大壮对我说。

看到我半信半疑的神态，刘大壮嗤了一声：“你不信？好了好了，反正她自己作的曲子挺难听，咯咯呀呀的像母鸡寻食。”

我有一回去听了，装作在琴房附近玩双杠，不像刘大壮说得那么难听。

让我万万没想到的是，孔老师弹过无数遍的那首曲子，后来由学校派给我唱了。我这才知道，原来学校里不只刘大壮一人知道孔老师会作曲子。教务处的大个子白主任，自己写了一首词，让孔老师给套进那首曲子里，留作全县小学文艺会演时演唱。孔老师找到我，一字一句教我唱，一连几个星期，孔老师都这么鼓励我："好好唱。到了那天，要给你化妆呢！"

离演出只剩两天了。正当我为第一次登台演出忐忑不安而又踌躇满志的时候，孔老师突然找到了我："你的节目被取消了。"

"什么？"我怔住了。

"不怨你。是节目被取消了，这样才用不上你。"

"怎么啦？"我几乎要哭了。

"白主任那首词……是……怎么说呢？说了你也不会明白。"孔老师拍了拍我的肩膀（我躲开了，她当初也这样拍我），"我们那位领导人即将平反，上面通知不允许再任意攻击他了。就这样。"

我的脑海里马上浮出歌词里那位领导人的名字。我还是有点懵懂不明。我问："为什么？"

"为什么？"孔老师忽然生气了，脸色有点白，"不能唱就是不能唱！"

我泄气了。我马上想起刘大壮说的话："孔老师作的曲子难听死了。"

以后，傍晚的时候，校园里静悄悄一片，我再也没听见孔老师弹过那首曲子。

我舅舅曾从外地给我带回一盒西藏火柴，每根都有食指那么长，在当时，这算是相当稀罕和有个性的东西了。上课的时候，我把火柴拿出来给同桌田琪看。她开始以为那精致的盒子是脂粉盒之类，可当她看清那里面只不过挤满了一根根颀长的火柴时，就又把脸抬向前方，轻佻的嘴唇令人讨厌地随着琴声一张一翕。

“瞧不起怎么的？”我压低嗓子嘟囔，“这火柴一根可以着两分钟。”

“不信。”田琪唱了半句，说了半句。

我抬头看前边。孔老师抬头时能看见我们，低头按键盘时就只露两只小把。我对田琪说：“我划给你看。”

火柴燃着了，光亮大得很。孔老师没看到光亮，但她抬头时，却看到我头上一缕淡蓝色的轻烟。琴声戛然而止，孔老师直奔过来，一眼瞥见我手里攥着的那盒西藏火柴。

“你干什么？”

我没感到太害怕。这才明白原来我内心一直隐隐有一种报复的欲望。停了一会儿，我还是如实答了：“这种火柴一根可以着两分钟，我想试试是不是这样。”

孔老师毫不客气，很严厉地把那盒火柴没收了。

下课时，我去找孔老师承认错误，想索回那盒火柴。孔老师的神色有点窘，面颊稍微有一点红。她平静了一下，她说：“学生不让玩火，《小学生守则》都提到过，你知道不知道？你竟然在课堂上划火柴，这盒火柴不能给你了！”

我不敢再磨。再磨孔老师就要叫我背诵《小学生守则》了。我压根背不下来。我只好悻悻地走了。

应该说，我在小学时期所学的歌曲不计其数，可大多随着岁月的流逝而泯于记忆。我对孔老师的印象也只是寥存片段，有两点可能是需要补充的：

一是在“火柴事件”当天傍晚，孔老师的男朋友来学校看她，我因值日，放学挺晚，路过灯火通明的琴房时，不经意中听到孔老师对她男朋友说的这样一句话：

“……来，你抽烟用这个点吧。这是西藏火柴，你知道吗？一根可以着两分钟呢！”

二是我念三年级有一天，还是傍晚，从琴房里忽然传来一阵风琴的乐曲和歌唱。是当年孔老师作的、我没有唱成的那首旋律。歌声是从孔老师嗓子发出的，但是那歌词，完全和我以前接触过的不一样。

那时候，我知道，孔老师和她的男朋友不知怎么早已分手了。

据说，这首歌词才是最初的真正配词。是她男朋友亲自填的。

我静心听了一会儿，不知怎么想要流泪。那真是很好的一首歌。

回忆就是引诱

原载《百花洲》2003 年第 4 期

“你真的忘记了吗？”她问。

“我……不知道。”他说。

事实上室内就他们俩。或者说，整幢楼里就他们俩。今天是星期天。深秋那种微寒而潮湿的雾气在室外徘徊，浓浓的，亮亮的，任谁也挥抹不去。高大的窗户边的遮光布半舒半卷，垂下来的一角刚好搭在石膏维纳斯光裸的肩上，宛如她的披肩。室内四处布满了画架、调色板、画夹、松节油、粗细不同的笔、纸、麻布、瓶子、刀……一切非常凌乱，却有一种内在的乱中的秩序。所有的物体似乎都蒙上了灰尘，让人感觉不真实，唯有四面的墙，森严、冷实，保留顽强的质感。她望着它们，鼻息里觉出一种画室特有的油彩气味，沉暗，微醺，无奈，适合怀旧。

也许就是怀旧的气味吧，她想。

“你忘了吗？上高中的第一天……”她迟疑着，讲了如下的片段。早晨，她骑自行车快到学校门口时，他从后面飞快地骑上来，莽撞地将自行车拐进校门，差点将她连人带车别倒。她“哎”了一声，两人的自行车还是撞到了一起，他回过头，抱歉地冲她笑，她也只好冲他笑。那是升入高中，分到同一个班级时，他们俩的第一次接触。

当然，这是二十四年前的旧事了。

他摇了摇头，笑了一下，说：“忘了。”

她没怎么感到失望。是的，类似的片段在高中三年里足有上百个，她怎么能够随便提起一个，他就会立刻想起来呢？虽然，这些细节——用一位经典哲学家的话来说，是“有意味的形式”——曾怎样搅动她青春期少女内心的波澜。她望了他一眼，感觉刚刚从他脸上消失的那个笑容，倒是依稀仿佛，与自己二十四年来内心的记忆是印证不误的。

她今天并没怎么刻意修饰自己，一是因为她还年轻，又从事美术工作，自有一番艺术和浪漫的气质隐隐闪现；二是因为她明白这次约会是什么，或者说，不是什么。从某种角度说，不是什么的含义要远远大于是什么。她不想用刻意的修饰来照应自己复杂的心情，相反，她喜欢用反衬的手法，使外表尽力平和与从容。

她还记得第一次给他打电话约定这次见面时的情景。她把电话打过去，立刻就感觉自己是在冒险。“喂？”他问。“喂？”她几乎同时这样问。“你是谁？”他说。“你猜一猜。”她忽然临时这样应对。虽然落入俗套，但多少可以缓释她绷紧的心。“我猜不出来。”他说。“你猜不出来，”她用玩笑的口吻说，“那就把电话撂了吧。”让她意想不到的是，他真的把电话给撂了。她觉得既羞恼又好笑，重新把电话拨过去，说：“你真的听不出我是谁？”接着说出了自己的名字。“啊，是你呀，对不起，我刚才以为是谁打错电话了。”她听出了他由衷的高兴和真诚的道歉。再一次原谅他，她想，毕竟是二十四年来第一次在电话里听到对方的声音。

她约他。他长时间沉默，像是为此感到突兀，又像是退缩，不过最终还是答应了她。“在哪里见面？”他问。“在哪里……”她一时语塞，印象中的约会好像都是由男方确定地点，“在……我们单位，我的画室吧。”

窗外仍旧是灰蒙蒙的，玻璃边映着几片银杏树涩黄的叶子，远处有缥缈状的街道，仿佛流淌雾气的河。有一霎间，她觉得窗玻璃是一张灰色的调色板，被人信手涂抹了什么。也仿佛那是一幅取景框，装帧了一幅什么抽象主义的油画风格，譬如《街上的神秘与忧郁》。

多少年前，刚刚毕业分配到这座群众艺术馆大楼美术辅导部的时候，她曾凭借想象画过一幅他的肖像油画。不知是由于调子问题还是比例关系，她总也画不像他——似乎缺少什么。缺少什么呢？她说不清。到那时，她才慨叹自己高中三年，竟连一张他的照片都没有。唯有一张合影，可是照片洗出来的时候，她正拿在手里为着上面的自己显得憨拙和拘谨而遗憾之际，照片被身旁的同学给抢走了。这是仅有的一次机会，所谓的合影，所谓有他笑容在上面的照片。她的那幅肖像油画终究没画成，她在画布上重新铺了一层厚厚的油彩，改画成一堵斑驳的墙，一扇教室窗户，椅子上斜挂一只寂寞的书包，名字叫《回忆》。

这幅油画现在就挂在他身后的墙上。

“你记不记得，还有一次，”她说，“我们分到一个班级一周后，有一天课间，我坐在座位里信口哼唱一首歌，是《三月三》。我唱着，忽然觉得不知什么时候，你在一边情不自禁地吹起了这首歌的口哨。我立刻不好意思了。这叫同学们怎么看呐？我唱歌，你伴奏，好像咱们俩分在一个班级就挺那个、挺默契似的。于是我就停唱了，留下你一个人继续吹。后来你可能意识到什么了，你不吹了，站起来慢慢走到室外……我那时候太自尊，真是幼稚。”

他认真地听完了，脸上布满一种迷茫：“是么？我记不得了。”

“你记不得了？”

“是啊。”

“你记不得歌了么？”

“歌？好像记得……‘又是一年三月三，风筝飞满天，牵着我的思念和梦幻，走回到童年’。”

“对啊。”她说。

“事情我记不得了。这是什么时候的事？”

“二十四年前么。”

“二十四年前……”他停顿一下，自己将思路岔开了，

“其实，即使我们俩当时挺默契，这也没什么嘛！”

“可是，那是二十四年前呀。”她着重声明。

是的，二十四年前。虽然，用眼下艺术界的流行语来说，她是属于“七十年代出生”的人，可是她的性格里并不具有被评论家赋予的标签式的、大一统式的所谓反叛和不驯的个性。相反，她是规避的、被动的、渴望传统的、情愿戴着镣铐跳舞的，像蜗牛见到阳光就要缩回到它的壳里一样，面对现实总是回到自己内心世界的人。她觉得，个性与经历有关、与教养有关，而与年代无关。如果硬要与年代牵扯到一起，她觉得自己倒像是五十年代出生的人。这也就等于说，她相信哪怕再过一百年、一千年，世界上仍会存在某种性格内向的人，不事张扬的人，小心翼翼和避时守旧的人。不是吗？她的个性就是如此。再说，二十四年前，1986年，她还是一个少年呢，那时的社会，自上而下所提倡的是“有理想、有道德、有文化、有纪律”，如果没记错的话，那一年中国刚刚开始加入世贸组织进行谈判（天啊，也是二十四年前了），然后，时尚纪要是，刚刚兴起琼瑶小说热，街上有人穿起牛仔裙，女排夺得五连冠，崔健开始唱《一无所有》，夏时制和婚姻介绍所登台亮相，出舞台席卷全国的是《初恋时我们不懂爱情》……谁懂爱情？她想，在学校里，同学之间约定俗成的是喜欢谁就偏偏说谁的坏话……

她想就刚才的话题继续谈下去，于是她问：“你不觉得我们俩当时存在的默契成分和因子吗？我是说，既然提到了默契，譬如……”

“譬如什么？”

“譬如，一个眼神，我们俩当时从不说一句话，只是经常互相凝望。”

他坐在那里，她的对面，一直是固定的姿势，现在，他望着她。

“真的，”她说，“有一次连我的同桌女生都觉察到了，她顺着你的目光发现了我，然后又看到我的目光。后来我们三个都把目光挪开了。”

他静静地听。

“还譬如，放学时我们都不愿率先背起书包离开教室，磨磨蹭蹭，好像许多讨厌的作业忽然变得让人热爱起来，要么就是，嘴上说等着某某同学一起走，其实与那个同学毫不相干，只是自己想在教室里多待一会儿。如果你的书包撂在桌上，人却离去了，我就知道你一定又在楼下操场上踢足球了。那样，我只好装着路过的样子，背着书包在那里驻足看一会儿。你总是在冲锋的时候把球踢出界，踢到我身边来，让我给你捡球。同学们都骂你臭脚。你的球踢得多狠哪，每次都像要踢到我的身上，把我冲倒……”

他沉默了半天，“还有吧？”他问。

“还有，譬如，有一年元旦晚上，你站在教室讲台前唱一首歌，费翔的，‘如果我们俩从来不曾相恋，泪水不会占据我的眼’。你几乎就是站在那里望着人群中的我唱的。后来轮到我出节目时，我唱了一首《春光美》，‘我们的故事，故事多么美丽，那春天的好时光，留在我们心里’。我相信同学们都被我们感动了。虽然他们并不知道，我们之间存在着什么……”

她的话说到这里戛然而止了。她愣了一下。她说了这么久，是的。或者说，她思虑了这么久，从高中毕业分手一直到现在。“我们之间存在着什么？”她急于破解的是一个真实的诠释，就像是漫长的雨季终于破晴，浸淫无数潮湿、背负无数阴暗、等待得蔫头蔫脑的所有植物仍然会在阳光出现的某一天里绽放它花朵的谜底一样，这应该是自然的逻辑，也是生活的逻辑。

是的。这么多年来，随着年龄的增长，阅历的丰富，事业的成功，家庭生活的幸福与和谐，她对人生可以说是再无他求了。尤其是事业的成功。几年内在油画专业领域连续拿到两项国内奖、三项国际奖，作品被包括英国皇家美术学院、纽约美术联谊会及菲茨罗伊博物馆等多家机构收藏——这些，已经让她产生在个人创作领域内几近峰巅的想法了。虽然，她知道，这种想法是虚妄的。因为起码在本市，没有多少人知道她的建树，包括他。

一直以来，她常常会强烈地想起他。在看到影视作品时遇到的某些细节，在自己的创作构思中，有时候竟然在梦中。他的形象以及他们之间的交往像是海洋中大片的浮游微生物一样，延伸出无数的触角，纠扯和缠满了她前行的生命之舟。她冷静地分析自己，自己不具有偏执特征和自恋倾向，但是有时候所谓的怀念他，倒不如说是怀念由着他所连带的自己一去不再的青春时代。与此同时，与自己明朗发展的事业相照应，她觉得自己的高中时代是尴尬，暗哑的，是盲区。她不知道在整个高中时代做了什么，是否有意义——哪怕知道它的结果也是毫无意义。是的，这个时代已经有太多少男少女的初恋故事都在以后各自平俗的生活中被永远地埋葬了，埋葬在心底，这是天经地义。他们不愿回顾和正视，有时候是出自无奈，有时候是源于自尊，她想弄清的是，在漫长的高中时代，她整个儿是枉自一片多情，还是有谁在其中负情。

哪怕，退一万步——从最原初的心理分析角度来说，“病蚌成珠”，越是回避什么，越是难忘什么，对他的感情积郁太久才成为一种情结，那会真正对她日后的生活构成危险。今天，她想打开它，敞开它，让自己在今后真正走向泯然与从容。

此时，他已经从沉默的坐姿中站了起来，在地上来回踱着。他走到窗前，看着外面的雾，然后转过身，歉然地望着她。

“我……对不起，我不知道当初的你，是这个样子的。”他有些笨拙地说。

她有一刻屏住了呼吸，甚至丧失了意识，静悄悄地如在梦的隧道中游走一般。虽然她事先对这次见面的谈话做了种种揣测，他的回答还是让她感到吃惊，继而是深深的失望。她感到自己非常可笑。就像是福楼拜笔下那个“情感被幻想牵着走”的包法利夫人一样。然而也不同——她只是想弄清自己在高中时代是否与谁存在感情默契——仅此而已。不过，所谓“默契”，同对方说出来还叫默契吗？那么，不说出来，又怎么知晓那一切是不是默契？

“你怎么了？”看着她愣怔的样子，他问。

“没怎么。”她说。她看到了身后，那幅油画。潜在它背后的形象，为什么总是画不好，她明白了。

她忽然顿悟，顿悟自己搞不清他是不是在说谎，戴着面具一样。如果高中三年他与她仅是一场游戏的话，那么现在仍是，他钳制她于股掌之间。这种想法让她再一次感到悲哀。不悲哀又怎么的？她同样无法揣摩与之截然相反的事实。是的，她爱她的丈夫，她想，她从没有像眼下这样强烈地热爱她的丈夫。这样说，她今天约见他的行为本身就是徒劳、荒谬和无意义的。

她想她应该走了。这么想着，她竟然真的站了起来，喃喃道：“对不起，我说了这么多昏话……打扰你了。真的，对不起，很想和你再聊一聊，可是我待会儿在宣传部那边还有一个会议，我们走吧。”

他站起来，表情复杂地望着她。“我……没有做错什么吧？”他真诚地问。

“没有。”她报给他一个释然的笑容。

“可我觉得还是伤害了你。”

“没有……”她想再说什么，但是说不出来了。

她已经走到房间门口了，他慢慢地跟在后面。他的表情和目光呈现出他极力在记忆中搜寻什么。“其实，”他说，“我倒是能记起来一个——”

“什么？”她回头问，伸手拉住门的把柄。

“对，一个细节，你别动。”他护住她说，“有一天，当然是二十四年前的一天，我们下课往教室外面走，你和我同时去开门，两只手碰到了一起，后来你躲开了，你记得吗？”

她本能地摇了摇头，不记得。真的不记得。不用刻意去回忆，她的脑海里熟悉上百个细节，没有这个。

“怎么会不记得？”他说，“跟现在是一样的，你先握住了把柄，我又握到了你。”他的手轻轻地握到了她门上的手。

她的眼皮跳了一下，她感到了他手上的温热，整个高中三年，他们俩的手从没有碰过一下，就连老师喊他们俩到黑板上答题时，她接过他用过的粉笔时都脸红，心突突地跳个不停。

现在，她的脸又一次红了。她想把手抽出来，他更加攥紧了她。“别。”她说，可是她的另一只手也被攥住了。

她感到他呼吸的不正常。她觉得事情有点糟糕，她害怕了。“松开我——”她疼得叫起来，接下来她的嘴唇也被对方的给贴住了。

她觉得天旋地转。事实正是如此。她被推搡和扯拽着，室内的物品被碰得东倒西歪。她的眼里支离破碎出现的，是窗外的雾和那幅叫作《回忆》的油画。

接下来，她和他都不清楚他们之间发生了什么。

圣火

原载《中国作家》2022年第2期

于是，他只好盯着眼前公交车后面那两个车轮。那两个车轮似乎高矮不一，但是滚动的速度几乎是匀速的，缓慢而迟钝。公交车后面巨大车厢，遮住他目光里两个轮子的上半部，由于比例过于悬殊，看起来像是一个矮人穿了件巨大的衣服。路上还是很湿滑，这个冬天一直在不停地下雪。但是雪再多，也没有这座城市人们出行的脚步和车辆行驶的频率多。积雪很快被碾平和轧实了，既斑驳、断续而又绵绵不尽。他开车跟着公交车，一直保持大约二十米的距离。眼下进入的这个路段，路两旁的树木突然多起来，而阳光又是如此强烈，从一侧将树的影子横铺在路上，给他一种一直行驶在漫长的斑马线上的错觉。同时令他无比地目眩。

两天前，妻子让他开车去城郊某地送一件物品。他从来没去过这个地方，甚至也没有听说过，地图上也找不到。

妻子只是说，目的地是K市通往郊外1号公交车路过的第14站，或者说是介于13与14站之间——路边有一处淡绿色的房子。因为他要送的东西是一件特殊医疗用品，平时只能放在冰柜里恒温保存，如果拿出冰柜并超过一定时间（比如说，四小时），可能就会影响使用的效果和质量。因此，为安全计，他决定抽出时间，先尾随1号公交车，沿路去查看一下地形，以便改日将物品及时送达。

他多年不坐公交车了。后来，他对公交车几乎有一种惧怕的感觉。他对公交车最初的印象只停留在童年。那么，有一年——他拥有私家车之后的多年以后，因为车辆拿去维修几天的缘故，他出门只好选择坐了公交车。上了车，他发现自己完全置身于一个陌生之所，似乎是一个每天上班的工人，突然看到经常出入的车间进行了不规范的改装。司机睥睨着他掏出的十块钱，大声呵斥说："自动投币！"

"呃，什么？"他问。

"这是自动投币！"司机的声音更高了。

他此时已经按照习惯，蹒跚着走到车厢内的一半，他以为自己应该先找个座位坐下，然后有售票员前来收钱。他惶顾左右："投币？往哪里投？"

"这里！"司机压根没回头，只是用下巴指了一下前边。他只好回转身，捏着钱，向着司机给出的方向走去。突然，司机一个紧急刹车，鬼知道前方是否真的有了意外情况，还是司机故意捉弄他，他猝不及防地整个身体扑倒在车厢过道，无数人（他感觉车厢里有无数人）哈哈大笑起来。

他爬了起来，摸了半天，也看了半天，终于找到一个似乎是应该往里面投钱的箱子的隙口，但是他又犹豫起来，因为他不确定这个自动投币箱，是否也会像街头的自动售货机一样，会给他自动找零。

“不找零么？”他将十块钱嵌入一半的位置时，嗫嚅着问司机。

司机终于恼怒了，踩下刹车，“哗”的一下打开车门，大声吼道：“下去！”

他狼狈不堪地赶紧溜下公交车。

那是他一次愤怒而羞愧的经历。一个“体面人”，被一些“底层人”羞辱。这种羞辱不断放大着自己的感觉，并促使他思考了一些问题。唯一的过错，是他快二十年不坐公交车了。城市还是这座城市，但是城市的罅隙和结构里，发生了他所不知的变化。他每天洋洋得意地（或者说，他并没有洋洋得意，他只是觉得习惯和心安罢了）开着私家车，在雨天或冬季下雪的时候，望着窗外步行在泥泞里，或是骑着自行车匆匆奔忙，也或者是昂起头颅并踮起脚跟排队去上公交车的人们——那一切的平时所谓“底层”的人们——他隔绝了他们的生活。自然，他们也排斥着他。

他的思考也许成了反思。他的反思不是使自己适应他们，改变自己，而是使自己更加惧怕他们，甚至恨不得更加远离他们。这种反思在日后不断得到印证。比如，他在开车的时候，不论在哪里，只要有街道，他虽然看不到公交车司机们每一张不同的脸，但是公交车一律都是在道路中间压迫着他。它们的速度并不快，缓慢而迟钝，但是从不让路，甚至，本来是转弯让直行，他直行着，公交车从旁边转弯过来，丝毫不退让。它们的车身永远别着他，挤占着他。

于是……此时，他就与目光前方的公交车保持二十多米的若即若离的距离跟着。逢上公交车遇到站牌停下，卸下或接纳零星乘客的时候，他也只好停下，等待重新起步。

有一刻，在一个大道的转弯处，他被红绿灯隔住了。眼看着那辆公交车消失在转弯处。那是另一条街道。他有了一种被遗弃的心慌的感觉，因为他不知道那条街是什么样子，也不知道公交车还会不会引领他沿着1号线继续寻找他要去的地方。这种情境就好比他手里攥着两张电影票，时间快到了，可是初恋的情人却不知哪里去了。好不容易等到红灯变绿，他加大油门冲出去，快速转弯，追了足有五分钟，终于看到那辆公交车，它仍在不紧不慢地行驶着。于是他仍旧慢慢地跟。公交车司机也许发现了他，有一站停下后，乘客上去很久，可司机仍旧不走。不过那个司机不在乎。他想，他替那个司机想，有什么呢？还没听说有人劫持一辆破公交车的，再说一车的人，他能将公交车司机怎么样呢？

公交车驶入了一条安静而嘈杂的大道。说是嘈杂，是因为道路很宽，车来车往很密集；说是安静，是因为道路两旁的树，一下子变得高大起来，甚至齐刷刷地高过道路两边的居民或厂矿的楼房，使他的心情瞬间变得开阔起来。仿佛他走在异乡的土地上，或是多年以前，他去北京出差，这是北京通往通州或是其他郊区的某条宽阔的街道。也是高大的密密的白杨树。

就在他不经意地看着道路远方的时候，突然，他看到了目光左侧，一个奇异的景观。

在一片开阔的土地上，当然，是越过了无数的厂房或居民楼的房顶——自然，也是没有冬天的稀疏的树干们遮挡视线的地方，在半空中，燃起了熊熊大火。因为光线太过强烈，火焰又极其耀眼，最初他都不知道那里是怎么回事。后来，当目光稍稍适应，他接着看到，有一只拔地而起的银色烟囱，擎起了那条火炬。那条火炬像是由一百吨的石油和一千吨的氧气交媾而成，盘旋和定格在人间大地上，升腾吞吐，袅袅不绝。这是他几十年都没有见过的景象，在经历的无数个日子和无数个城市街区的印象中，前所未见，横空出世，简直就是人间的圣火！

他的心情一下子激动起来，被那火焰所点燃。他说不出哪里被感动了。他恋恋不舍地将目光转移到前方，盯着那辆公交车，因为他还得赶路。

既然他已经怀揣了一个神奇的事物了，这事由不得他。他决定待会儿回来看看那火焰，仔细地看看它。好在，剩下的路竟也短暂，公交车又走了两站之后，他终于在道路的右侧看到了那处淡绿色的房子。那其实是一栋二层小楼，第一层是白色，第二层才是绿色。他在心里默默地记住了这个所在，然后，他就掉转头，离开那辆公交车，开车向着来途返回。

他搞不清楚如何去往那处圣火之地。是的，它就在街道分叉的纵深处。他远远地看见它，但不知道如何走近它。他开着车子在街道边来回逡巡了好久，终于发现有一条小路，总之，他不确定是不是通往那里，但大概的方向也许是对的吧。

道路越走越荒凉，也越走越偏僻，还有陌生。这是冬日下午三四点钟的光景，路两边时而可见斑驳的旧砖院墙，杂草，疯长的树木，以及横在半空废弃的塔吊或钢筋混凝土预制板。此时，他坐在车里，头上被高墙和树木遮挡得只露出一小片天空，已经看不到火焰在哪里，他只能顺着道路的方向行驶。并且那道路也非常狭窄，他每每担心如果对面来车，两台车谁该退回去（道路当年也许不窄，只是年深日久的茅草和瓦砾占据了路的两旁，他想）。终于，弯弯曲曲开了很久，他的视线变得开阔了，前方出现左右两条岔路，而就在岔路的路口，迎面可见是一处工厂的大门，从歪趔和空洞的铁栅栏望进去，里面竟然似乎土地宽远，厂房矗立，别有洞天。

他的好奇心一下子被拴住了，他决定进去看看，再说，那个火焰就在这里也未可知。

他把车子停好，熄火，怀着忐忑而纠结的心情，脚步慢慢迈过大门。大门左侧是一间收发室，颓圮的屋檐和老旧的门窗，不用看也知道，里面没人。但他还是看了一眼。他沿着路继续走，竟发现这里的积雪比外面道路厚出一倍还多，而且一片空白，连一个脚印都没有。冷风呼呼地刮着，嘴唇很凉，他不得不掏出一根香烟来吸。这时候，他才发现厂区里面，全是一片片废弃的建筑。有一幢一幢的车间，或独立，或连绵。也有形状奇特的高楼，一律是红砖或水泥砌就。就他的目力所及，前后方圆，断断续续各绵延出一公里。

他孑身一人，搞不清楚这是一处什么工厂，但是他太熟悉这里的气息了。他记得上小学之前，家里没人照顾他，他基本是每天被妈妈带到她工作的工厂里玩耍。那也是一个庞大的工厂，生产丝绸机械设备。他就是伴着机器的轰鸣、斑驳的铁锈、嘎石的味道以及铝饭盒沉闷的叮当声响度过整个童年。

他记得妈妈工作的车间，全是女工，那个车间不是很大，相当于五六个篮球场，女工们忙碌的时候，车间里的机器很沸腾，不忙碌的时候，又是极其安静。每个人都坐在自己的工作台上，仿佛多年以后他所熟悉的集体写字间。那一天，他不知怎么，闲得无聊而又好奇，在杂乱的堆满工具的地面上，找到了一根连线插头，然后又在附近的桌子边，找到了一只插座，就在他尝试着将那根插头插入插座里的时候，妈妈旁边的一位年长的女工突然大喊："哎哟！可不能插！"

他吓了一跳，止住了手。所有的人都看着他。他从所有人瞬间停下了手中的活计里感觉到某种危险的存在。那年他才四岁。妈妈默默走过来，拉开并拿掉他手里的插头。

他后来以为，危险会殃及自身。他从她们接下来断续的教导中，知道了"那有电，不能动"。他以为她们担心他会死掉。多年以后，当他再想起这件事的时候，他开始明白了，她们不仅仅是担心他的生命危险，一个四岁的男孩。也包括其他人的危险。因为有人正在安静的台面上工作，做什么的都有，机器是安静的。如果他把电源接通，某些机器会瞬间转动和咆哮起来，那带走的不知是谁的生命。

“他怎么会知道那个往那里插呢？嘻嘻。”

“就是啊。”

“他是看到过吧？”

“不会啊。看到过谁插的呢？嘻嘻。”

“没有看到过吧？”

“那他就是太聪明了。”

接下来，女工们开始调侃他了。也互相调侃。他从女工们的调侃当中得到了许多安慰，因为这使他刚刚的紧张和罪恶感得到某种稀释。虽然当时他还不懂，女工们的调侃其实是带有某种隐晦的色情意味的。但是从那个时候起，在那个工厂的环境中，他学会了人生的第一课：有多少人，或大多数人——工人们，他们既能及时地发现危险，正视危险，但又能很快地遗忘危险，进入欢乐的情境。生命的截然两面——凝重和蓬勃，在他们身上和谐共处，融而为一。

此时，他沿着废弃的厂区大院纵横交错的道路，漫无目的地走着。他看到一排排老旧的仓库，哪怕任意的一间里面，都堆满了被纸箱包装起来的模件，那不知是什么产品。没人偷窃它。他看到了杂草丛生。他看到一扇硕大的铸铁大门上锈蚀斑斑，像是一幅颜料厚积的油画。他看到所有的建筑物的窗户，玻璃几乎全部碎掉了。他看到一处户外旋转楼梯，应该是通往某个操作台，钢板制成的脚踏和扶手，已经被岁月和风雨弄得弯曲不堪，像是经受过强烈的TNT（三硝基甲苯）当量冲击波。他看到一栋高大的楼房，像是一个独体别墅似的，无名的藤蔓从上至下瀑布般倾泻下来，仿佛它们不是从地面生长，而是从楼顶下垂。事实是，随着他的目光向上，这栋建筑的楼顶真的长了几棵树，已经很粗壮了，就在那脱落的墙皮和水泥沥青的楼盖上矗立。

还有职工食堂，像是监狱。还有职工宿舍，也像是监狱。

他完全被惊呆了。有一刻，他眼前出现了一幕奇幻的景致，他望着阔大的厂区，看到了河流一般向大门口涌出的黑压压和银亮亮的自行车车流，伴着绵密的自行车铃声和欢笑声，打情骂俏声，有人喊着“班长、班长”的声音，八十年代流行的激昂而心颤的喇叭里的歌曲声。它们与他眼前的一切进行着对抗，然而，在同一幅叠加的画面里，它们消逝了，眼前赢了。

他轻轻地叹了口气，想起了自己的妈妈。他甚至想起了当年车间里那位喊他“哎哟！可不能插！”比妈妈还年长的女工。她们早已不在了。

厂区里竟然还有河流——不，是冰冻的水泊。埋伏在大片的几乎比人还高的荒草与芦苇当中，闪着银亮的光。他走上去踩了踩，那冰冻的水泊洁白又透明。突然，一只庞大的物体从草丛中窜了出来，经过他的身体，直飞天空，给他吓了一大跳。他的脸都要吓白了。完全猝不及防。尤其是，那个物体在窜出之前，发出一阵类似秸秆折断般的吱嘎声，单是这突如其来的声音就足够吓到他了，并且那个物体又极其近距离地经过他的身体。待他定下神，才看清那是一只黑色而庞大的鸟，如一只笨重的风筝一样，向远处飘摇。那种吱嘎的声音，大概就是它的翅膀所摩擦发出的。

他的腿都要软了。经过这一吓，他能感觉到腿的颤抖，心跳过了好半天才平稳一些。多少年了？这里没人，这里没人，这里没人啊。

他立刻打定主意，向厂区大门口走去。

经过门口的传达室时，他再次心跳了一下。此时，天光已经暗下来了，远处的树尖在黄昏中划出了一道道琥珀色的剪影。而传达室，此时竟然亮起了灯光。隔着透风的窗户，他看见里面坐着一个人，似乎在打瞌睡。

他站在门口，犹豫着要不要进去。从礼节上说，既然当初他进来的时候是贸然闯入，那么离开的时候，还是应该跟对方打个招呼的。

一个五十多岁的男人，抬眼看了看他，昏暗的灯光和玻璃的折射下，他的眼睛似乎闪着一点蓝光。

“唔，你没事吧？”他决定主动跟对方打个招呼。

“小子，我会有什么事？”男人说。

“呃，我不小啦，我也四十多了。”他说。

男人乜了他一眼。

“这是一家什么工厂？有名字吗？”他问。

“说了你也不知道。小子。”

他摇了摇头。感觉这男人也许是个流浪汉。不过，奇怪的是，这废弃的厂区怎么会有电？而且，房间里的灯为什么会亮？

他决定告辞。

“你是做什么的？”男人忽然问。

男人在说话的时候，两只手在桌子前划拉了一下，他这才发现，桌子上有几张报纸，这使他暂时打消了立刻离去的念头。

“我只是随便逛逛而已。”他说。他站在地上，面向坐在那里的男人，有一瞬间像是主仆关系。

“我问你一件事，你能帮我吗？”男人恳切地说。

“哦？”

“情感的问题，情感的问题。”男人说。

他不解地看着对方。

“我有一次恋爱，不不，我有三次恋爱，具体你别管了。其实，虽然我连一次恋爱都不配有，但是我确实有三次恋爱。你可以理解为我很好，或者说，她们很好，她们对我很好。我现在独身，我有两个儿女。”

他点了点头。

“一个女友住在通顺街，一个住在马车胡同，一个住在附近。现在是附近的这个出了问题。”

“什么问题？”

“你帮帮我，你帮我一下，我看你像个明白人。或者你告诉我也行，我该怎么办。”

男人搓了一把脸。

“你说吧。”他说。

“前面的两个女友，都早已结婚了。可是第三个女友，一直没结婚。”

“哦。”

“他不跟我结婚，也不跟别人结婚。”

“为什么呢？”他问。

“我就是求你帮忙啊。她为什么呢？”男人突然有些恼怒。

他呵呵笑了一下。

“你还笑。我很痛苦。”男人的表情似乎真的变得扭曲了。

“这个问题很复杂，难怪你这么痛苦。我得回去认真想一下。你明天还在这里吗？我想好了明天告诉你。”

“不不，你不要走。”

“以我的预测，她今晚——不，她待会儿就会来。我必须得先走了。”他说。

男人用狐疑的目光盯着他。

“你说的也许对。这不，我的灯光亮着。”男人说。

“再见。”

“明天见。”男人说。

他逃也似地离开了房间。他吸了一口气，外面的空气让他再次与日常现实融为一体。他打开车门，发动了汽车，沿着另一条比较而言是宽阔一点的道路继续行驶。

他再次看到了那只高耸入空的火焰。它像是一只镶满宝石的鱼，在空中做悬停般的游动。他开车在巷道里转着，那只火焰便一会儿出现，一会儿被楼体遮挡，一会儿离他很近，一会儿又离他很远。有几次，他走进了死胡同，只好再费力将车倒出来。仍旧是一个人影都看不到，他仿佛走在童话的迷宫里。折腾了又是将近半个小时，他的面前出现了一道横亘的铁轨，而那火焰，就在铁轨对面的远处。看着高高的铁轨路基，他知道车子是肯定开不过去了，于是他下了车，打算徒步过去。可问题是，铁轨对面，也有几家工厂，那些工厂沿着铁轨线，纷纷围立着一望无尽的防噪墙，他用目光打量，根本找不到入口在哪里。

他几乎要泄了气。但是一想到整个下午已经渐渐消逝的时光，以及当初的梦想，就又洋溢着一种激动心和好奇心了。“我肯定是离它越来越近。除非它熄灭。”他想。

一想到它也许会熄灭，他忍不住紧张起来。是啊，天色渐渐晚了，难道在那里做工的人们不下班么？如果下班，火焰熄灭了，他肯定是记不住火焰的具体所在了，就像夜色会吞没所有的树干一样——那他岂不是白白寻找了大半天？

就在他既犹豫又无可奈何之际，他看到从遥远的轨道尽头，渐渐走过来一个人影。他决定等待，跟对方攀谈：通往火焰的道路到底该怎么走。

那人渐渐走近，这才看清，那人的脚边还跑着一条小狗。他冲那人笑了笑：“你好。”

这是个七十多岁的老头。皮肤白皙，却又饱经风霜的样子。他俩彼此和蔼地笑了笑。老头接过了他递过去的烟，吸在嘴里。

“我在遛它，”老头说，低头看了看那条狗，“它叫五福。”

“你每天都遛吗？”

“一天两遍。今天遛得早，它近期得了尿结石症，平时在家里不尿尿，我担心它憋得难受，所以出来遛它。嗯，今天出来遛得早。”

“那个火焰在哪里？我怎么能找到它？”他问。指了指远处的高空。他这么问的时候，似乎能够感觉到火焰的温度在逼近他俩。

老头回头看了一眼，用手指着另一个方向说：“这里的路过不去，你得绕到铁轨的尽头，有一条大道，大道边有一个加油站，紧挨着加油站有一条小路，你从那条小路直接开进去，先左拐，再右拐，用不了多久就会找到那里。”

“哦。”他若有所思地点了点头。

“你怎么来到这里？”老头问他。

“我是想看那个火焰。”

两人一时无话。也许是在得到了对方准确的回答，他知道如何去到那处火焰——因而心绪平静了的缘故，这时候，他才仔细地观察着附近地形，发现竟是那么的美。一轮夕阳悬挂在远山，近处是无比平缓的地带，以及姿态妖娆的芦苇丛。有一条河流（这是真正的河流，不是水泊），在芦苇丛的那边划出悠远的曲线，几只旋木雀在高大的林间扑簌翻飞，发出几声鸣叫。等到一阵风吹来，芦苇丛变得低矮时，他蓦然发现，就在他俩身边，被树木遮挡的地方，原来还有一处房子和院落。只不过，一看而知，那房子因为年久失修，四处倾颓，肯定是没人住了。

他看了一眼，又看了一眼，发现这处房子造型其实很独特优美，白色水泥砌就的窗框，两边对称的红色烟囱。根本不同于当地的民居。

“咦，这里有一处房子？”他惊诧地说。

老头见怪不怪，语气寻常地说：“这是日本人的房子。”

“哪里的日本人？”他的好奇心又起来了。一着急，他知道自己想问的话其实是：哪个时期的日本人？

“民国时期啊。一九三几年吧。”

“日本人怎么会在这里住呢？”

“嗨呦，说来话长噢。”老头来了兴致，用手指着四围，“这里在当年，是这个城市最美的地方了，你看，这是当年修的铁道，交通便利。你再看，地势多么平缓，还有河流和湿地，远处有山。打我记事的时候，这儿其实是一个安静的村庄，整片土地种的全是水稻，夏天来临，那叫一个美啊！”

隐隐约约地，透过黄昏的雾气，他仿佛看到了当年的美。

“你小时候住在这里？”

“我现在还住在这里。”

“这里没有房子啊？”

“在那片树林后面，有好几排房子。五十多间吧，全是我的。”

“五十多间，全是你的？！”他吃惊地问。

"是啊。"

"你自己住？"

"不，两个，"老头看了一下身边小狗，"我和它。"

他越来越糊涂了。

"你怎么会有那么多的房子？"

"哈哈！"老头得意地笑了笑，"大家都搬走了。"

"为什么？"

"因为它。"老头指着刚刚由他指过的火焰处，"你不是看到了吗，那是一个焦油厂，方圆五里地，空气被它污染得不行，附近居民夏天连窗都不敢开。政府后来给了政策，让这里所有的居民全部搬迁，有的给了钱，有的给了楼房，于是大家都搬走了。"

经老头这么一说，他第一次仔细嗅了嗅空气，似乎真的有一种焦臭味。

"你为什么不搬走？"

"我不愿意搬走。政府分给的楼房，我让女儿和女婿去住了。我不舍得这地方。我从小到大在这里生活，太熟悉这里的门门垛垛、砖砖瓦瓦、一草一木了。再说我都七十多啦，我没几年活头。"

他立刻沉默起来。

老头倒是变得更加兴奋："三十年河东，三十年河西。你看，祖宗有德，仔细算起来，我们真是世代姻缘，我现在重新继承祖业、变成富人了！"

他简直越来越蹊跷了，有一时间，他几乎遗忘了要去寻找那处火焰。

“我没明白啊。”他说。

原来老头也有吸烟习惯。这回是老头掏出烟，递给他一支，连连说：“我的烟不好，你凑合着抽。”

他不介意地把烟点着。

在老头的叙述当中，他大致明白了，是下面这么回事。

老头的父亲，在民国时的本地，很有文化，也很有头脑，加上非常能干，既开药方，又开当铺，因此置下了很多房产。可是到了二十世纪五十年代，不知怎么，他父亲感觉时世要变，并且，好多人传言，他父亲当年给日本人做过几天翻译。于是，在一个风黑月高的夜晚，他父亲独自偷着跑到外省了，只留下他和母亲。他父亲这一跑，三十年再没有回来，那些房产呢，自然是被政府以浮财的名义没收，然后分给乡邻们。三十年后，他父亲突然回来了，他小时候还记得，父亲年轻时本来是穿西服，拄油光漆黑的拐杖的，头发上打着发蜡。可是再见到父亲时，他变得土里土气，腰弯背驼，简直就是一个最下等的乡人。正当他们全家为此难过的时候，他父亲却哈哈大笑，说：“‘世道不捉好运人’，你们难受什么？你们看看当年那些跟我一起玩的、一起有钱的伙伴们，哪个活到了今天？”全家人面面相觑，仔细掰着手指头数了一遍，果然别说活到今天，甚至没有一个活到了二十世纪六十年代。父亲接着对他说：“儿，你命里不穷，祖荫富贵轮流转，你好好干，将来一定还会有大量房产！”

老头把上面的故事说完，得意地把烟盒揣进兜里，说：

“你看看，我父亲是不是很仙？如今，当年的五十多间房产，统统又在我名下了。”

他吃惊得说不出话来。他努力想说什么，但就是哑口无言。

他再一次觉得，他这番来途，似乎是误闯了一个梦境。他觉得周围的环境都变得不真实了。他觉得这里真是个迷宫。

“那么，是从那里绕过去吗？”他指着远处仍在燃烧的火焰，不知道是故意转移话题，还是他猛然想起自己此行的目的。

“是的，是的。”

他们简单地告了别。然后，他回到车上，这次，他顺利地来到了那个地方。只不过，到达的时候，天色已经完全黑下来了。他走下车，站在工厂的大门外，现在，他可以无比清晰地看到那只火焰。在黑夜里，它似乎更加耀眼与强大，简直烧红了半边天，伴着升腾的烟气和轰鸣，大地都为之颤抖。他想，这是多么壮观的场景啊，多么壮观啊。

他就那么持久地站着，什么也没干。

他遗憾于如此壮观的、世间已不常见到的场面，无人能够分享。于是，临离开时，他掏出了手机，对着那巨大的火焰，连连拍摄了一些画面。

有几个人影从工厂大门走出来，快速地奔向他这里。他还没明白怎么回事，对方已经蹿到他身边，抱住他，去抢他的手机。

“你们干什么！”他大喊。

他觉得有一些不安。他不能允许他们抢走自己的手机，于是他拼力抵抗，想要冲出包围。后来对方明白了，他们干脆不抢他的手机，而是直接三下五除二，把他身体给架住，往黑暗的工厂大门里拖。

他瞬间由不安感到恐惧。他不知道他们接下来会做什么。在一个偏僻之地，在夜晚，谁也不知道他来过这里……

于是，他以更大的力气去挣扎。就在这时，他的头部被重重地击了一下。可能是因为用力过猛，他在挣扎的同时，头部不小心撞到了墙体的某个凸出的角铁，也可能是被谁用钢管用力地击打，总之，他感到一阵剧烈的疼痛，有一种黏湿的液体顺颊而下。他无力地倒在地上。

他看到火焰仍在燃烧。

“妈的，他装死。”

然后他就看到几只大腿靠近过来。他仍旧不知道接下来会发生什么。在他的意识彻底丧失之前，他记起来一件事。

——他明天要去那个淡绿色的房子送一件特殊的物品，这物品平时只能放在冰柜里恒温保存，如果拿出冰柜并超过一定时间（比如说，四小时），可能就会影响使用的效果和质量。

他要送的东西是血浆。当然，也或者是医用血清。

陌生女子许潘

原载《春风》2003 年第 6 期

我到离家最近的一个邮局代办处寄东西，填好单，我请营业员取一个邮政专用纸箱替我装好，服务台里的一位女营业员看了我的东西，说：

“你这是易碎品，得做一个小木盒装着。”

“谁来做？”

“你自己呀。”

我给妻子寄的是两盒“消咳平喘口服液”，每盒六支。妻子在南京进修学习四个月了，她打电话说，她的咳嗽病又犯了。我不明白这种西安产的贵重药品连我们这座偏僻的小城镇都有卖的，而南京怎么竟没有。妻子在家时每每吃这个药都很管用（明眼人知道我并不是在做广告）。

我觉得那位女营业员说的似乎有道理。再说她的语气有一点不容商量。

我求了一个木匠（其实给了他20块钱），帮我钉好一只木盒子。我猜这个木匠很会替人着想，木盒子的其他几个面都是用比较厚的木板钉好的，唯独盖子用的是薄一些的三合板。也许这样会方便接收者轻易开启吧？还会减掉一点分量，省点邮资。

快到中午的时候，我把东西送到我先前去的地方。那位女营业员检查了一遍，说：

“这个盖子太薄了，要用同样厚的木板。”

“没问题。”我说。我说“没问题”不是立即照办的意思。

“那不行啊，压坏了怎么办？”

她瞅了我一眼。

我倒是觉着她的目光很好看。一般来说，一件事情遭到对方阻拒，我如果没在第一时间予以有效反驳，那么随即我也不想做什么努力了。我打算接受她的劝告。再说，毕竟是长途邮寄，以防万一没什么不对。

吃过午饭，我第三次来到这个邮局代办处。还是那位女营业员。她拍了拍已经钉严实的木盒子，又晃了晃，我俩同时听见药品在里边磕碰木盒内壁的声响。不过很轻微。

“你看，里边的空隙应该塞上棉花。”

我立刻发火了。至此我才发现，我先前的忍耐原来都是为这次发火做铺垫的。一天的时间差不多白白消耗了。我大声地说，我不会照她说的那样做，我必须当下把药品寄走。木盒子、用厚一点的盖子、塞棉花，这些为什么不能在我一走进邮局的大门时就统统告知，而非得叫我一遍遍来回折腾不可？我太熟悉——像吃家常便饭一样熟悉，这些所谓垄断行业故意刁难人的做法了（那也是他们的家常便饭），好像不如此不足以显示尊荣。

我的脸色一定很难看，因为她一时不知说什么好。我印象中以前没见过这个人，估计她是新来的。新来的，少来。

代办处的负责人从旁边走过来做调解。他出了一个主意，应该是为我好，细想想不那么简单。

不过这也只能是权宜之计了。

负责人的意思既然我不愿再费脚力，那就当下从他们那里再买一个我先前准备买的邮政专用纸箱，把我的木盒子装进去，由他去仓库里找一些废泡沫板塞住里边的空隙，这样就会确保安全了。

把钱付给他们的时候，我想，人家这真是打气筒上安阀门——两下出气，生意都叫他们做了。我瞥了一眼柜台旁，那儿正好放了一本深绿色的统一印制的意见簿。我掏出笔，伏下身去，不由分说地写了一大堆意见。

我和一个朋友在外面吃饭，席间几次被一个人打来的电话扰断，对方说要请我吃饭。

“你是谁？”

“见了面你就知道了。”

这个声音我好像有点熟悉，不过细细揣摩又不得要领，好比你曾经做过的某件事，吃不准是否在梦中经历过一样。我说：

“吃饭？为什么？”

对方宽容地笑起来。

“就是吃饭。吃饭，也需要找一个理由么？”

“我几乎不跟陌生人一起吃饭。”我说。

“你没跟我一起吃饭，怎么会知道我们是陌生人？”

我俩约定了时间，在第二天的下午5点半，汇鲜酒楼。放下手机的时候，我发现我面前的酒杯又被朋友斟满了。

“我不想喝了。”我说。

“你没有喝多。”朋友说。

我只好继续喝。过了一会儿，刚才的那个人又打来电话，他说，他想马上就找我吃饭。

“我正在吃饭。”我说。

事情只好又按原来的办。

第二天，我如约来到汇鲜酒楼，除了服务员热情地跟我打招呼，我没有发现任何人有要请我吃饭的意思。我破天荒地等了20分钟，直到汇鲜酒楼所有的餐桌都坐满了吃相恹恹的人。

我查询了一下我的手机中昨天留存的号码，查号台告诉我，那是街头的一处公用电话。

像我这样对生活散漫的人，日子对我同样也是忽略不计的。我们之间互相都不计较，就像河流不会计较浮在它上面的空气一样，它们一同远去。记不清是进入夏季的第几个周末了，我突然产生一个奇怪而清晰的念头，我想订阅一份叫作《西藏研究》的刊物。走进那个邮局代办处的时候，我一眼看见上回的那位负责人冲我职业性地点头。

“我想订阅一份《西藏研究》。”我说。

“只能订下半年的了。”

“怎么个订法儿？”

“一般来说，”他说，“从每月1日开始收订下月和以后各月出版的日报、周六报；从2、5、8、10月的1日开始收订下一季度和以后各季出版的期报和杂志中的月刊、半月刊、旬刊、周刊；从……”

我只好打断他。

“我实在记不住。你干脆告诉我订《西藏研究》的最后期限。”

“今天。”他说。

“今天？”我觉得这来得够突然，比我莫名其妙想订阅这份刊物的想法来得都突然。我还没倒出空儿慢慢想一想呢！我说：

“啊，我不订了。”

对方一声不吭，他似乎早有所料。他的目光像是遥远得隔着一千米那样望着我。过了一会儿，他把脸扭到他的另一位同事那里，我只能看到他的后脑勺，但是我分明感到空气中挤满了这样的字句：看吧，这家伙又来找碴了。

我不认识他的同事。不过他的存在让我忽然想起曾经坐在那张桌子前的另一个人。接下来谁也分不清我下面的话是不是开玩笑，包括我自己。我对那位负责人说：

“快下班了吧？我想请你吃饭。”

我觉得他的口音在某一刻似曾相识，我想听到一种使我熟悉起来的回答。他似乎没有多想，只说了一个字：“好。”

在一家安静一点的餐馆里我俩坐下了。他说：

“给我来一只熏鸡架和半杯白酒就妥了。”

我不喜欢熏鸡架。我们大家都知道什么是“鸡肋”。好像我俩坐在一起是一件可有可无的事。

“来一碟牛蹄筋吧，或是熏鱼干？”我说。

“我只要熏鸡架。”

我俩随便谈了一些什么，其实什么也没谈。头顶上方的一台电视机里的半场报告会自始至终伴随了我俩的讲话。临走的时候，我终于忍不住问：

“你的那位女同事呢？”

其实不问也罢。打从我意识到她不在了，我就知道她已经不在了。这多么简单。

他看了我一眼，目光很复杂，似乎在问，你心里清楚，这还用问吗？

我很知趣地不再说什么。

他把杯里的酒慢慢喝完，然后把杯子轻轻放在桌子上。他的脸像是被水波映了一下，那是窗外行驶的汽车的玻璃反射进来的阳光。

“她的运气不好，”他说，“说多了也没用，你知道，她当初能到邮局里上班，是她们家祖宗三代里的一件大事。”

“这样的运气应该很好。”

“不久前我们这里来了新局长，他想把他的一个亲戚安排到我们那里。人员已经太满了。不过他看到你那天写的东西。顺便说一句，只有我们那个营业处才有那种破本子，别的地方都没有，对，这是他规定放在那儿的。”

他的举动似乎还想喝一口酒，但是酒杯已经是空的了。他拿起酒杯，干脆把它倒扣在桌子上。

“出点儿问题是迟早的事，”他说，“不是你发牢骚，也会有别人发牢骚。问题不出在我身上，也会是出在她身上。是出在她身上，我想她那一阵子是太认真、太紧张了。”

“真是这样。”他说。

“新局长如愿以偿了。你看到了。”

我想起了刚才看到的他的那个新同事。

“她到哪里去了？”我说“她”，他能明白。

“不知道。听说找过几份临时工作，都没成，大概又去了很远的地方了。”

我不言语。

“这不怪你。”他说。

这当然不能怪我，我想。

他站了起来，我也站了起来，这时耳边传来一阵掌声——电视里的报告终于做完了。我付了账，心里依然拿不准几个月以前，给我打过电话的那个人到底是谁。

“头一次跟你吃饭，”我说，“以后会熟识起来的。”

他看了我一眼。

“我们本来就不是陌生人。”

往外走的时候，我掏出钱递给他，他吃了一惊，说：

“账已经由你付了。”

“不，”我说，“我想订一份《西藏研究》。”

能够又一次见到她，我没想到竟然是很快的事。

上级派我下乡去搞民俗文化调查，了解有关萨满教的延续和搜集一些满族歌谣。“萨满教”就是巫教，在东北的满族偏僻居住地有不同形态的保留。我徒步走了七天，做了很多笔记和录音。有一天傍晚，我来到一个不熟悉的小镇，吃过晚饭，我坐在靠窗口的地方歇憩，一个姑娘走进来给别人取茶水，我顺便问她：

“去黄梨镇往北走吗？”

“东南。”她说，一边回头看我。

我一下就认出了她。

“你是本地人？”我问，算是重新打招呼。

“不，”她说，“嗯……也是的。”

她转身走了。我敢断定她没认出我来。我独自坐在那发了一会儿呆。不到一刻钟，她又进来了，在我面前递给我一碗茶，然后坐在一边看电视。我看着她的这侧的脸，她的另半只面庞映在墙上的一面镜子里，虽然镜子蒙尘，可它们合在一起的形象在我脑海里是清晰的。身边，暮归的牛群从窗口走过，嶙峋的脊背起伏成一片迟缓的波涛。

“你去黄梨镇做什么？”她冷不丁问我。

“去搜集萨满的唱词、咒语、歌谣。”我说。

“就你一个人？”

“搜集资料又不是搜捕强盗。”

不知怎么，我感觉她在微微叹一口气，然后才说出这样的话：

“你听说过韩十四强么？”

“韩十四强？”我像是一个嘴急的人被半只烀地瓜给噎了，一时半会儿说不出话。“韩十四强”我早就听说过，这是一个传奇式人物，中华人民共和国成立前以萨满技艺闻名辽东，绰号“韩半省”。中华人民共和国成立后，此人偃旗息鼓，音讯全无，我不知道他在哪里。

“他在黄梨镇。”

“啊？”

说心里话，我这趟行程，到现在已经很成功了，黄梨镇本来可去可不去。但是，韩十四强，无疑在我前方草原般坦荡顺畅的视线里，不经意地矗起了一棵树。我知道那是一个目标。它像是一个停顿出现的重音符，给一首似乎圆满完结的进行曲来上最后一击，让人既感意外，又怀想不止。

“可是你未必能见上他。”我面前的那位姑娘说。

“为什么？”

“韩十四强已经病得很重了。很重，我听到的这个病得很重的消息，已经是前天的事了。你想想。”

“那我还是立刻就动身吧。”我站了起来。

“这倒也行，算是个好主意。你现在就走，晚上可以到达，然后先找个地方住下来，天一亮就去见韩十四强——你这样其实是节省了一天呐。可是，我还是想多说一句，路很远，又不好走，你也许会迷路的。”

“没关系，”我说，“你能帮我借一只手电筒吗？回来时我顺路还给你。”

“行。”她转身出去了，没多久就回来了，手里握着手电筒。我去接，她没给我，倒是给了我两句话：

“带你去吧。算起来，韩十四强还是我的一个远亲呢。”

“那可太谢谢你啦！”

我俩走出门口，我觉得我的目光有点发冷，四周的光线全变成瓦蓝色的，天差不多要黑下来了。

一个岁数很大的女人的声音——大概是老板娘的——从我们身后的饭店里传出来：

“你往哪走啊？你忘了今晚跟人家约好啦？”

“我没忘，”她喊了一声，“我是得跟人家约好啊？”

我得承认，眼下，是我为数不多的跟异性走夜路的经历之一。以前有过，是许多人。我还记得有一年，是念书的时候，我们到农村帮贫困户种山楂林。我们贪玩，有一天晚上几个人故意去到很远很远的山坳里点篝火，我们之所以要去那么远，是因为我们坚信回来能和去时一样——搭上便车。事实超出了我们的设想，因为我们搭不到便车。有一个女生哭了，她哭了，我们弄不清她是怕黑夜，还是怕我们。我们一赌气，放弃了露宿的念头，全都走回来了。有两个人走断了鞋跟，一个人走断了鞋带儿。事后谁也没打听我们走了多少里路。

今夜，我也不会打听。

她打着手电筒，在路上，走在我的左边。我仍记不起她的名字。虽然我应该记起来，因为我在邮局里写过。好像是，很寻常的一种起名字的方法，她父亲和母亲的姓氏的结合。“李赵”？“徐张”？却又不像这么简单。

世上每个人都在和他人的命运发生联系，不管他们彼此相不相干或知不知道。我知道，她不知道。

我们走进了山路的林间。路坑坑洼洼的，不好走，感觉双脚很被动。鼻息里有一种核桃树混合着刺楸的冷冽的气味。远处传来几下什么声音，我俩都听到了，是乌鸦在叫。

“乌鸦不该在这时候出来的。”她诧异地说。

“它不该叫。”我说。

“乌鸦能够预测和占卜未来的事。我听别人说，乌鸦往左飞代表着吉，往右飞代表着凶。”

“可是我们看不到它在哪里。”

我俩都抬起头，这是林间，是夜晚。

“它一定是往左飞了，”我说，“因为乌鸦在古代是满族人的吉祥鸟。”

我的脚不小心踩到腐殖质的淤泥里去了，下了坡的时候，我听到远处有流水声，我得过去洗。她在路边等我，她说：“你的手机给我用一下，我先问一下今晚住宿的地方。”

我从河边回来的时候，她已经到岸边等我。我望着面前的身影，感觉向她靠近，正如一个人从水中来到岸上一样令人踏实。我还记得临出发前，她的那身打扮，她穿得很严实，却让人感觉穿得少，这也许是她体形有点纤瘦的缘故。她发音口齿清晰，神情认真，有时候会笑一下，但是正在你欣赏她的笑容时，它就会消失，就像雨落进水里，不留痕迹。我想，这就是所谓的莞尔一笑吧。我还承认，她属于那种虽然不很美但是很有魅力的异性。

我俩又走了一段路。右边的山路下一片广袤，那儿闪出一点光亮，接着传来几声狗叫，那大概是看秋人的棚子。我记起童年时在农村的一些经历：混着泥巴的赤脚、烤苞米、睡觉时满眼的糊墙的报纸、炭火盆、跑、捉迷藏、秋收时的传说、骑一条狗、滚冰……我还能出声背起半首残缺的满族童谣：

张什么张？五官枪
五什么五？牛皮鼓
牛什么牛？饿狼球
饿什么饿？西翻车
……

她沉默了一会儿，我听见她也背了半首：

急急令，
跑马城，
马城开，

大小阁阁都进来……

“是这样。”我说。

“不是了。”她摇摇头。

“是这样的。”我说，“叫我回忆也是这样的，可是你要比我小呀。”

“不是了，不是了。唉，别出声。”她突然哭了。

我们面前的手电筒的光圈有点乱，我把它接过来，熄灭了。四周立刻变得清晰起来。我回望她，她左边的肩膀上，月亮像是一笔弯弯的油彩。满天星斗，仿佛熠熠的碎玻璃碴撒在幽蓝的纸上。远处起伏的山峦，黑魆魆一如天边裂开的洞。风轻轻吹着，月光在树梢慢跑。她似乎感觉有点冷，我们不知不觉贴在一起。

我望着她，她也望着我，目光像是远离尘嚣的一泓清潭。我想，好吧。我想使她暖和起来。我碰到了她的胳膊，她的肌肤让我感到一种陌生的弹性。我亲了她的腮边和嘴，她的舌头像是一块将要融化的奶酪。接着她推开了我。

“要我说，不知道这是怎么了。”她说。

“萨满会说，这是中了蛊了。”

我甘愿使自己的灵魂受一次诱惑。她阻止道：

“快到了，前边就是我们要去的旅店了。”

我不知道这话是什么意思。

我们总共走了三个小时，到黄梨镇已是晚上十一点了。镇子早已沉入黑暗，但是我们要投宿的那家旅店还亮着灯，而且不止一间屋亮着，这许是为了等我们。黑暗中我能看到院子很大，有一扇门开着缝，里边漏出的光束横在凹凸不平的院子里，我几乎被它绊了一下。里边有几个人在打扑克。

老板把水烧好了，我洗了脸和脚。摸一把炕，有些凉，老板正在烧。我有点纳闷，仿佛老板事先不知道有人来，不然炕为什么还得现烧？

收拾停当，我才发现她——不在身边。一个高个子男人走进来，说这间屋子是他的，请我走开。我扭头看了他一眼，我说：

“你弄错了吧？”

“没关系，”他说，“错了也没关系，你想想看。”

屋子外面又进来两个男人，个子不高，表情不耐烦。我不清楚眼前是怎么回事，我想得去找来旅店老板，一个男人用肘部重重地撞在我的肋上，痛得我直想喊。另两个男人靠过来，准备扳住我的胳膊。我听见她在一边说：

“放开他。”

后进来的两个男人中的一个说：

“三丫，现在不关你的事。”

“好啦，你们出去。”她说，“别这样。”

“你想怎么的？”另一个矮个子男人说。

“出去吧。”她说。

“别忘了你说的话。是你说的，对吧？”高个男人说。

“是啊。”另两个男人附和着。

“好啦，别这样，出去吧，出去吧，出去吧。”

他们都走了，屋子里只剩下我一个人。我摸了一下炕，不成，已经太烤了。我只好把被褥拖到炕梢。熄灯的时候，我听到隔壁有人上炕睡觉的声响，很轻，我知道是她。接下来，我听到一声很重的声响，关门声，震得墙壁动了一下，有人进去了。

这时候我立刻想起了她的名字。可是我不能喊她。因为那边接下来几乎没传来什么令人难过声响。

我想我必须睡觉，尽快睡着。因为我又累又乏。

第二天清晨，下了一场零星的新雪。我起得很早，不过，她似乎起得更早，她已经走了。

我打听韩十四强，几乎所有人都知道他，又几乎所有人都漠无表情用这一句话做结尾：他已经去世三年了。

我到山坡上看雪，我知道雪很快会大起来。整个黄梨镇方圆几十里版图像是一张揉皱了的白纸又随意展开。我知道，我必须在大雪阻断交通之前离开这里。

我再也没有见过她。除了有一次，我们在城里的大街上碰到，但是她假装没看见。

危险

原载《作家》2021 年第 11 期

他盯着墙上的那只斑点。事实是，他搞不清墙上的那只斑点，说到底是墙壁的一个细小裂隙，还是一个肮脏的附着物所致。它带着洇散到四周的蛛网之痕，像是一只靶心。他装作漫不经心地看了一眼酒馆里的老板，老板正在忙碌，肥大而油腻的身子在逼仄的座位通道间显得左支右绌。现在是下午六点十二分，夏令时，夜色还远未降落，酒馆里的客人只有五六位。其中还有两位是女的。从座位来看，他们是两伙人，每个桌子拥有一位女的。

当初他进来的时候，一眼就选中了这个座位。这是一间有七八组桌椅、呈花式布局的房间，而且，桌与桌之间的通道显得十分狭窄。只有靠里面倚墙的一个位置还空着，那恰好是一个单独的座位。重要的是，旁边有扇窗，因为是夏天，那个窗户正是打开的。无论从心理学还是地形学的角度来说，这个位置都很适合他。

他强制着自己在等着上菜的时间内，不去看那个墙上的斑点。那个斑点连同洇散到四周的蛛网之痕，像极了此时房间内桌椅们的布局，而错位的感觉是，中心的斑点强烈地暗示着他此时的位置，似乎为聚焦所在。尽管他的座位属于一个角落。

事实是，他无处可去。他没有固定的住处，即便有的话，他也不会因此有什么安全感。与同样没有安全感的去处而言，他在饿了的时候，总得找一家酒馆来吃饭。

他两只手伏在桌子上，既不显得十分僵硬，又足够在关键时刻带动胳膊脱缰而出。他在看着自己的手时，顺势看到木质的桌面有一块长形的木条被替换了，大概它在某个时期腐蚀或断掉了，被主人补上一块新的。虽然颜色不一，但榫卯结合得十分完美，这种完美竟然给他一种熨帖的感觉。那些木条的表面和内里，透着一些纹路，曲曲折折，呈椭圆形发散，像是一些道路。此时。窗外的余晖打在上面，反射出缓慢而宁静，但又有一点隐隐晃动的光波。

他坐的位置，距离门口大约六米，或六米半。万一门口有什么不速之客出现，这个距离是足以使他从看清对方的面孔和神情，包括揣摩他的动机——到自己站起来要么反击、要么是从窗户跳走。这个时间比和距离比足够了。简直是黄金分割率。

窗外不到三米的距离有一棵树。大约是山楂树。它的果实尚小，远未达到让他能辨认是何种果树的程度。它的一根枝丫横在窗口，与上数第二根的窗棂形成一个三十度的夹角，像是一根扭曲的钢轨。他还记起小时候，在一个火车扳道站里面，他光着脚，一个人踩在火车钢轨上的灼痛感。火车来临或远去时，他傻乎乎地朝火车招手。

于是，他将上数第二根窗棂上正在爬动的一只苍蝇，想象成他自己，它在某一个时间，完全不意识危险的发生。比如，它现在就在搓动着两只前腿。事实是，他所看到的枝丫与窗棂的景象，不过是由于透视的缘故，其实它们之间相隔三米。

在树杈和枝丫之外，有一栋居民楼，实际不很远，进入他的目光里，却有一种用潜望镜观看的效果。他还看到在第六层的某个阳台上，晾晒着一些衣物。那大概是女主人的成果，只是看不到主人。那些衣物里，有一条浅蓝色的裤子，有几条红色的上衣，还有白色的和黄色的短小物品，应该是内裤。它们罗列成一条军舰似的，严格说，是罗列成军舰上斑驳的油漆。在楼体的下面，某一方视线的切入口，闪烁着隐约的红绿灯，不用站起来看，就知道那下面一定是长长的车流了，只不过被其他建筑和低矮的灌木所遮挡。

所有人都坐得僵直、冷漠、呆板。他们吃东西时，哪怕是香气扑鼻的菜肴，也都无比机械。男人竟然也不对女人调情。他们似乎真的将吃饭看成一种任务，一种无人派遣却又不得不做的可怕事件。

“他说他打了你？”坐在他视线右前方的那个桌子边，一个男人对身旁的女人说。

“没，其实没什么。”女人说。她的目光直直的，朝向他这边，有一刻，他觉得她确实是在看自己。

“他在监视你？或是监听你？”男人问。

“这倒也许。”女人说。目光有一些茫然。但是方向还是朝着他这里。

这个问话的是一个高大的男人，他的旁边还坐着一个矮小的男人，但绝对也是成年人，四十多岁的样子。他们在对话时，他分不清疑似“打了你”的男人，是指旁边坐着的矮小男人，还是指不在场的第三个男人。

“他在所有的房间里都安装了监视器，我怀疑在我的车里也有，车里的起码是监听器。我觉得活着真没意义。”女人说。

“你尝试原谅他？”

“不。不会。”

“雷加没试图劝说或阻止他么？”

“据我了解，从未。”

男人给女人倒了一杯香槟。香槟的液体呈斜梯状进入女人面前的杯子里，细小的泡沫在距离杯子端口两公分处翻滚。后来，在女人毫无动作的情况下，杯子的颜色在夕阳下变成一块黄金。

“你可以跟雷加商量一下，他有的是钱。”男人说，“我的意思是，你明白的。”

女人的目光从他这里挪开，但仍旧毫无表情。

“你总该做点什么！”男人似乎突然有些恼火。

“他在听音乐的时候似乎对我很好。”女人想了半天，说。她用一种很努力的样子在说。

“音乐确实是个好东西。”那个矮小的男人终于发话。

“轮不到你来说话。”高大男人说。看了矮小男人一眼。

在高大男人斥责矮小男人的时候，坐在墙角处的他，仍旧分不清他们三个人之间的关系，甚至，他还是搞不清打那个女人的男人，到底是不是这个矮小男人，从语境来说，似乎是。但也似乎不是。如果不是的话，一个女人能够如此坦荡地跟两个男人谈感情隐私，足见她的性格有多么混乱或奇怪。

他将目光挪向身体左前方。那里坐着一男一女两个人，似乎比较安静。男的穿一件海魂衫，长头发。女的长相一般，但比他最先看到的右边的女人长得年轻。他俩的对话充满了窃窃私语的特征，因此在他听来，像是诗歌和谜语一样跳跃而隐秘。

“是那个时间么？”

“是，六点二十七分。”

他被吓了一跳。因为几乎同时，他低头看了一下手表，时间正好标示在那个年轻女人说出的时刻。不过明显，年轻女人跟男人说出的时间，是一种回溯式或过去式的。

“你昨天是坐火车来的？”海魂衫男人问。

“是，早晨六点二十七分的火车，我说了。”

“那么，你明天想去什么地方？”海魂衫男人问。

“产品合格证。”

他知道一定是自己听错了。年轻女人说的，应该是一个地名，或者加了什么定语或前缀，可惜声音太小，他根本没有听清。他听到的发音，不过就是“产品合格证”的发音。

“没有什么区别的，”海魂衫男人说，“你头脑不要发热。”

“怎么会，傻瓜。”年轻女人说。嗔了长发男人一嘴。

“我其实有四个名字，你所叫我的，只是我名字中的第二个。以我的成长时间排序。”

“哦。”

“你介意么？”

“这倒无所谓。”年轻女人耸了耸肩。

“如果你去那里，我希望你带上一个人。”

“我不是非去不可的。”

“这我知道。”

“你可以带上沙孟拉一起。”

“沙孟拉不是你的第三个名字吧？”

“不是。”海魂衫男人笑了一下，“他不在这里。”

“如果你想喝点酒的话，哪怕一点点……”

“他待会儿也许能来，不过也说不好。沙孟拉是个聪明但不怀好意的家伙。但是他能帮你。”

“谢谢。”

身材肥大而油腻的老板终于将菜端上来。一个圆盘子，一个方盘子，还有一个小一点的圆盘子。还有一只碟，一只盛满了米饭的大碗。它们摆在一起，围成圆形，使桌面充满了镂空感，像是一只圆形的老式电影放映机的齿轮传输器。

他在用餐前，仔细地看了一眼放在身边椅子上的、随身携带的那个布包。这个布包有很长的带子，也非常结实，只是布包是瘪的，里面几乎什么都没有。尽管如此，他还是笃定地看了它一眼，甚至用手摸了摸。他不能在里面装进任何有攻击性或法律禁止携带的物品。只有一只未开封的矿泉水塑料瓶。塑料瓶里的水永远是满的。无论他走了多少路，天气多么炎热，他从不动里面的一口水。他要维持那个装满了水的塑料瓶的力量感和分量感。他知道，在万一危险的时刻，比如，有人在围堵或袭击他的时候，一只装了矿泉水瓶的包，只消他攥住带子，抡圆了那个包，就会形成有效和坚硬的打击力度，甚至令对方遭受头部伤害而毙命。

饭菜真的是非常可口。他吃得十分警惕。边吃边快速而若无其事地盯着门口。门是铁门，宽约八十公分，门的上方镶着一块玻璃。因为门是向外开的，也就是说，从外面进来人，是需要拽住门的把手朝怀里回拉一下才能进来。这样使得他在第一时间有两次看到对方的面孔。一次是透过玻璃，对方停顿，拉门；一次是整个人走进来。如果对方是一个人，相对好办。如果对方是两个或三个人，从视线的习惯性和角度来说，走在前面的人不可能越过中间那桌的顾客，直接看到他这儿，除非他非常有经验。那么就好，第二个或第三个人依次会被走在前面的同伴挡住视线，而他会有足够的时间跳窗逃走。如果走在最前面的人有足够经验，可以直接看到他——具有这样经验其实很少人有，但它是有道理的，并且符合人的眼睛的生理结构。就比如有经验的司机在开车时，目光一定是尽着远方去看，而不是看着眼下的道路。看远方的时候，目光下方的余光会照顾到最近的情况，而目光在看最近的地方时，余光却很难兼及到远处——只不过，大多数人受经验习惯和利益所限，一般都喜欢着眼近处而已。

假如走在前面的那个人非常有经验，一眼看到了他，而他又来不及逃走，或者是，他根本就不知道对方是谁，他何时进来——或者干脆，此时，房间内的某一处桌子边坐着的人，就有他潜在的伤害者，只不过对方在等待机会，那就只有与他们拼力打斗在一起。他觉得面前的碗碟都是很顺手的防御性工具。但这种工具一般只适合用来虚拟抛掷和转移视线，重要的近距离格斗，需要的是随处可见的啤酒瓶。没错，酒馆的每个桌子上都摆放着几只啤酒，甭管客人们喝不喝。

外面的阳光几乎要落了。老板将房间内的灯光打开。由于阳光和灯光的照射强度和反射强度不同，以及窗玻璃打开的角度不同所导致的折光不同，房间内的所有物体出现了明暗不同的黑、灰、白切割线，它们交叉在一起，像是著名的高斯-克吕格投影。

X=F1（L，B）；Y=F2（L，B）

门开了，房间里又进来两个男人。走在前面的倒是向他这边看了一眼，不过一眼而知，他是在找座位。两个人站在地面犹豫了一会儿，向他旁边的位置走来。他旁边的位置也是靠墙，只不过没有窗户。两个人似乎是建筑工人，要么就是水暖工人，穿着锈蓝色的工装，手里拎着工具。他以为他俩坐下来的声音会搞得很嘈杂，但是意外的是，他俩悄无声息地、拘谨而忐忑地坐了下来。从他俩的表情来看，外面的世界令他俩显得十分不安。

现在，在他的听觉区内，可以出现三组对话了。

“他们不会把你怎么样的。”

“他们？”

“狗日的世界。”

“你必须尝试着平静你的焦虑。”

“喏，我昨晚还跟雷加在一起，打了一桌台球，我赢了。”

“你说我怎么办，我总是无由地感到不安。”

“……”

“你的第四个名字到底叫什么？”

“……”

“奥威尔，那家台球厅的名字，我不骗你。”

“……”

“是啊，这次要轮到我了。”

“……”

“我再也没用过那个邮箱，我的地址变了。”

“……”

“报纸上的信息是这样说的。”

“上次做的那个慈善事业，我看不懂。”

“明信片是吗？你几时寄的？上面有阿尔卑斯山脉？”

“再不下手你就晚了！”

“最后一遍告诉你，你不要说话。”

他再次看了一眼窗外。那露出的半截楼。第六层的某个阳台上。因为光线暗了，他看不清刚刚晾晒的衣物，因此，也就区分不出哪个阳台是他目光曾经停留过的阳台。也许衣物被主人收走了。他只看到一排亮起的灯光。明暗不一。他在假想窗户内的情形与故事。外面竟然出奇地宁静。像是沉在水面下。他有一刻显得无比烦躁，他想极力摆脱这种不舒服的感觉。那似乎传着不安的信息。有一门学问，他知道，叫心理地形学，看着那些楼体的每一个房间，他觉得它们彼此是连通的，互相隔绝，但是互相告密。不知谁是侦缉员。但是他与他们之间有合法的关系。如果是白天，他走在那里的大街上——事实是，他无论白天还是黑夜，他都没有从那里走过——他会快速地从那里通过。但也许事实恰恰相反，他会无比缓慢和拖沓地在那里徜徉，就像由着逆反而形成的心理情绪一样。是的，他是个正常人，什么罪错也没有。“他生来小心”。

他默默地统计着自己不同的银行卡里，分别有多少钱。他会将一些数字搞混。超过三次三位数以上的数字，如果想将它们叠加在一起，对他而言，就成为一桩极其艰难的事。“326”，“12.3”，“279.4”，这些符号于他而言，虽然具有生命，但是计算的过程是形式大于内容。有一刻，他想起了自己的妻子，还有孩子，男孩。他觉得他们三个人，也好比数字关系。当一个数学不好的人尝试用数字来看待一切的话，这个世界突然就很简明。

想到这里，他对自己非常满意。

门开了。房间里又进来一个人。单独的一个。一个男人。四十多岁，穿着深色西装。他看到里面似乎没有座位了，于是选了门口的一个位置坐下来。他的背部靠着门的方向——那里有半爿墙壁，也就是说，他坐下来，面冲着他。

几乎所有人都扭头看了他一眼。尤其是海魂衫面前坐着的那个年轻女人。她看了他好久，意思是问询她的同伴，这是沙孟拉么？

“这不是沙孟拉。”海魂衫小声嘀咕着，“沙孟拉没有这么帅。”

“那他很帅么？”

“你说谁？”

“你说呢？”

“沙孟拉没有这么帅。你让他明天陪你一起去，你就知道了。”

“他今晚会来吗？你说的？”

“不一定，他不一定会来。谁知道呢，也许正往这边走。”

西装男同样表情僵硬。此时，坐在这里的他，装作咀嚼时无聊的样子，仔细地观察西装男。西装男似乎知道有人在看他，于是掏出一本书，在佯装翻看。

五桌人，在房间内。现在，外面完全暗下来了。他盯着右边靠墙的地方，有一个柱子，那里有一个类似壁龛的凹处，放着一个鱼缸。几条鱼在里面缓慢地游。与它平齐地挪动目光，在左边三米不到的位置，仍有一扇窗户，那里是百叶窗。旁边下垂着一条珠状拉绳，由于有风或无风的缘故，它动了还是没动，他看不清楚。地面的方形砖的缝隙，笔直地排列着，横与竖交叉，方圆延伸到六七米，戛然而止。所有的物体有一刻跟着静止了。像是电影镜头里经常表现的海浪的定格。他为此闻到了一股腥咸味。他似乎还看到了一座大桥，水泥钢筋的，连着那里有一整条栈道。栈道两边是带缺口似的城墙一样的隔离墩。更远处，视线掠过水泥钢筋大桥，有一个伸入海中的陆地，一处岬角，白得异常刺眼。那些软石和泥土早已被腐蚀，形成坚硬和不规则的海岸线。它们在大桥和海水的笼罩下，显得单薄而孤独。某个黄昏时分，他去过那里。脚下，从水泥地面的缝隙中，长出很多苔藓或海草。也有许多栏杆，在接口处，包着形状一样的金属角。每个栏杆接触地面的凹处，堆积了许多运输货物时遗留的纸张。还有一些横七竖八的缆绳，在海水退潮后的翻浆的道路上，织成巨大而断裂的网。路边有一台机器，已经锈迹斑斑了，但是不论他从哪一个角度看去，都是长短不齐的横截面。他全神贯注地盯着它，几乎用尽了所有的力气。他记不清是跟沙孟拉一起去的，还是跟拥有四个不同名字的第二个名字的那个人去的，或是第四个名字。他坚信他们并不是一个人。他们是数字关系，1和2不一样，2和3也绝对不一样。以此类推，像多米诺骨牌一样。不过，他并不认识他们。

现在，他吃完了饭，他必须离开这里。他固执地阻止自己低头去看手表上时间的欲望。他坚信时间还是六点十二分。一如他没有来过这里。他看了一眼酒馆内的那扇铁门，他曾经无数次设想，如果这里发生不测，他怎样推开那扇门。是的，好在那扇门由他这个方向来说，是往外推而不是朝怀里拽，这会最大限度地节省冲刺的时间。他也无数次地目测过，由他这里，冲向门口的距离和角度路线，六米，或六米半。绕过两张桌子，捋直的线路是八米。时间是三秒到四秒。

此时，他镇定而摇晃着站起来。在走到门口不到一米的地方，由于过道太狭窄了，他不小心撞到了坐在门口桌子旁的西装男。西装男正在低头吃饭，被这种意外的力量所撞击，吓得脸色苍白，本能地躲在椅子另一侧，伸手试图去抓住什么。而他，也吓了一跳，瞬间攥住了自己肩上的包。

就在这时，门外进来一个人。一个男人。他确定自己从没见过他。

工业催化

原载《飞天》2016 年第 1 期

现在他无事可干。他只是坐在那里，并且只感觉自己是坐在这里。像是一架机器，等待开动。

他还是很喜欢这里的装修风格的。红色的墙壁配着灰色的地板，既冷酷又温馨，充满了对决和悦目。“窗外的天光突然暗下来了”。他想，并为之愣了一下。街道对面商店的霓虹灯五光十色，透过高大明亮的玻璃窗映进来，使得每一位走进来的顾客都被打上了某种闪烁不定的一致性。

他在等活儿。店长还没有叫他。当然，任何一个服务员也都可以叫他。没事的时候，他喜欢看书。他前段时间看完的是萨冈的《凌乱的床》，现在看的是伯尔的《不中用的狗》。谁都有属于自己的一张凌乱的床，然而，他的床只不过是蜗居在与父母一起的、两居室当中那间最小的房间里——有一张凌乱的床——钢丝床。太像样的床几乎就安放不下了。他的床是凌乱的，每天一睁眼，他几乎没有时间去收拾床，再说，收拾了也没什么人去看。没人去检视。他倒是很希望有人去检视一番的，他觉得自己的床还是很干净的——凌乱和干净不矛盾，他想。他干净的气息和青春的温度也许是可以烘热和打动一些什么的，如果是年轻的异性就更加适用。不是说他一定会打动对方，而是如果先验地知道将有年轻异性去检视的话，他会增加自己打动对方的自信，也就是自我怂恿使床变得更加拥有凌乱的合理性。当然，这个凌乱的床与萨冈的《凌乱的床》是不一样的凌乱。他仅仅是物象学意义的乱，萨冈是心理学、爱情学和行动意义的乱。

他还没有经历过那种凌乱的床。这对他来说太奢侈和遥不可及。他也不认为他会追求这个。当然同时，他也知道，许多事情往往是以不曾追求、但却不期然而来到为结局的。

他还连个女朋友都没有。

这个时候，他刚刚看到了《不中用的狗》。看了一半。

旁边传来儿童的嬉戏声，间杂着某个女童的哭泣。是店里的东边区域，那里有一间儿童游乐区。这个不清楚是不是店长自己的创意，她觉得还是孩子们喜欢吃肯德基多一些吧，孩子们被家长领来的多一些，那么，在家长排队的时候，或者孩子们吃完的时候，可以独自在那里玩乐一会儿。他看到一个男童从滑梯上冲下来，大概不小心撞到了一个女童，女童就四顾茫然，一只手举着一个汉堡，嘤嘤地哭泣着。

孩子的家长此时应该去洗手间了。他看到小岚放下正在收拾的餐盘，快步走过去，从制服前兜掏出一张纸巾，为女童擦泪，同时低声安慰她。

“我讨厌死了‘光头强’，他说他就是‘光头强’，呜呜呜……”女童指着那个不小心碰到她的男童说。

他知道光头强是动画片《熊出没》里的主角。在大学里，寝室里竟然有室友每天晚上看这个。他也讨厌光头强。

“喔喔喔，不哭，我让李老板收拾他。”小岚抱起了女童。

李老板是“光头强”的上司。可巧的是，这家店子的老板也姓李。他忍不住咧嘴乐了。

他望着小岚的背影，她的身体随着哄抱女童的颠动而充满韵律。他觉得小岚只有腿和屁股长得比较好看，他觉得它们长在小岚的身体上有点可惜了。这倒不是说小岚面庞长得有多难看，而是如果她一旦转脸面对你，你就会从她的嘴唇和眉眼中读出一种世俗气和势利感。虽然她不过就是一个服务员而已。

女童的妈妈从洗手间走出来，一边看着哭泣的女童，一边整理自己耳边的发梢。她的样子，明显是自己在青春期内还没有贪玩够，孩子就来到了世间。她接过了女童，随手从兜里掏出一块巧克力，女童就在左手巧克力与右手汉堡之间，停止了哭泣，来回看着。

他重新把目光回到书上。“当他重新睁开眼睛时，他看到的首先是书……”他正好看到书中的这句话。他不知道自己怎么会来到一家肯德基做一名送餐员。大学毕业后，他几乎就要变成一条“不中用的狗”了，没错，时间已经两年过去，他在现实中和网上投了无数次简历，然而似乎没有一个用人单位对他有询问或说话的热情。他在大学里学的是化工专业里的工业催化，不过说老实话，直到毕业，连他自己都不太清楚工业催化是干什么的。他业余爱读书，读文学书，但是要命的是，他同时却又不喜欢写作。否则就不会有那么唯一一次，一个私营公司准备聘他写材料，包括产品说明，被他拒绝了。他是一个行动力强的人，除了读书，他不喜欢生命被文字束缚在纸上。在他身上，这不矛盾。他认为，人生是随意和晃动的，比如读书。但是写作，是一种预谋情节和设计主题的人生。他觉得没有比这更枯燥的事了。

他梦想的其实是自己开一间咖啡馆。就像眼下，在咖啡馆里看书是合乎惯俗的，包括他做老板，在顾客安静或缺少顾客的情况下，他可以拿起一本书坐在宽大的椅子上读，但是在肯德基店里读书，就等于在迪厅里跳热舞时戴草帽，不伦不类。这倒不是咖啡和肯德基谁贵谁贱的问题，而是咖啡代表一种慢生活，肯德基代表一种快生活。快生活和读书是天然矛盾的。

这也就像他和小岚之间，他喜欢能够激起他情欲的小岚的身体，但是他不喜欢小岚的俗气。

虽然他知道小岚挺喜欢他。他还算帅气。

就在小岚拿起他的《不中用的狗》胡乱翻一下准备跟他打趣的时候，吧台那边的领班叫他了：“送餐——”

他抓起了自己的头盔。

红色的澳柯玛在夜色里疾驰。宅急送的小伙子们好在都有一个好听的别称，“骑手”。他喜欢在夜里的大道上，在往来汽车行列中闪转腾挪的穿插感受。街道是巨大的阴道，汽车是它们的褶皱，他一次次穿透世界。有时候他会掉泪，也许是风刺激了眼睛。他难过的是从小那么熟悉的街道，以及闭着眼睛不会迷路的漫长巷陌，如今统统变得那么短，短到不断抵达，又不断消失。夜的楼群是海浪，是怪兽的鳞甲，灯火漂浮出细碎浪花。他曾经有过一次呕吐经历，从上午十点到晚上十点的送餐高峰中，他连续送了32份外卖，连续奔波和爬楼梯，最后像一条狗一样瘫倒，他相信那也许不是累的，而是晕的，像晕船的感觉。他曾经一一辨认过无数别人的家门，可那次，他几乎迷路，找不回自己的家。

“德堡路26号，5单元12层1号房间”。他看了一眼单子，再次确认地址。城市职场人上下班的最大福利是什么？据说是不堵车，这甚至好于工作让你堵心。送外卖的人最大福利是什么？是找到楼址，发现有高层电梯，而且不用刷卡。

电梯把他推送得像一支礼花一样快速来到12楼。他揿响了门铃。

半天没有人开门。这是夜里九点一刻。这个时间叫餐，不是吃货就是懒汉，要么馋，要么在家不愿做饭，终于挨不过饿了。不过这个叫外卖的应该不是懒汉，也就是说不是男的，看着餐包里的内容，一只上校鸡块和海王星，代表一点点胃口，又吩咐领班多加一份甜酱汁，一份蔬菜，这就是小清新。

门终于开了。先是探出半个女脸。这半个女脸，忽然就引发他希望看到她完整的面庞。因为这半个女脸竟然已十分好看。只不过从年龄看来，不是小清新，比他大六七岁，三十一二岁是有的了。

“你好，肯德基外送，这是订单和发票，请你检查下餐点。”他以标准的职业言辞向她招呼。

十次有九次的经验，顾客是不会查看的。吃货一般都不肯当众验货。那几乎等于让对方验证自己是吃货。

“呃。”她说。把门打开了更多角度，然后小心翼翼打开餐包，一样样翻看着。他看到完整的她果然是好看，冷静，成熟，韵律，亲切。

“土豆泥，忘装了吧？”她抬起头望着他。

“呃，”这回是他迫不及待检视餐包，他仅仅用目光扫了一下，就知道负责装包的服务员是个王八蛋。“对不起，你要土豆泥了吗？”

他马上意识到自己说了一句很不周延的话。

她倒似乎没有介意他的不礼貌的话，自顾说：“我总觉得肯德基的土豆泥比吉野家的土豆泥好吃一点，我喜欢你们这种土豆泥，牛奶和胡椒粉的配量正适合我的口味。”

他越发感到不安了。

“呃……”他看了一眼手表，“抱歉，我这就回去取，会耽误你用餐吗？”

她哧哧笑了一下："不必了，还好这次我没点牛肉。"

"那，我把钱退给你吧。"他从兜里掏出五元钱递过去。土豆泥的价格是三元，她应该找他两元。

"这样啊？"她反倒犹豫了一下，似乎下意识想去找钱包，又止住了，"我没有两元钱啊？再说，这是你自己拿的钱吧？"

确实是自己的钱，虽然三元。也怪他疏忽，当初没有去检视。餐包只要出店，宅急送店员自己没有检视，店里也是不负责短缺赔偿的。

她没有接他的钱。"没关系，这不多给了我一份加倍的酱汁吗。"

这是在安慰他吗？她明知道酱汁是免费的。他想。

"真是对不起啊，下次吧，下次如果还叫外卖，我一定给你补上来。"

他马上意识到这话说得有搪塞之嫌。店里有好几个宅急送，谁会记得就是她，记得给她补上土豆泥？

于是尴尬之下，他掏出一张皱巴巴的自己的名片递上去。

"下次你直接电话我好了，真不好意思。"

然后他连再见也没说，替她摁上了房门，急匆匆下楼了。

其实刚才，他看到她穿的好像是睡衣。

那么松垮的睡衣。包裹着明亮的躯体。

因为他几乎就感觉她是一道白光。

他清楚地记得她项下微起的锁骨，连着一小片凸起的丘陵缓冲带。

他想到他还从来没有真正做过爱。

但是他曾经有过一次，性的经验。

那是在大学，大二的时候。他看上了一个女同学。那个女同学是南方人，经过热烈的追求之后，女同学勉强答应跟他相处一段时间。其实女同学也不是不喜欢他，他长得那么帅气，个子也不矮。阻碍来自女同学家长，家长也没别的不讲理地方，就是因为他是北方人。女同学是过敏性风疹，平时很好，在南方也很好，可是一到北方就皮肤难受，红肿，痒，吃什么药也无疗效。如果将来毕业后跟他来到北方安家，女同学家长是万万不会同意的。可是他又必得回到北方，因为他的父母需要他照顾。最后此事终于告吹。

可是他怀念那次性经验。怀念不是来自愉悦，而是沮丧。那是在一个午后的山坡上，两人散步，他的冲动是突然和不可遏止的——如果不是女同学弯腰在捡一只橡树的果实时，T恤衫后面露出一截白腻的皮肤。他仓皇地抱住了她，她似乎也并没有拒绝。只是，他的冲刺可能被提前积攒的太多渴望给遮蔽了，来不及爆发就达到终点。他在搂着她战栗的时候，目光无力地看到了地面一只落叶。那时候，他感觉自己就是那枚枯萎的树叶。

那种枯萎而清滑的树叶气息多少年一直忠实地陪伴他。后来他们分手了，原因他一次次揣度过了，不是因为他的冲刺失败，而是气候，北方的气候。北方的落叶坚硬，干燥，脆弱，不像南方落叶的蕴藉，潮湿，绵亘。他曾经无数次寻找机会弥补那次失败，然而女同学终究没有再答应他。也许她也知道彼此未来的走向，他们不可能在一起，而那次冲动，又何尝不是她的一次冲动呢?

对面的房间又传来父亲的咳嗽声。在夜晚里，像是撕裂的风箱。父亲肝癌晚期，生命不可逆转地即将走向终结。他觉得父亲很可怜，因为母亲二十多年不肯原谅他，具体表现为冷漠和厌弃，比如，除了定时喂他吃药，不会给他多端一杯水。父亲喜欢看电视、京剧和足球，可是他卧床不起，如果电视上一出京剧结束，母亲在一边逗猫狗玩，电视上一直播放长时间广告，她也不会想起帮他再找一下足球节目。父亲曾经有过一次婚外恋，这是他后来知道的，是母亲在某次与父亲的激烈吵架后告诉他的，其实那时候，父亲早已由于外力因素终止了那次婚外恋多年了。

但是他不知道母亲为什么一直不肯原谅他。

闹钟的嘀答声不知何时开始长时间占据他的耳膜，这说明父亲终于安静地入睡了。他再一次嗅到了枯萎而清滑的树叶气息。这种熟悉的气味是间歇性和阵发性的，三两天时不时会有一次。此时，独自躺在床上，他的眼前反复出现女同学、小岚、刚才叫外卖那个女人的面庞以及身体，最后定格在后面的女人那里。他有一种惧怕。他感觉一种陌生的膨起。他每次都想在过程中延宕一些时间来释放自己，然而每次都那么短促，他的惧怕也许来自于此。面对自己都如此苍白和脆弱，如果面对一个女人呢？他再次想到了那个女同学，因此他的怀念根植于沮丧，牢不可破。

他倾泻的时候，他奇怪生命是个什么东西。他看过父亲有一次吐血，摊在乌黑的地上，像铁器上的锈迹。他感觉他是父亲吐出的血迹。

每次的过程都那么短，他为此充满忧虑。

他觉得自己不应该是这样的。

“德堡路26号，5单元，送餐——”吧台那边有人喊他。

他放下正往后厨扛送的原料箱子，擦了一把汗，心想，她？

不过就是昨天啊。

他对照发票，仔细检视了包装内容，从量上来说，仍旧是一个人份。他戴起头盔，给澳柯玛打着火。中午，外面很热，但是有乌云笼罩整个城市。

他支起摩托车，转过身来，回到店里。小岚马上递给他一件雨披。“嗨，要下雨啦。”她说。她今天似乎终于学会了怎样的笑才更好看。

他没有理睬，径直走到吧台：“加一份土豆泥，从我的账里扣。”

领班看了他一眼，默默照做。他不再说话，冲出门，驶到车流中。

只过了十分钟，雨哗哗下起来。整个世界开了锅。一片迷蒙。但他知道后载箱是防水的。他的轻骑在街道上溅起两面水花。

三声门铃，这次很快，她打开了房门。她露出一张惊讶的脸。她不知道外面下雨了，他也不知道她是睡得刚刚起来，还是在电脑前连续工作。她的惊讶掩饰不住一种倦容。

“下这么大的雨？”她说。

“这雨停得应该也快。”他回道。他浑身湿漉漉的。

“快进来擦擦脸吧！”她说，似乎做了一个请的手势，也许是想下意识拽他一下。

“不不不。”他急忙说，“这是订单和发票，请检查下餐点。噢，还有上次欠你的土豆泥。”

“你起码要进来一下。”她说，然后又补充笑了一下，“把雨水擦一下啊。”

他相信她的真诚。确实，她应该不知道仍旧是碰巧他来给她送餐。她没有按照名片给他打手机，她是打到店子里的专用电话。

他只好脱鞋进来，站在门口的方垫上，她回身取来毛巾给他。他轻轻擦着，一种崭新的、纤织物的缕缕干爽气息渗入胸腔，让他似乎错觉外面的天已经晴了。其实雨仍在下。擦完脸，在她重新转身去挂毛巾的时候，他得以简单看了一眼房间的布局。一室一厅，但是客厅很大，除了对应着电视背景墙而摆放的一排沙发、一个茶几之外，其他空间上，几乎到处都摆满了各种工艺瓷器。当然也有书。只是看不清那些书是跟瓷器有关，还是跟文学有关。

“谢谢，我得走了。”他说，去穿他的鞋子。

“你很急吗？”她忽然想起什么似的，问。

他不知她是什么意思。他看了一下手表：“倒是没什么事了，十二点半，这是往常我吃午饭的时间。嗯，还有，平时下了小雨还行，这么大的雨，店里一般不给人送餐了。”

“那你就进来坐一下吧，等着雨停再走。”

他猛然愣了一下。她要让他雨停再走——。他看着她，想起了自己昨晚的所为，脸上热了一下。他知道干宅急送这行的，确实有许多店愿意招一些帅气的小伙子，而且，也确实有一些女性，专门愿意让长相帅气的小伙子送餐。好像有一个报纸调查统计过，叫外卖的，百分之八十都是年轻女性，剩下的是一些学生。

他不确定她是否真心挽留他。

他犹豫着。

“其实还有一件事，想求你的。”她说。

“呃？”

“你会修理洗菜池那里的下水管吗？”她问。

“啊？”他又一次感到意外。

“大概是堵了吧。你看，我门口以前有小广告帖，专修下水管的，但是被谁把电话号码给撕掉了，新贴上去的那个电话，我打了几天了，一直是关机。”

“哦。”他放松了一点，也失望了一点。这个问题对他而言，应该并不难解决吧。

“我不知道这种事还去找谁，物业不管这种事，我也没有别的电话可以打。不能洗菜，就做不了饭。我自己看了一下，洗菜池下面的管道好像很多啊，互相连接很复杂的，我实在不会弄。”

“我试试吧。”他说。

她很高兴，“那你总该先换一身干爽的衣服吧。”她说，转过身，她又被自己的话语难倒了，“我家里没有男人的衣服，不过去年我网购过一套运动服，因为码数报错了，太大了，我懒得退，只试穿过一次。我估计你穿可以。”

她打开一间柜门，找出了那套运动服。她把它递到他手里，指了指洗手间：“你到那里边去换吧。”

他听从她的吩咐，进到洗手间，关上了门。他拽下那套湿漉漉缠身的衣服，摁下洗手间里的自动暖风，让它们把身体吹干。他吸了一下鼻子，原来暖风也会刺激人打喷嚏。他觉得浑身渐渐烘热。他在试探抚摸自己胳膊的时候，手掌与胳膊之间发出干爽的沙沙声。他准备套上她那套运动服，然而刚刚拎起，他就觉得身体下面的分量似乎加重了，他低下头，竟发现那里异常膨胀。

他紧张起来，也恍惚起来。他无法集中精力穿上她的那套黑色运动服，好像他和她的身体因此重合在一起似的。他关掉了暖风，直到她在外面喊了一声“好了吗？”他才觉得可以把运动服穿好，步子比较正常地走出来。

还好，衣服他穿得不大不小。

在厨房，他大概只用了不到二十分钟，就将下水管修好了。那里确实是堵了，而且，他现在相信，她的洗菜池是二槽一体的集成设计，连通器复杂，她自己是真的修不上的。

她露出了欣慰的目光，像月亮一样欣慰和皎洁。他感觉到，她似乎不愿意隐瞒对他的喜欢。外面的雨已经停了，她说：“我把水已经烧开了，你喝杯茶吧。”

他忽然想起了此行的目的。他说：“你不吃饭吗？”

“我已经吃完了，你修管道的时候。”她说，指了一下茶几，“给你留了一个——不，给你剩了一个鸡腿，还有半份薯条。我吃不了。”

他心里热了一下。她有一种成熟的美。成熟的美就是，她颠覆自己的言辞，斟酌使用哪怕一个字，以确保不伤害对方。

他确认她是单身。她家里没有男人衣服。她修理管道不知找谁。至于她是一直单身还是离婚了，他不知道。

就像跟当年的女同学，在山上。猝然的，他控制不住，轻轻抱住了她。

她吃了一惊。

在他准备掀起她衣服的时候，她开始反抗。

“不行。”她的语气短促而又凛然。

“你不愿意让我抱？”他咻咻地，喘息着，放开她，问。

“当然。”

“我喜欢你。”

“谢谢。”

“你喜欢我吗？”

“我，不了解你。”她说。她退回到茶几那边。

“你还会叫我来送外卖吗？”

“你听话。听话的话，我还会。”她说。

“真的？”他问。情欲和情感是一个奇怪的东西，一旦冲破，就一往无前，没个阻挡。

“嗯。”

他几乎无力反驳。他准备去洗手间换掉她的运动服，她阻止了他。

“别穿着湿衣服走啊，下次再还给我吧。”

他们俩同时看着窗外，雨停了。

她果然在一周内又叫了两回外卖，都是打在他手机上的。当然，一切都好像没有发生过。她照旧付钱给他，包括运送费。他确定他们是恋爱了。他们无话不谈，包括瓷器，包括咖啡，包括他的专业，工业催化里面的活性炭复合体，包括旅游，甚至包括《不中用的狗》。

然而，她还是不给他。最多一次，也许她心情高兴，她让他抚摸了她。仅此而已。

他渐渐变得焦灼。他渐渐感觉到一种危险。他也再次体会到一种恐惧。他固然知道她如此执拗，并不是意味着戏弄自己，但是对他而言，他确实多了一层不安和想象，那或许意味着某一天，她完全可以离开他和另一个人进行恋爱，在情感的伦理中，她可以那样去做。此外，他一直渴望一种尝试，或证明，抵消他不成功的性经验。

有一天，一个大学里的好友突然打电话，因为涉及研究生答辩的事，时间紧，请他帮助整理一些关于工业催化方面的资料。下班后，他在家里上网，在查阅催化方面的信息时，电脑的页面突然给他链接到国内一个网站，关键词指示出“催情粉”。反复看着那几个字，他想了半天。在利用所学的化学知识确认该产品非常有效和对身体无害的情况下，他决定网购一包。他瞬间想到了，他如果把这个给她喝下去会怎么样。

产品仅仅三天就到达了他的手中。接下来，他等待她的电话。这个期间，仿佛是知道他父亲快不行了似的，他为抢救父亲的事每天忙碌，她并没有叫过外卖。半个月后，当他父亲再一次从死亡边线上挣扎回来，她的电话来了。

她叫的是一个鸡翅，一个膀胁，一个汉堡，一杯布丁奶茶。肯德基员工帮他打好了包装。与以往径直而去不同的是，他先将摩托车开到胡同里一个无人之处，从兜里撕开那包催情粉，慢慢倒入布丁奶茶里面，然后用吸管搅匀。他觉得心脏有点跳，这已经是夜里快十点了，他借着胡同里一家网吧窗后的灯光完成了这一切。

他顺着街道风驰电掣，他觉得胸中鼓荡着海浪般的风。

他把摩托车停在她的小区楼下。近几天，他发现他的澳柯玛似乎出了一点问题，液压离合器分离轴承那里总是发出杂音，他担心那里随时会崩碎。他决定最迟不超过下周，他要去修理店好好维修一下，或是看看能否换个零件。

丁香树发出迷蒙的气息，清新而怡人，远处有人在遛狗，一切都是那么美好。他再一次确认了后载箱里的食物，什么也不缺，包括他另加的土豆泥。她是真爱吃土豆泥啊。

一个工人打扮的男子走过来问他："5单元是哪一个？"

他看不太清对方的面孔，只感觉他个子很高。"就这。"他指了一下自己即将进入的门洞。

"徐宝成住在这里吗？"

“这个我可不知道。你看，我是送外卖来到这里。”他顺手摘下头盔，拎着头盔和食物走在电梯前面。

男子似乎叹了口气，一声不响地跟着进来。他按了12楼，男子想了想，按了13楼。

他揿响门铃。她开了门。她真美。他看到她穿了一件白色真丝T恤，紫色亚麻棉混纺短裙，胸口几近喷薄，双腿颀长雅秀，闪着肉感的光泽。他感觉她就是房间里最美的瓷器。

“你来啦？”她说，接过他手里的食物，然后目光看着他，以及越过他，突然有点不解。

他脱掉鞋子走进来，她站在房间里，没有像以往那样帮他递来拖鞋。他直起腰，扭身向后面看了一眼。

几乎是悄无声息地，刚才那个工人打扮的男子原来也进来了。同时他们都听见了重重的关门声。就在他猛然意识到什么的时候，男子从腰里拔出了一把刀。

“不要动。我不会伤害你们，我只是需要一点钱，还有，我一天没吃东西了。”男子的声音十分冷静。

他的反应足够快。就在男子几乎没说完的时候，他拎起左手的头盔重重地砸向他的脸，男子趔趄了一下，顺手冲他左肋捅了一刀。他强忍着剧痛与男子厮打，男子又捅了他一刀，然后趁他愣怔的时候，把他踹倒在墙角。他的头部撞到椅子腿，顿时天旋地转。他流了许多血出来，他感觉自己再也无力起来了。

这一切太快了，也就不到十秒钟。她完全傻在那里。

而男子，从兜里掏出一根长绳，给躺在地面的他双手反绑起来。

“我再一次说，不要惹我，我只是需要一点钱，两千元，一千元，三百元也好。”男子说。

“也许他是个逃犯，他需要钱离开这座城市。”他躺在那里这样想。

男子似乎也累了，也许是饿的，他的步伐微微晃荡。“快把钱交出来！”男子对她说。

“我只有不多的钱。”

“少啰嗦！”

她顺从地去取自己的钱包。就在这时，男子突然看到了放在茶几上的食物。于是男子坐了下来，打开那些食物。他一边盯着他俩，一边贪婪而凶猛地吃了起来。只几分钟，男子把那些食物吃了个精光。

他躺在那里，不忍看下去了。他忽然想起了一件事。母亲去外地出差了，他今晚应该代替母亲，给父亲擦擦身子。这是每天必须给父亲完成的一件事。

男子吃完了，愣在那里。男子似乎直到现在，才发现他要打劫的这个女事主是多么好看。他用纸巾擦了一下嘴，把她递给他的钱包揣好，慢慢走近她……

她挣扎着，男子把她扔到沙发上。他看见男子拽下她的裙子，然后他看见了自己从来不曾看过的她的雪白的小腹。由那里，在撕扯中，她的雪白暴露得越来越多。一阵剧烈的疼痛袭来，他昏了过去。

……再次醒来时，沙发那边的身体的持续撞击声，使他不用任何铺垫和回忆，一下子就明白自己置身于什么现场。

他怎么能这样！他目光扫视着房间，后来，他看到男子身边的茶几，看到上面被一扫而空的食物，包括被他一饮而尽的布丁奶茶时，他突然大叫了起来。

他再一次昏了过去……

裙子的那种蓝

原载《草原》2024 年第 2 期

房卡被递到许廊雨手中的一瞬间，她的心里生出了一份感动。这份感动是莫名的，九年。她想。自从生了儿子度度以来，九年，她没有独自出门去过外地，更没有离家住过另外的房间。她一直是度度的亲密养育者，不曾离开半步。如今，这张小小的房卡上面似乎写满了九年的证词，证明她儿子已经长大了，懂事了，她可以暂时离开他，稍稍有一点自由的空间和延伸出去的履痕。这也让她重新回到结婚之前的某种心境，不需要牵挂更多的人，或者说，尚未有更多的人牵挂她。她似乎重新成了她自己。令许廊雨心生感动的还有另外重要的一点，就是，作为一个寂寞和被忽略的从事比较文学的研究者，这张房卡也是第一次证明了她存在的价值。她是应邀来参加这次活动的。是啊，谁说精神的东西可以轻慢物质？她即将入住的这个房间虽然不永远属于她，但是作为一个现代物质强权的符号，她成为它暂时的占有者和诠释者，这本身就是意义。

何况，“暂时”的时间并不是几天，是半个月。此次参加活动的来自内地和香港两地共三十多位作家和学者，几乎都不约而同地惊叹于活动主办方的奢华和大气，准五星级环境，每人一间大房，报销往返旅费，自由写作，不提要求。半个月！他们从来没有开过如此漫长的笔会。

简直就是轻松的度假和疗养。

当然，这毕竟是笔会，内里还是包含一份庄重和责任。

许廊雨用房卡打开房间，轻轻环顾一下四周。房间布局通透明亮，装饰线条简约现代，是让她稍感陌生和喜欢的韩式风格。一面很大的落地窗，窗棂确实很狭长窄小，窗外扑面而来的是生动的山峦和旺盛的植物。地板上的大床是白色的，配以水银色床头，让她几乎嗅到一股奶油和现代金属的心旷神怡的味道，感觉出奇地好。

不过是下午四点一刻。许廊雨决定先冲一个澡，用以打发晚餐前的这段时间。

泡在意大利诺威利尼（Novellini）浴缸里面，许廊雨赖着迟迟不愿起身。此时，只有当身体全部洗濯完毕之后，她才有一个“她者”和清静的心情端详身处的卫生间。洗面台四周那些乳黄色的釉面，映着高矮不一却又精致闪亮的沐浴用品，与地面的洁具一气呵成，干净得像是一间无菌医疗器械室。她记得看过一个关于马桶的电视广告，一个少女跪在光洁的卫生间冲水洁具前，双臂伏在洁具的边沿，目光好奇而专注地探视着洁具的涡形内壁。抛却任何象征和隐喻思维，许廊雨此时不得不承认，单就这幅画面来说，它是很美的。随着目光的移动，许廊雨还发现，这间浴室的四壁乃至墙角的不同角度，镶嵌着许多几何形状的多棱镜面。这使许廊雨立刻成为一个游离体和矛盾体。也就是说，她的身体在不同的镜面上呈现不同的局部，这些局部令她感到极端真实又极端恍惚。同时，在这些镜面上，因为相互反射的作用，许廊雨有些身体的动态是顺向的，有些则是逆向的，时空在此似乎产生了分裂和颠倒。

浴缸的墙壁上有一个旋钮，许廊雨好奇地拨动一下，一阵类似传真机工作的声音从头顶传来。她仰起头，天花板上的一块玻璃钢正缓缓掀起，展示给她一方湛蓝的天空。许廊雨这才想起她身处的房间是位于这栋别墅的顶层。少顷，有一只大鸟从她腿边缓缓飞过，那是身边镜子里的。许廊雨愣了两秒钟才反应过来，原来头顶上电动天窗的玻璃具有反射功能，它折射下来的是目前许廊雨看不到的另一片天空。

许廊雨一下子想起读小学时，她上实验课学到的潜望镜原理。也就是说，她在室内利用镜子的特殊折射可以看到外面，那么外面当然也可以看到她。

如果恰好有人站在某个特殊角度的话。

想到这儿，她赶紧拨回旋钮，封闭了天窗。

诚然，她的身体，除了自己丈夫，还从来没有给任何人看过。

也就是在这时候，挂在浴室墙壁上的电话响了起来。

许廊雨以为是丈夫打来的。进浴室之前，她曾将房间的电话号码通过手机短信发给了千里之外的丈夫。这样做其实没什么意义，但似乎只有这样做了，她才觉得心安。

电话里传来的是一个女声。

“喂，是廊雨吗？”

“对，你是哪位？”

“我是夏小丽。”

“夏小丽？”许廊雨迟疑着。对方的声音活泼、动听，宛如银铃般，熟悉而又陌生。

“夏小丽——佳淇，佳淇，我是佳淇啊！”对方明显急了。

哦，是她呀。许廊雨想，当今学术界，符号和概念丛生，学者的名字更是只与作品相连，而与本体生命相脱，十多年了，谁还记得这个知名女作家，佳淇的本名是夏小丽啊。这个佳淇，许廊雨倒是与之相熟的，不过所谓相熟，也只是互读过作品，通过几次电话，还有，某一年佳淇到许廊雨所居的城市出差，她们有过一次比较愉快的交谈，此后，便是经年不见。

“是佳淇啊。”许廊雨马上问，“你在哪儿？”

“我也来开会，刚到接待部的大堂。哎，知道你房间号就好，我马上过去。”

许廊雨赶紧抓起衣杆上的衣物，迅速穿好。她边穿边觉得不好意思：自己连人家的姓名都忘了，可是人家刚来报到，就想着先来看她。惭愧。

五分钟后，有门铃响。许廊雨拉开房门，看见佳淇仍是那么年轻而活力招展，一脸笑容，只不过旁边多出一位服务生。

“廊雨！”佳淇上前抱住许廊雨，点点头，然后打量一眼房间，“就你一个人吧？”

“是啊。”廊雨答。

佳淇将手里的化妆包扔到床上，然后示意服务生将她的行李箱搬进来：“廊雨，我就住你这里了！”

“啊……”廊雨有点不知所措。

“真倒霉啊，我来晚了一步，”佳淇说，“不知道哪个倒霉的教授，本来已经告知大会不来了，却又临时变卦，前来参会。这里所有的房间已经被其他单位订满了，而他比我早来一步。会议主办方没办法，只好商量让我找一位女士同住。我刚才看过报到簿，女性竟然没几个，而这里我只和你熟悉，你看……”

许廊雨感觉自己的脸稍微有点热。从敞开的房门那里吹进来一阵外面的微风。许廊雨想：哦，这阳光，这房间，这蒸汽未褪的浴室，刚才那自动调节天窗的旋钮，还有，身边的写字桌，需要两个人来占有了。

许廊雨认为自己掩饰得很好了，因为她的笑容既未特别绽放，也未稍微收敛，但是眼前的佳淇还是不依不饶：“廊雨，你还是那么矜持和淑女啊，你就不会表示下热烈欢迎？”

许廊雨这回倒是发自内心地真诚地笑了。“你打乱了我的计划，”许廊雨指着桌子上的一本一直想重新阅读的《卡拉玛佐夫兄弟》，“我本来是想和他们同床共枕的。”

上午只是一个务虚的会议，没有实质内容。但是照例，不能缺席。围坐在那张巨大的椭圆形会议桌前，会议主办方做了繁简得当的说明。关于会议宗旨、意义，以及与会人员名单，主办方一一宣读，其中有三分之二是许廊雨不熟悉的，甚至连名字都感到陌生。关于日程，主办方在此做了耐心的解释，笔会期间会有两次座谈或交流，但是绝不会耽误大家思考和写作时间，他们提供的就是一个宽松而有效的写作环境。座谈会或交流，说白了更多是为活动的新闻发布，大家完全无须担心被挤占更多写作时间。

鼓掌。散会。午餐。

午餐是自助。

吃完饭，许廊雨独自在庭院中散步，这时候，她的手机收到一条短信，是丈夫的。丈夫问她一切如何。这是许廊雨来此差不多二十个小时后的第一条短信。也许是受了上午主办方会议措辞利落的影响，许廊雨回复道：“正常。”过了一会儿，丈夫问：“正常就是挺好呗。”许廊雨复：“那还用问。”也许确实是无事也无话，在许廊雨等待一会儿、准备收起手机的时候，丈夫又不紧不慢地问了一条：“你没有给妈妈打电话啊？”

“还没有。等晚上看看吧。”许廊雨复。手机彼此再无消息。

提起许廊雨的妈妈，许廊雨心里充满忧伤。她的妈妈退休前，本来是市立医院的一名护士长，大半辈子护理别人成了习惯，可是退休十年来，生活和起居越来越呈现不能自理的迹象。她得了比较严重的小脑萎缩，导致老年痴呆症。许廊雨的妈妈和爸爸共同居住在同城边缘的另一处老房子里，那是一处部队干休所。自从许廊雨生下度度，也就是妈妈记忆力呈现颓败的开始。而度度尚小的这几年，也正是许廊雨拼事业、忙孩子、无暇殷勤探望妈妈的几年。许廊雨更多时候只能是打电话给妈妈。她们之间的电话交流无一新意，因为问多了妈妈无法回答，或者是她因为慌张和意识到人家会笑话自己，往往把电话挂掉。不过有一次，许廊雨隔了三个月给妈妈打过一个电话，那次电话的内容是这样的：

“妈妈，你最近身体好吗？”

“好，我身体很好。”

“那你知道我是谁吗？”

“唔，我不知道。”

“我是你女儿廊雨啊。”

“噢，是廊雨呀。”

“对，对！”许廊雨高兴地说，“你晚饭吃过了吗？”

“吃过了，”妈妈在电话那端，停了一会儿问，“你打电话做什么？”

“我就是问问你身体怎样。”许廊雨说。

“我的身体吗？很好，不过你是谁啊？我很想我的女儿廊雨。”

那一次，许廊雨忍不住先撂了电话。撂了电话后，她的眼泪簌簌地掉了半天。

许廊雨经常想，妈妈怎么会病成这样呢？十年前，甚至更早，她不止一次地勾画过这样的景象：等妈妈退休了，她带妈妈旅游、爬山，带妈妈重寻她们住过的所有的老房子，还有，夜深人静的时候，和妈妈交谈，逐步探听妈妈年轻时的故事，妈妈过往的经历和恋爱。也许那对自己的写作有用也未可知。如果妈妈耍滑头不肯说呢？那样不要紧，给她看自己写的作品就是了——如果眼睛花到不行，那就给她念，大声地念，她会有多高兴啊！

当然，高兴的不止妈妈一个人，还有爸爸。许廊雨的爸爸是一位部队转业干部，对小时候的许廊雨要求极为严格，甚至严酷。这也造就了许廊雨成人后大家闺秀的气质。许廊雨曾经为一件小事嗔怨了爸爸十多年。那时候她读小学六年级，有一次因为贪睡起床迟了，便央求爸爸用接他的公车捎自己一程，却被爸爸严厉拒绝了。仅仅是拒绝了还不要紧，爸爸命令她必须跑步去学校，不得迟到。那一次是让许廊雨感到人生最羞愧的一次，她的羞愧不在于没有坐上爸爸的吉普车，而是那天下着小雨，她跑到班级的时候，卷起裤管露出的两条小腿上、连同裤子的屁股处，脏兮兮溅满了泥巴，引来了同学们哄堂大笑。

但就是这个爸爸，在女儿上大学时开始发表作品并有了小小的知名度后，在毫不知晓女儿仍在暗怨他的情况下，在一个雨天，无意识地用一件小事，消弭了女儿和他之间的所有隔阂。那是本市日报第一次给许廊雨做采访，连同照片一起登载出来，爸爸一天没露面，直到晚饭过了一个小时才回家。问他去哪里了，他说去卖报纸。妈妈问他卖什么报纸，为什么去卖。爸爸说，下雨，担心今天街头报刊亭的日报没人买，他就收购了十几家报刊亭的一百多份报纸，然后分别到市内的客车站、游乐场、电影院、饭店、宾馆里推销，竟然全部卖光了。

那也是一个雨天。许廊雨低头看到爸爸的裤管上都是泥，此外，他脚上的凉鞋带子也磨断了一根。

那一刻，许廊雨对爸爸的积怨全消。

眼下，许廊雨边散步边想着这些，不知不觉已经走出她所住的别墅很远了。她的视线所及，由满眼楼群，越来越变得郁郁葱葱了。她所住的这片别墅群周边，属于燕山山脉，植被保护良好，又兼六月末的季节，处处空气清爽，处处蔚然森秀。当她正要拐入一条绿草蔓延的小径时，不远处有一个声音喊住了她。是男声，很有磁性又很深沉，并且简短，带着一些粤语口音：

“小姐注意，那里边有蛇。”

许廊雨本能地缩住脚步。她最怕蛇。她回头打量不远处的男人，发现他四十多岁的样子，带有一点马来人种的部分特征，额骨显得很低，但是眉毛浓黑，目光亲切而有神采，头发稍微有一些弯曲。

许廊雨不知道他是不是参会人员，她对上午的人都很陌生。她只好问了一句：“你怎么知道？”

“我刚刚去过。”那个人已经转身走了，只留下空气中一点淡淡的烟草味道。

回到房间，已经快午后一点半了。佳淇穿一件宽松的睡衣，发卡拆下，正坐在电脑前，似乎在写作。许廊雨看到床上的被褥整齐，纹丝不乱，知道她不曾午休。再看电脑屏幕上打开的Word文档，一片空白。揣测她几十分钟，坐在那里一字未写。

“你坐在那里照镜子啊？”许廊雨打趣。

佳淇半天无语，等到许廊雨已经把捧在手里的书读了一页之后，佳淇转过来，站了起来，不自信地来了一句：“廊雨，你看我是不是老了？”

“没有。”许廊雨想了想，说。她说的是实话。一方面，佳淇身上有一种不顾忌的东西，这使她看起来活泼；另一方面，她难道忘了，她和许廊雨同龄，都是三十二岁。说她老了，岂不是自己也老了？这个年纪，不论从生理、心理还是从刚有起色的事业来说，都还年轻。

“可是我觉得自己已经老了。”佳淇说。

“为什么这样说？”许廊雨问。

“因为我爱的男人一点点在减少。”

许廊雨愣了一下。继而，她回过神来，以为佳淇不过是表述错误，于是纠正：“爱你的男人一点点减少，才说明你老了。”

“不是，确实是我爱的男人在一点点减少。”

“那怎么能说明你老了？”

“因为我感觉我的激情在减退，包括欲望呀。”

佳淇真是一个口无遮拦的人。许廊雨虽然沉默了一会儿，但是对她并不感到反感和意外。

“如果，爱你的人在不断增多怎么办？”许廊雨认为一个女人被许多男人爱，才说明她没有老。

“是啊，这可能也正是我的苦恼。爱我的男人不断增多，也说明这个世界好男人变坏的比例在增加，混蛋男人越来越多。”

许廊雨吸了一口冷气。她和佳淇真不是一类人。她知道的佳淇，出身工人家庭，大杂院，野孩子，没有读过大学。天知道她怎么会爱上写作。甚至，她俩各自的写作风格也不一样。读佳淇的文章，不论小说还是散文，叙述怪异，支离破碎，虽然才华闪现，但经常让人担心那里面会有错别字。而许廊雨的呢？心平气顺，温文尔雅，却又不失灵动。她更钟情于自己的文字世界。

甚至，在文字世界以外，许廊雨也感觉自己是幸运的。对比佳淇说过的话，许廊雨是这样的：她爱的人没有多，一个；也没有少，一个。她丈夫。

这样说来，她就是无所谓老还是没老。她还年轻。

第二天上午开座谈会。流程照旧，但是气氛不一样了些。所有与会的学者和作家，都知道主办方再三强调不想打扰每个人写作时间，但谁知道这是不是一种客气话呢。而且从常识来说，一个笔会如果不具有一定的学术性，是会降低它的品质的，何况是如此条件优渥的笔会。

问题可能出现在这里，但是也不一定。这时许廊雨想，问题也可能出现在座谈会会场的那幅横额上。主办方或许是无意的，起码是没有料到，正是那幅横额上的文字，引爆了会议的话题。

最开始是一位留着小平头的斯文男子在讲。他当然不代表主办方，也不是主持人，他是新来参加会议的一名代表。据主持人介绍，他是某文学研究所的一名领导，博导。许廊雨打量了他一下，应该不到五十岁，算是年轻有为。

他重新自我介绍了一下，说他叫康樊。接下来，他用了很长的时间解释自己为什么能够如期坐到这间会议室里。那无非是他很忙。不过，他忙的具体原因被许廊雨的耳朵忽略了。只有一句话，让许廊雨觉得在自己胸腔里荡气回肠。

他说，他本来推辞了这次笔会，就因为非常尊重文学和与会的其他学者作家，便又临时决定前来了。

许廊雨与坐在旁边的佳淇对望一眼，然后听下去。

康樊接着说，因为时间紧迫，他就只好带着司机，专程驱车前来了。

许廊雨似乎终于明白了，尽管他原定不来，会议主办方还是为他预留了一间房的，没料到这个康樊竟然带了一位司机来，那位司机挤占了许廊雨本该独自住的房间。

许廊雨听见身边的佳淇小声在骂：“王八蛋。”

康樊还在讲着，讲到了他的理论建树，讲到了他对目前小说创作的不满，于是近年来他也干脆写了一点小说。康樊最后介绍了一下他们文学研究所的现状、影响，队伍构成以及发展方向。他似乎对自己的表现非常满意。他的发言终于结束了，也可能因为是第一个发言吧，总之，会场上倒也响起了一些礼貌和比较饱满的掌声。

这时候，一个充满磁性而略带深沉的声音在会场上传出，这个声音发出的时段似乎经过了精准的把握，它既没有对前一位发言者的掌声余音产生冲淡，又较好地衔接了下面可能出现的沉默和空场。许廊雨感觉这个声音有点熟悉，她循声望去，发现是昨天中午散步时偶遇的男人。他原来也是来开会的。

他礼貌地询问会议主持人，关于会议横额上的标题问题。

“如何关注文学的时代性”——这是座谈会的标题。至此，有一些与会者方才反应过来，刚才康樊的发言，竟与主题毫无关系。

但是这个提出问题的男人显然忽略了大家的反应，或者说，暗示上一位发言者的言论与主题无关显然不是他的初衷，他是真正对这个标题产生了兴趣，或者说疑惑。他好奇地问会议主办方，标题中出现的“时代性”，与“当代性”和“现代性”之间，究竟存在怎样的考量？

他的意思是说，既然命题时代性，就要让人家弄清这是要体现当代性还是现代性，这样才有深入研讨的可能。

主办方似乎也没有事前想得太多，不过他们对这个提问产生了明显的兴趣。他们甚至忘记了向大家介绍一下这位与会者，于是马上介绍说，这是来自香港大学的詹启雄。

“文学的时代性，当然就是指文学的当代性嘛。”康樊率先插话道，他看了看四座，显得胸有成竹，“再说，文学的当代性就是现代性，现代性就是当代性，这个没什么难解的。”

詹启雄两手交叉放在下颌处，但并没有拄着下颌，这使他显得既有亲和力又有克制力。许廊雨注意到，他的手掌匀称，指甲润洁。

“我们在此探讨的是文学。我提请大家注意的是，在文学学科和理论上，有的时候，时代性和现代性存在不同甚至是相反的语义，以及哲学指向。”

会场上立刻变得安静。

“时代性往往更贴近文学的功用性、现实性和实效性，而现代性则超越了这些，更贴近文学本质，从更深处对现实和生命发生影响。”

有人轻微地咳嗽一声，但不是有意的。

詹启雄接着就文学的时代性、当代性和现代性三者之间互为影响和关联、语义的交叉和包含、能指和所指等方面，做了较为独特的理解和阐述。他最后列举了马塞尔·普鲁斯特的《追忆似水年华》，认为这部作品远离了时代氛围，避开了第一次世界大战时作者所身处的背景，是一部具有现代性的伟大作品。而过多地迎合时代、无缝地对接时代，目不交睫地反映时代，会导致作品有可能被不断流变的时代所遗忘和埋葬，这样的现象在世界文学史尤其是亚洲文学史上不胜枚举。

会场上响起部分掌声。但是更多的是大家交头接耳的议论声。

“詹先生，我倒是想问，文学如果不反映时代，或者干脆说吧，不反映现实，那么去反映什么？”说话的是康樊。

许廊雨一直期盼着詹启雄继续讲，她不希望他刚才的发言宣告结束。她觉得他深沉的、变音的嗓音很好听。

“我觉得我没有反对文学要反映时代或现实这个问题，事实上人也无法完全脱离时代或现实。只是如何反映，这当中存在认知逻辑和方法论，那就是，是否从诸如人的个体角度、生命、记忆、想象等层面，来观照这个现实，或者说，考察现实对人的精神生成和未来走向发生何种不确定的影响。在任何时代，文学不应当与新闻抢夺地盘或获得战利品，这也从来不是文学的任务，否则，就是文学的堕落。”

“你的意思是文学只能靠想象？”康樊的身体后倾了一些距离，以便在桌子前能够跷起二郎腿。

“只能说我很重视文学创作的想象元素。”詹启雄说。

“想象是有纪律的。”康樊说。

“距离？想象有距离？”詹启雄有些迷惑，他没听清康樊的话。

“纪律。”康樊重复道。

“哦。”詹启雄若有所思地说。

“妈妈，你吃饭了吗？”

“嗯，我吃完了。”

“那你傍晚去散步了吗？”

“我散步了，走了很远，远得我都不知道是哪里。”

“那你路上看到了什么吗？”

“唔，我看到一个女人穿了件裙子，那裙子很好看。”

“妈妈，你当年的缝纫手艺不错，你也可以尝试做一条穿啊？”

“我……老了。”

“那你可以做出来给我穿啊。”

“你是谁啊？”

“我是你女儿廊雨啊。”

“廊雨，你现在在哪里呢？”

“妈妈，我过一阵回家看你，我现在在很远的地方。”

“撒谎。我刚刚散步，就是去很远的地方，我没有看到你。”

佳淇出去了，房间里没有其他人，许廊雨给度度打了电话，给丈夫打了电话，然后又给妈妈打了电话。度度刚刚在班级里考了个第一，乐得不得了，虽然他才读小学三年级。丈夫刚刚做完了饭，正在洗衣服。他是一个对家务非常勤快的人，这倒是的，如果不是因为工作，许廊雨相信丈夫更愿意做一个居家男人，而且相信他会把家里拾掇得井井有条。他去年曾有一个小小的升迁机会，可是性格的原因——要么是不愿付出更多，要么是担心得罪人——他放弃了。放弃的他依然很快乐。令许廊雨感动的还有一点，丈夫对妈妈非常好，经常陪她说话和逗她开心，还时不时地做一些好吃的给她和爸爸送去。这也是妈妈患病以来，许廊雨仍能够保持平静和快乐的一个原因。

房门的感应器响了一下，佳淇回来了。她嘴里咬了一支冰激凌，随手递给许廊雨另外一支。许廊雨仔细拿好，目光有点怔。

直到这时候，她才意识到，她的心情其实还沉浸在上午会场的气氛中。她隐约觉得有一点兴奋，充实，但更多的是失落。产生这种心绪的原因，说不清到底是什么，也许是她这么多年，很少出门参与这种会议吧。不过许廊雨很快就否认了自己的想法，不是会议的形式和环境有什么特殊，而是詹启雄讲话的方式和内容。这么多年，她虽然很少参加集体活动，但是她没有荒废时间，而是利用大量的时间来阅读。触目可及的那些沉闷的、中庸的、完全正确但又毫无新意的理论文章，往往令她感到窒息和麻木，“世界就是这样的”，“世界就应该是这样的”，废话重复一万遍就是真理。但是，有没有人想过，真理重复一万遍也会变成废话。蒙田说，理智无法影响个人，但理智会影响众人。这里的理智也许就是指的真理。正如“时代”，本身是一个中性词，但没有人愿意了解它真正的相貌和它的姊妹——“现代”，这是因为“时代”往往在某一类场合，以“现代”的面目自居，乃至热烈地行事。如今，詹启雄的发言，让许廊雨眼前一亮，蓦然清醒和顿悟了许多。

“佳淇，你觉得上午的会开得怎么样？”

“哦？”佳淇又坐到她的电脑前，一副准备要写作的姿势，“我觉得挺好的呀！”

“哪里好？”

“那个叫康樊的家伙，很可笑，我恨不得揍他一顿。”

“那个叫詹启雄的呢？”许廊雨吃了一口冰激凌。

“他讲的，我听不懂。”佳淇将脚上的一只凉鞋甩到床边，她准备光脚写作。

许廊雨微微感到意外：“听不懂？为什么？”

“我是真听不懂。那些理论啊，术语啊，方法啊，别说是在讲，就是印成铅字让我慢慢揣摩，我都不感兴趣。我只知道写自己的。”

这倒也是，许廊雨想，这么多年，她读到的佳淇的文字，全是男欢女爱，卿卿我我，并且，她没有读到过佳淇哪怕发表过的半页创作谈文章。

可能是意识到许廊雨的沉默，佳淇打开了Word文档，随口又说一句：“不过，我觉得詹启雄说的可能有点对。有点吧。”

佳淇终于开始在电脑前写字了。许廊雨不想打扰她，去浴室里冲了个澡。在上床休息前，许廊雨感觉好像还有一件什么事忘记了，努力想了半天，才想起这次出行忘了带手机充电器了。她需要买一只万能充，以便在漫长的笔会期间，能随时给手机充电。

外面夜色真好，空气也清冽，隐隐渗入呼吸的是某种花香。许廊雨和与会者居住的地方，总共是十几座独体别墅，依山就势，集中分布在一处半山腰间，从山顶上一直到每座别墅当中，倾泻和铺陈下来的全是数不尽的梨树、苹果树、山楂树，此外还有无数种观赏花卉。

去山下的超市路程并不太远，在便道上折了几折，就会看到那里灯火通明，那是附近最大的超市了。在货架中，许廊雨挑了一只卡通造型的粉色万能充，然后向收银台走去。忽然，她看到一个人，堵在超市门口卖香烟的柜台，正和服务员说着什么。

许廊雨大致听到詹启雄的说话声。他要吸的某种牌子的香烟在宾馆大堂已经售罄，他问这里是否有卖。他张开两只胳膊轻轻支在柜台上，认真地问话，像是给学生讲课。不过他西装下面的两条腿，一条直立着，另一条又曲着，脚尖斜着点地，看起来又蛮休闲和痞气。

她和詹启雄几乎同时付完了账。向外走的时候，许廊雨小声说了一句："詹先生上午的发言，真是极好。"

詹启雄慢慢回头看了她一眼。灯光下，许廊雨看到的是一张略带茫然和忧郁的脸。"哦，是你。谢谢。"他把香烟揣进内衣兜里，转身走掉了。

夜半，许廊雨突然醒了。

醒得没有任何征兆。房间里没有任何声音。静了几秒钟，她听见外面有一种什么声音在叫。尖细，悠长，独特而清新。像少女在叫。她确信不是这种声音扰醒了她，而是她醒了，才听到这种声音。

她翻了一个身，那种声音再一次响起。

"是孔雀。"佳淇说。

"你还没有睡啊？"许廊雨看了一眼邻近的床，微暗的窗影下，佳淇似乎探起了身子。

“我还刚想问你呢。”

“孔雀是这样叫的啊？”许廊雨说。

“当然啊。”佳淇说。

停了一会儿，佳淇打开了夜灯：“你还能睡着吗？”

“我现在被你给弄清醒了。”

“那，我们聊天吧。”

“有什么可聊的？”

“听我讲故事。”

“你？”

“嗯。”佳淇说，“跟我有关的故事。”

许廊雨看了一眼手机，电池刚好充满电。是半夜一点多。她拔下充电器，仍旧将手机放在床边，说：“你是真不想睡了啊？”

“难道你能立刻睡着？”佳淇说。

许廊雨无奈地叹了口气。如果说睡意，她确实是全无了。

“你和几个男人睡过？”佳淇冷不丁问。

“什么？”

“做爱啊。”

许廊雨的脸立刻热了。她怎么在半夜三更问这种问题。许廊雨哑口无言。不过许廊雨立刻意识到，她的这种哑口无言，会被佳淇误认为是在斟酌、思考、犹豫、掩饰。许廊雨冲口而出：“一个，是我丈夫。”

“哈哈哈哈！”佳淇忍不住大笑。

许廊雨也想笑。她想笑佳淇。

"说老实话。"佳淇说。

"当然是老实话。"许廊雨说。

其实许廊雨说完这句话，便立刻想起自己结婚以来，是有过另一个陌生男人经历的——那是在梦中。在梦中，一个陌生男人抚摸她，继而进入她。那个男人的面貌不是很清楚，但是带给自己的感受，确是真实的。醒来的一瞬间，许廊雨发现自己的身体仍在持续反应，她顾不得体味那种感受，仓促地转头看向丈夫，她的丈夫在身边正鼾声大作。她为此出了一身冷汗，并为此庆幸：原来这不是现实，这是梦。

"除了我老公，我先后有七个。"佳淇说。

"啊？"许廊雨吃了一惊。这个佳淇，她真是太不了解了。

"不过，到目前为止，还保留这种关系的，只有两个了。"

许廊雨知道眼下就是给她递来十只枕头，她也睡不着了。

"你能清楚我的想法吗？你猜猜，这是两个什么人？"佳淇问。

"我不知道。"许廊雨幽幽地说。

"爱我的人，和我爱的人。"

"那有什么不同吗？"许廊雨问。

"你的意思是说，爱你的人，你也应该爱他；你爱的人，他也应该爱你？"

许廊雨没有回答。如果佳淇不做这样的发问，她想她是会这样说的。佳淇的反问令她觉得问题不那么简单。并且，她也不想在佳淇面前显得有多幼稚——同行间的写作，有时候彼此判断是否有才华，很大一部分是体现在生活和情感上的。她继续固执下去，会不会让佳淇以为她不是蠢笨，就是故意装傻呢？

“经常的情形恰恰是，因为别人爱你，你才不爱他（她），因为他（她）不爱你，你才会爱上他（她）。”佳淇似乎已经无视许廊雨的存在，她自言自语，像说绕口令。

“那……难道没有两个人是同时爱着对方吗？”许廊雨说。

“有……可是太少了。廊雨，你要知道，真正的爱情关系，很少有两个人同时主动，那至少也不是爱情的长久关系。就像两个人在坐平衡木或跷跷板，大多时候是一高一矮、一升一降、一主动一被动，这样才有意思，或者按你的话说吧，才有意义。如果完全平起平坐，保持平衡，物理学意义上的概率也极少。再说，那不是变成木头人了吗？有什么意思。”

在静谧的夜里，人的思维往往变得出奇敏锐。许廊雨不得不承认，佳淇说得很有道理。当然，也不是说自己多么愚钝，只不过她在平时，很少去想这方面问题。

“那么，你说的这两个人，一个是你爱的，一个是爱你的，哪一个会令你感觉更幸福呢？”许廊雨问。

这回是佳淇半天无语了。末了，佳淇躺回了被窝，打了一个长长的哈欠，说：“当然是我爱的那个人会让我感到幸福。”

“可是，他并不爱你。”

“他也许是并不爱我。所以我对追求他的每一天、每一个细节都充满了激情和感动，因此我更有幸福感。那个爱我的人，只会让我感到慵懒和麻木。前一个让我生命充满意义，后一个只是让我的生命被赋予意义。”

许廊雨将佳淇的话回味了一遍。谁说她对理论的东西不感兴趣？

“廊雨，我这样的人，是不是很贱？”

许廊雨不说话。

“换了你，我想你也是这样的。”佳淇说。

许廊雨仍不说话。她假装自己睡着了。后来，不知什么时候，她真的睡着了。

一觉醒来，已经是上午八点半了。

上午九点还有一个座谈会。按会议主办方当初的说法，半个月的笔会，只有两次座谈，那么，这无非是最后一次了。

一定要参加。

昨晚的手机不知怎么搞的，本来已经设定闹钟了，可是充完电之后它竟然变成了哑巴。也许是它叫的时候，两个人都没听见？

太乏了。

都是佳淇给闹的。

走进会场，许廊雨感觉自己的气色不是很好。刚才在卫生间有限的时间里，她给自己脸上打了两遍补湿水，然后又轻轻擦了一点润白营养液，仔细地抹了一点唇彩。她希望自己是柔丽和清新的。她换了一双棕牛皮高跟鞋，一条恰好触及膕部的短裙裤，浅鸽灰，配以白色收腰T恤。这样穿着起码会调整睡眠不足导致的萎倦感。

主持人依旧笑容可掬。会议的横额换了一条，标题是“香港文学与内地文学的个性与互渗”。因为除了内地，香港也来了许多作家和学者，探讨两地的文学话题自然不可避免。主办方至今没有对上一次研讨观点表达看法和参与意见，今天看来仍会如此。包容，呈现，自由，这或许是他们的唯一立场。

一位耄耋之年的内地作家首先做了发言。他大体回顾了内地自1949年以来几个阶段的文学流变，认为文学虽然不是围棋中的博弈，但是存在共生和竞争，有这样关系的棋才是一盘活棋。

接下来发言的是一位香港女作家，她阐述的要点是改革开放之初，香港文学对内地文学的积极影响和贡献。

这位女作家的发言尚未完全结束，就被别人的插话给打断了。插话的是康樊。他说：“我认为香港没什么文学，更谈不上对内地有什么积极影响。”

会场上立刻出现了一些骚动。骚动的原因不是不可以插话，这本来不是论文宣讲，是自由座谈，引起几位与会者议论的是康樊的观点。先后有两三位学者要求辩论和发言。

“除了一些电影，香港还有什么呢？而且电影也大都以娱乐化为主。”康樊说。

“对不起，康先生，我来讲两句。”詹启雄说，“我从来就不认为对人类来说，娱乐本身是一桩罪过。相反，我倒是担忧下述的事情发生，庄严有时候离远了看，仿佛一出闹剧，轻松的娱乐又往往混添一些假正经。”

会场上特别安静。许廊雨突然想起什么，她掏出手机设置成静音。

詹启雄接着说，上帝的归上帝，凯撒的归凯撒，严肃与轻松本没有高下之分。就像男人和女人，各归其角色就好。快乐或娱乐是人类的自然生命属性，抽离或剥夺它们，强绑在社会属性的战车上，久而久之不仅会扭曲人性，还会导致谎话连篇，假面横行。

“若说香港电影么，”詹启雄扭开面前的杯子，喝了一口，那是他为自己提前准备的咖啡，“我也愿意顺便多说几句。它们往往从制作的角度，存在一些看似与题旨无关的画面，比如离开情节之外，会出现公路上追逐的车辆，比如炫枪技，也比如就是一段长时间的风光景色，或是音乐，或是女人的体态和步伐的展示，它们即便不是为了调节叙述节奏，也是内容的重要的一部分，因为人们在视觉上喜欢看到这些。”

詹启雄强调了二十世纪八十年代香港电影对亚洲乃至全球电影的贡献，同时也强调了香港的音乐和音乐中的歌词，是它们为内地改革开放吹进一股新风，在文学上促进了人性的复归和原生态，并增添了浪漫的气质和想象。

“你说得这么多，跟文学有什么关系啊？”康樊说。

许廊雨觉得这个康樊，似乎是当领导太习惯被高看和自信了，以至于认知与他知天命的年龄不符。不过谁知道呢，男人在这个年龄上，在学术行业里，也许正当年。

“这些都跟文学有关。它们都来自香港的文学母体，并与之共融。”詹启雄停了几秒，还想说什么，但他随即有点歉疚地说，“我实在不忍过多打扰大家时间了，这样吧，我手里带来一本新出版的《香港文学史》，谁有兴趣的话，会后我可以提供给大家私下了解。”

“我想知道的是现在，”康樊说，“包括在座的哪一位，读过哪部所谓香港的著名小说？”

“《十诫》就非常好。”许廊雨被自己的声音吓了一跳。她实在忍不住了，气流和血液在体内的快速流动，促使她发出了这个声音。

“《十诫》？”康樊犹豫了一下，问许廊雨，“是一个跟宗教有关的小说吗？”

“不，是跟爱情有关。如果你认为爱情也是一种宗教的话，那你说的也没错。”

康樊情急之下，尴尬地点了点头：“我还真没读过。”

詹启雄放下手里的杯子，认真地看了许廊雨一眼。

下午，主办方安排大家进行一个轻松的户外旅游。

是在一处长城脚下。群峰横亘，溪流密布。在抗日战争时期，这里发生过几场著名的战斗，如今，时代的硝烟已经被森林的滤镜完美修饰，不复存在了。

路很不好走。更多的人三三两两，边交头接耳，边驻足拍照，他们寻求符合自己的心情和对风景的审美习惯，渐渐分散了。

许廊雨因为穿着高跟鞋，并没有走出多远。她看到几十米开外有一处荫凉树幔，下面恰有一块干净的石板，于是就走过去，将手包放在上面，准备坐下来休息一会儿。

不远处有几个人在大声喊她。他们好像是来自同一个省份的，互相比较熟，他们请许廊雨过去帮拍一张集体合影。

许廊雨走过去，接过他们递来的单反相机。

“哪儿是快门？”

“这个。”

单反相机是她不太熟悉的，她平时习惯了用“傻瓜”相机。她把相机掂在手里，只觉得沉甸甸的。还有，那几位与会者，年纪都比较大了。

“笑一笑！”他们当中的一位站在队列中说，“小许，你给我们多拍几张。”

许廊雨调整着角度。“要全身还是半身？”许廊雨问。

“全身吧，半身太近的话，会照出脸上的皱纹喽！”

许廊雨不清楚调焦的机关在哪里，她只好一步步后退。镜头里的景深在一点点拉远。突然，她觉得脚下一空，身体瞬间失去了平衡。

所有人都来不及喊。事实是，他们喊什么，许廊雨也听不见了，许廊雨所站的地方是一片陡崖，崖下是一泓深绿的潭水，掉下去的一瞬间，她似乎嗅到了潭水浓浓的湿气。她的耳朵失去了听觉，因为水面淹没了她。她本能地憋住气，挣扎，尽量使四肢变得协调和平衡，不过，她的泳技太差了，她甚至不能称得上会游泳。她渐渐感觉呼吸的沉重，呼吸太难了，水的领域也变得无边和扩大……

蓦然，她感到有一块移动的礁石托住了她，那么坚固，又那么柔畅……是詹启雄。

他紧紧地挟住她，一只胳膊在水面划出巨大的浪花。他把许廊雨带到一处低矮的岩石间，用力地推她上了岸。

许廊雨浑身都湿透了，不过她并没有感觉多么寒冷。

“你没事吧？”

“我没事。幸亏有你。”许廊雨由衷地说。

詹启雄一声未吭。

晚上洗完澡，临要上床休息之前，许廊雨照例要将手机设置好闹钟。

这才发现手机上面有两条未读短信。从上午会议到现在，她忘记了，她的手机一直是静音状态。还好当初帮人家拍照的时候，手机放在石板上的包里，不然一定报废了。

一条是康樊的。“小许，方便吗？我想和你聊聊。”

另一条是詹启雄的。“很意外你竟然会提到《十诫》，它的作者徐速对香港文学的发展影响很大，谢谢你对香港文学的理解，有机会多交流。”

许廊雨将后一条短信看了两遍。上面的时间显示是发自一小时十分钟前，也就是说晚饭吃完不久，詹启雄给她发了这条短信。她不确定詹启雄是否休息了，现在是晚上八点二十分。她犹豫着，担心万一他休息了，回复短信反而显得冒昧和打扰。但是此时不回复，留待明天的话，会显得更加慢待和不礼貌。

于是她给他回了短信："抱歉，才看到。你休息了吗？那么我就该道声晚安。"

意外地，很快，一条短信跳进来："哪里会睡得这么早。我在散步。"

许廊雨内心怦然动了一下。她再次看了一眼时间，八点二十三分。这样的时间别说对于来自香港的、习惯都市夜生活的詹启雄来说应该很早，即便对身处内地的许廊雨来说，也确实是不能说晚。

"你在哪儿？"许廊雨问。

"出门左拐，走大约五分钟，有一面广告牌，再左拐，走两分钟，有一排枝形灯，我在灯下。"

"好的，稍等，我马上过去。"

打完这几个字，许廊雨有些不好意思。她懊悔自己，其实写出"好的，稍等"就可以了，再加上"我马上过去"未免显得太急促。她是喜欢上他了吗？她被自己吓了一跳。

佳淇正坐在电脑前打一款游戏，不知是屏幕光线映的还是她太过投入，她的面部显得有些狰狞。许廊雨没有和她打招呼，她换了一条裙子和上衣，轻轻地拉开并掩上房门。

有几个人在楼下的甬道边围坐喝酒，凭感觉，许廊雨知道那不是一起来开会的人。这个地方太大了，来开各种会议的人也太多了。他们吵闹而放肆，说着不着边际的话，她只好快走几步躲过了他们。远处隐隐传来汽车的行驶声，伴着工地的挖掘机作业声，这种声音让她感觉踏实，使她内心的浪漫和愉悦被掩盖在亲切而寻常的世俗之下。

她看到了他。他果然在一排枝形灯照耀的回廊里，伫立着吸烟。他似乎在思考着什么。他的身影被灯光笼罩，显得格外柔和。

“来了？”他问。

“来了。”她说。她冲他笑着。

他也笑着。他掐灭了烟头：“我们随便走走吧。”

“嗯。”她几乎是伴着痛苦和难过一般地发出了一声呻吟。她不知道自己怎么了。在这样的夜里，她还是第一次与一个不熟悉的男人相约散步。

一阵微风吹过，送入鼻息一缕栗树的花香。她深深地吸了几口，也许是为了调整自己正常的呼吸。

“你的水性真好。”她说。

“我从小在元朗的山贝水边长大。”他说。

“是湖吗？”

“不是，是河。”

她努力不使自己脚上的无带凉鞋在走路时发出“啪啪”的声响，白天那双高跟鞋被水泡湿了，而这双凉鞋只适合光脚穿。

“你经常来内地吗？”

“不，只是偶尔。平时因为忙，另外机会也不多。”

“你的学问真是好，当然，也包括你的学养。”

“哪里，香港人文学科里的能人很多，我其实是很普通的一个。”

“你太太是做什么的？”问完这句话，她立刻后悔了。

“她是一位美容师，业余喜欢弹钢琴。”他倒是很直率。她以为出于礼貌，他会问她同样的问题，但是他没有。

她沉默着。她觉得轮到他说话了。她侧着面庞看了他一眼，发现他也沉默着，目光有一种莫名的忧郁。

“你这两次座谈的发言，讲得真好，我很受启发。”她说。

“我担心自己的发言有些失当。”

“没有，可以用精准和鞭辟入里来形容。我很佩服你的文学造诣和临场反应，因为你知道，主办方并没有事先规定详细发言命题，所以……”

“我也许可以讲得比当时好。但是……”

“很多东西，有心人自会领会，不需要多说吧。只是，你的第一次发言，显得有点走神，你在想什么吗？”

他不好意思地笑了一下。“没有，我其实是憋得非常难受，我想吸烟，可是会场不允许。呵呵。”

“哦，所以，第二次座谈，你就提前给自己准备了一杯咖啡。”

“你怎么知道？”

“我离你不远，我都闻到咖啡味道了。”

两个人不约而同地笑了。

“读《十诫》的时候，你是在哪一年？”他问。

“记不得了，差不多我十五六岁吧。”

“那么小。”他说，“这部小说其实很少有人知道，包括在香港本土，不过我那本《香港文学史》确实还重点论述了它。我觉得它算得上香港几十年来的文学代表作之一。”

“写得确实好，”她说，“我还记得当初读完之后，连续几天不想上学，只想弄清楚那天晚上男女主人夜登的山，到底是什么样。”

他俩又不说话了，似乎分别沉浸在作品中的情境里。眼前，隐隐约约出现一座大山的轮廓，融在黝黑的天空下。不远处，有一条分岔的小径，那里有一张白色的双人栏杆椅。他说：“我们去坐坐吧。”

她听从了他的话。小径幽深，地面杂草丛生，在快要接近椅子的时候，她的一只凉鞋突然被草给绊脱了，“哟！”她叫了一下。

“怎么了？”他警觉地问。

“没事，”她不好意思笑出了声，“我的凉鞋掉了。”她低着头，试图光脚踩进草丛中，去寻找她的那只鞋子，可是刚刚试探一下，就被杂草刺痛得缩了回来，身体也趔趄了一下。

他扶住了她。她感觉到他手臂的温度。她以为他只是扶住了她，可是不知怎么弄的，她刚一转身站起来，两个人就几乎同时拥抱在一起。

自然而然的，他们在热烈地亲吻对方。她感觉到对方的身体是那么年轻，而她的身体也是那么有激情。他们在互相吸引，也许这是很早之前的事。她觉得自己很狼狈，因为她光着一只脚站在地上——但是她幸福。就在他想更进一步动作时，她阻止了他："不要。"

他替她找到了鞋子，给她穿好，他俩在椅子上坐了一会儿。约九点半的光景，许廊雨说："我们回去吧。"

他俩同时站了起来。许廊雨又说："我先回去吧？"詹启雄站在原地，会意地点了点头。毕竟是两个人单独约会，还是不要被别人碰见的好。可就在许廊雨走出两步的时候，詹启雄说："你的裙子真漂亮。"

"是吗？"许廊雨回过头，调皮地问。

"是什么颜色的裙子啊？晚上看不太清。"

"蓝色。"许廊雨说。

"蓝色分很多种啊，湖蓝、靛蓝还是浅蓝？"

"它……就是蓝色啊。"

"哦，好吧，裙子的那种蓝。"

两个人忍不住笑了。

回过身，许廊雨感觉詹启雄向另一个方向走去。他应该是有一点绕道的。其实他们住得都很近。独自返回的路上，许廊雨感觉步伐特别轻松，但也充满了警觉。她很矛盾。一方面觉得周围的事物是那么亲切，另一方面又觉得危机四伏。这些天来，尽管有很多琐事和杂事，但是只有一件事情的脉络是特别清晰的，那就是，她跟詹启雄的关系有了突破性的发展。这意味着什么？她不知道。她不了解詹启雄，应该说很不了解，对方也未必真的了解她。可是这有什么问题吗？她极力说服自己，这只是缘分，不是她刻意去追求的，更不是她主动想得到的。也因此，自己仍旧是一个好女人。

甚至，她有点违心和龌龊地想，她起码没像佳淇那样。

快要走近别墅台阶的时候，许廊雨突然看到一个有些熟悉的身影，正巧那个影子也从对面走来，原来是康樊。许廊雨猛然有点慌张，也有点不好意思，她才想起她今晚忽略了他的短信。倒是这个康樊，什么事也没有似的，热情地跟许廊雨打着招呼。他似乎刚刚喝了酒，步态稍微有点晃："啊，小许啊，一个人出去了啊？"

"啊，我本来躺下休息了，不知怎么肚子突然有点痛，我出去看看有没有药店。"许廊雨极力掩饰自己，她觉得自己表现正常，"真是不好意思，我手机静音，起来后才看到您的短信。"

"啊，没什么，没什么事，刚刚一群人，想找你喝酒呢。"

"哦。"许廊雨说，"我倒是不能喝酒的，看来康所长酒量蛮大。"

"马马虎虎，马马虎虎，年龄不饶人了哈。"康樊说。

许廊雨还是很佩服这个人的，难怪能当领导，世俗中的涵养还是有的。他竟然没有介意她未回短信的失礼。也许他是真的喝多了。

康樊转身道了晚安。就在他要离开的时候，他又想起什么似的，对许廊雨说："小许，有一个事，跟你说一下，我们研究所跟美国纽约州的康奈尔大学有一项女权主义人文学科合作，每年推荐一位年轻的女性作家去交流半年，费用由我们和对方负责。今年的名额即将申报，你的作品我之前曾读过一些，我觉得你挺合适，你觉得呢？"

"啊。"许廊雨没想到康樊能跟她说这个。出国？不过说老实话，许廊雨对出国交流什么的并不感兴趣，她的外语完全不行，她打怵跟陌生环境打交道，再说，她记挂着母亲，母亲的身体说不行就不行，她不能离开母亲。更何况，她很不喜欢康樊，甚至觉得讨厌。她想了一想，觉得还是谢绝的好。她不是一个习惯无功受禄的人。

"谢谢康所长！我……我觉得我资历还浅，没什么成绩，另外目前个人时间和家庭也走不开。以后，再有机会吧，真心谢谢康所长。"许廊雨说。

"也好，也好。"康樊说，"我其实很欣赏你这样的人，低调，不张扬。那以后还会有机会。你好好写！"

两个人告别后，许廊雨回到房间，佳淇正在接一个电话。许廊雨想看看书，可是拿起书来，发现根本看不进去。她倚在床头，将今晚发生的事情细细地回味了一遍。这种回味因为有了记忆的弹性，弥漫着比现实还要温馨和浪漫的色彩，她从未经历过的，有一些刺激，有一些偷情的快感。当然，也有一些愧疚。她想，她爸爸如果知道了这事，会狠狠地打她一个嘴巴吧？不过他不会知道这事。还有丈夫，丈夫很爱她，他会打她吗？应该不会。丈夫爱她，他也许会默默地痛苦，默默地容忍她。不过，这事也永远不会让丈夫知道的。至于别人，别人会知道吗？

许廊雨仔细地回忆了当时的场景，她确信周围没有人。她和詹启雄散步的地方很隐蔽，离居住地很远，那里杂草丛生，不是一个适合散步的地方，自然也不会有什么人碰巧走到那里。尤其值得庆幸的是，他们只是拥抱了一下，顶多是互相吻了一下，在关键的时刻，她阻止了他。这就足够了。这不能说是有肉体关系。想到这个客观的、物理的和生理性的词，许廊雨颤抖了一下。没有肉体关系，不代表明天没有，会议期间没有，以后没有。那，以后该怎么办？

许廊雨不敢想。再继续想下去，或许就成了某种期盼。

佳淇的电话还没结束。有一刻，她边打边在房间走动，还挤眉弄眼地示意许廊雨，似乎电话里的内容跟许廊雨也有关。许廊雨只听到佳淇娇滴滴地在感谢对方，然后还有等待，说会耐心等待的。她的通话好像跟文学有关，又好像跟调情有关。

足足又过了二十分钟，佳淇终于撂了电话。她马上扑到电脑前，用鼠标点进一个官方新闻页面，大声地对许廊雨说："真的哎，廊雨，我俩都进入终审了！"

许廊雨狐疑着不解，佳淇干脆拉过她，指着电脑屏幕，说："橙子文学奖，初审名单公布了，有咱俩！"

许廊雨这才想起来，几个月前，她报名参加了这个国内比较著名的文学奖。当初完全是出于好奇，她想试试这个奖项的公正性，因为里面的评委她一个都不认识。这是一个女性作家文学奖，不过女性作家文学奖里面还有男评委，这是她没有想到的。这是第六届了，每三年才评一届。这个奖在业内算是有比较好的口碑。重要的是，如果评上了，许廊雨今年职称晋升的问题会迎刃而解。

只是，时间过了这么久，她以为自己早已落败了呢。她差点都忘记了这个事。看来，时间越久，说明评奖活动搞得越认真吧。

许廊雨弯下腰，也跟佳淇一样盯着那个屏幕上的新闻公示，不过她立刻意识到一个尴尬的问题：这个评奖真是太严苛了，进入初审的十个人当中，只有两个人进入终审，而这两个人，就是许廊雨和佳淇。但未来的获奖者，只有一个。

真是太残酷了。

而且竟然又这么巧！她和佳淇同来开会，又同住一个房间！

跟今晚与詹启雄的幽会几乎一样的感受，许廊雨觉得自己被周围的人盯着。只不过这个盯人者不是隐身的，她有明确的面孔，她就是佳淇。也许，佳淇越是表现得平静无奇，自然洒脱，就越是说明着内心的反抗和妒忌。许廊雨很不愿意将自己置身于非此即彼的选择的境地，生活中类似的情况都宁可躲开，但是这次躲不开了，她和佳淇的名字，就双双排在屏幕上，而且按照姓氏笔画排序，她还在佳淇的名字前面。

佳淇能做到波澜不惊，为彼此高兴，她许廊雨凭什么做不到？何况，如果相信这个奖的公正性，她就该有自信，她比佳淇写得好。为什么不呢？为什么不相信这个奖的公正性呢？她当初就已经相信了。她一个评委也不认识，却竟然进到了终审名单。

她很好奇刚刚和佳淇通电话的人是谁，也许是其中的评委？她没有问。

“佳淇，如果你得奖了，你得请客啊。”许廊雨说。

“如果你得奖了，你不请客啊？”佳淇马上回说。

就像是约定了接头暗号，这种语境之下，比祝贺对方来得更直接，也更微妙，却又彼此能懂。许廊雨再次感到危机四伏。

夜里，不知后半夜几点了，许廊雨又一次听到窗外有女人的声音在叫。这种声音叫得急促，而且缠绵，跟以往不同的是，时间竟然断断续续，高高低低，持续了好久。许廊雨本能地想，不对，这声音怎么像女人叫床的声音，而且似乎就在隔壁。至于是哪个方位的隔壁，实在不好断定。当一个人平躺在床上的时候，听到的声音往往是立体的。夏夜的空气溽热，几乎每个别墅的窗户都是打开的，静夜里的一点声音都会被格外放大。

许廊雨问佳淇：“你听到什么了吗？”

“听到了。”佳淇翻了个身，说，“睡觉吧。”

“旁边住的是谁啊？”许廊雨问。

问完之后许廊雨就后悔了。她记起来，她的东面，住的是詹启雄，西面，住的是康樊。

早晨吃饭的时候，许廊雨隐隐地意识到，气氛有些不对劲。

仍旧是自助餐。吃饭的大厅内非常安静，但是这种安静，伴随着的是人与人之间空间格局的变化。笔会进行了快十天了，每天无论早午晚，都是一个人找一张小桌子吃饭的那个来自湖南的老李，竟然跟几个年轻人坐在一起吃饭，尽管他们彼此之间并无交流。还有一个明显的变化就是，以往大厅里总是有人不断穿梭走动，高声喧哗，现在似乎都变得沉默，顶多是窃窃私语。窗外正是夏季，缤纷的花树以及叶子，似乎变得黏稠了，怏怏的，打不起一点精神。

许廊雨点了一份可乐鸡翅、麦片粥、几段香肠和一碟梅菜，几乎每一顿早餐，她都是这几样。她很少去尝试什么，很少尝试新鲜的东西。连她每天坐的座位都不变。

但是今天，她给自己加了一杯牛奶。

她加牛奶不是因为自己特别想喝。她看到了坐在不远处的詹启雄，他正在喝一杯牛奶，于是她也起身去接了一杯。

她觉得詹启雄的气色不错。她相信他。喝牛奶的时候，许廊雨觉得自己内心特别安静。

旁边的电视里正在播报早间新闻。恐怖组织头目本·拉登被击毙的新闻后续；利比亚总统卡扎菲再次在集会中露面，警告欧洲停止轰炸，否则利比亚将以牙还牙……这个世界到处都不安静。

丈夫给她发来一条短信，许廊雨简单地回复了他。丈夫问她会议何时结束，何时回家。她回完后笑了笑，觉得丈夫有些孩子气，不久后又若有所思。是啊，漫长的笔会，说快也快，竟进入了倒计时。

接下来能做什么呢？不知道。也许只有等待。等待什么？等待会议结束，还是——？不知道。还有，直到现在，许廊雨才蓦然觉得，她有了一些强烈的想要写作的欲望，就像是一个黎明时分走在路上的人，如果不是怀有某种希望和紧迫的事，是不会在黎明赶路的。前面一定存在某些未知和希望。

也许佳淇是对的。她这么想。为什么想起这句话——也仅仅是一句话而已，并没有其他内涵。不知道。

会议主办方的一位工作人员走过来，跟许廊雨交流一点事情，那无非是提前问了一下，许廊雨回程时选择哪家航班，以及具体时间。许廊雨犹豫着，说老实话，她还没想过这个问题。年轻的工作人员看到她犹豫，连忙说，不要紧，可以按预订时间来订，有了变化，可以随时退订或改签的。

顺着工作人员离开的身影，许廊雨发现康樊刚刚从外面走进来。他仍是那么神采奕奕，自信满满，哪怕他走进的只是饭厅而不是会议现场。他跟他经过的人打着哈哈，然后，仔细地去到餐台那里，低头精心地选择那些即将进入腹腔里的食物。

许廊雨感觉有一点恶心。

许廊雨吃得很慢，但不是最后一个离开座位的人。她出去散步的时候，发现有人已经三三两两，在小路上交头接耳，谈着什么。

“听到了，声音很大。哎哟，那种声音。”

“我都不好意思听了，后来蒙上了被子。你想，天又热得很，天！”

“怎么搞的啊？”

“也许是有人喝多了酒。”

“是啊，昨晚不少人出去分头聚会和喝酒来着，包括好几位女性。”

“……不知道，不知道都有谁。但是这也许跟喝多了酒没有关系啊。”

“不会是孔雀吧？孔雀晚上经常会叫。”

“怎么能是孔雀？再说了，院子里的孔雀，只是头几天晚上在叫，后来被人给投诉了，说是影响睡眠，管理区早就把孔雀转移走了。”

不是孔雀，不是孔雀。许廊雨想。她哪怕在昨晚，也愿意相信那是孔雀，尽管她知道那是想自己欺骗自己。可是，这又跟自己有什么关系呢？

许廊雨想起了詹启雄。她多少感到一些后怕。她相信不是他。但是昨晚，在夜色下的双人栏杆椅那里，如果他要继续呢？如果她不阻止他呢？事情会暴露吗？

她是女人。她置身于女人的属性和境地，此时她未免有些替昨晚的另一个女人感到不安，或打抱不平。尽管她是谁，没有人会了解清楚。起码目前不清楚。许廊雨想起了关于男女之间的性事，《水浒传》里说得好，“痴心做处人人爱，冷眼观时个个嫌”，别人都是苟且，自己才是良爱。这也许就是人性。

她不是原谅他们，从情感的角度来说，她也许是原谅自己。

笔会的最后几天，竟过得无比迅速而潦草，甚至来不及端详。尤其令许廊雨措手不及的是，谣言起了，竟然涉及自己。

说是那天半夜时分，她和詹启雄待在一个房间。

许廊雨觉得很对不起詹启雄。他不常来内地。这对他而言绝不是一个好的信号和回忆。这是两个人的伤感，也滑稽。这种谣言无论如何都会给他俩之间的关系蒙上一层阴影。至于会不会发酵，她不知道。

冷静。她想。不去辩诬，不去抗议，不去采取任何行动。会议马上结束了，机票也最终确定，会议最终留给她的，可以用母亲曾经跟她打电话的一段对话做结：

“那你知道我是谁吗？”

“唔，我不知道。”

那么是谁将这种谣言安在她的头上？是“隔壁阿二不曾偷”，还是偷梁换柱，借力打力？许廊雨感到特别愤懑，但是她不能慌张。哪怕慌张一点，事情都会变得无比复杂。

许廊雨出发的那天，没有跟任何人告别。她的行李本来也不多，她为自己精心化了一个淡妆，因为回程和候机的时间会很长。那双被水泡过的高跟鞋，她想了一下，虽然已经变形了，估计不能再穿了，但她还是耐心地把它装在盒子里，准备带回去。会议主办方的一位副主任，专门开车送她到机场，之前任她再三婉谢，对方还是不肯。这真是没说的，会议的一切安排都是那么周致、温暖，不失礼节。

七月的景色在窗外目不暇接，令人赏心悦目。只是这个夏季，缺少了一点蝉鸣。法布尔说，蝉在黑暗的地下蛰伏多年，挣出地面只能存活和歌唱几十天。但是现在没有蝉鸣。哦，许廊雨又想，八月鸣蝉，时间也许还未到。

许廊雨有一些伤感。

在候机楼的门厅，许廊雨跟副主任摆手告别，真诚感谢。副主任是一位和蔼的老者，据说办完这次会议，他就退休了。他说："小许，回去好好歇一歇，这么久的会议其实也很累。我们再见。"

"是您辛苦了。"许廊雨说，主动去握了一下他的手，她难过得差点掉下眼泪。

"你不要想太多，没事的。"副主任说。

"谢谢。"

"多保重。"

"您还有什么话叮嘱我的吗？"许廊雨凭着直觉，她有些不甘心。

"有件事，我不知道该说不该说。"许廊雨看出，副主任的内心也非常复杂。

"您尽管说吧。"

"那晚的事，其实，或许……没什么，你知道，尽管……不过，我们的主管单位领导听到了这个传言，要我们还是搞一点走访和了解。毕竟对会议的影响有点那个。"

"哦。"许廊雨对于这个，还真是一点都不知道。

"大家既然传言到你，本来事情很好办，所有与会人员，只有你住的不是单人房，你是和另一位女性作家住在一起的。"

"是啊。"许廊雨说。她完全没意识到什么。

"我们去问了你的那位同住女性作家，半夜里，你俩是否在一起，你们是否在房间睡觉。”

“怎么了？”

副主任叹了口气，摇了摇头：“可是她说，她那天白天累得很，晚上很早就上床睡着了，不知道你半夜是不是出去了。”

许廊雨怔了半天。她张开嘴，不知道该说什么。

“谢谢您。”许廊雨又重复了一遍。

副主任摆摆手，跟她告别，想说什么，又终于忍住了。也许，他想说“我相信你”，但是这又会导致另一种悖论。许廊雨明白，他们都是有涵养的人。她在内心里默默感谢他，也感谢他终究没说出这句话。

副主任转身启动汽车引擎，慢慢驶出了许廊雨的视线。

半个月后，那个“橙子女性文学奖”的评奖终审结果出来了，只有一人获奖，名单：夏小丽（佳淇）。

以后的几乎每个夏天，许廊雨都会穿起她那件裙子。那件在夜晚看不清究竟是什么蓝的裙子。

她觉得自己仍旧年轻。她喜欢它。喜欢裙子的那种蓝。

缓慢降速器

原载《十月》2022年第6期

那一天，单位请来了当地的消防部门人员，来给大家讲解防火安全知识。大家被提前召集到一个能容纳五六十人的会议室里——其实这个人数也正是肖明他们这个测绘公司里，几乎所有的员工人数——大家懒懒散散的，不得不去听。其实谁都知道，类似此种宣讲活动，哪里是单位主动请的？是对方职能和工作所需，命令或指定相关单位做好准备，前来宣讲的。

在上楼梯的时候，肖明正巧与测绘室的汪馥琼走在一起。汪馥琼穿了一件蛋青色的T恤衫，白色的齐膝裙，肖明不经意间能闻到她身上散发的一种好闻的香水味儿。像是蜜奶的味道。瞬间让他想起梦幻般的童年。而那件T恤衫，说实话，肖明见到有蛋青色的T恤衫还真是不多，所以就未免多看了两眼。

消防员来了两位，一男一女，都是现役消防员。只不过，那位女的，应该是文职，在机关搞宣传或是什么的吧。肖明记得他的一位邻居的女儿，大学毕业后也报考过消防员。听她谈起过，女性消防员，没有在一线去救火的。

他们例行讲了许多知识，还有案例。演讲台上的背板是图像课件。那许多失火案例的图像，让肖明感到触目惊心。

最后，两位消防员照例为大家推荐一些消防产品，灭火器啊，阻燃布啊，逃生铁锤啊什么的。有一种阻燃布，肖明产生了一点兴趣，厨房的台面万一着火时，用这种布一扑就会灭，而且不必事先用水打湿它。不过肖明继而又想，自己又没有女朋友，更没有结婚，还轮不到考虑厨房里的事儿。他去年买了一台二手车，平时去父母家可以开，想到车里还没有灭火器，于是他就跟消防员商量买哪种灭火器。

"当然是干粉灭火器或水基型灭火器好啊。"那位女消防员说，一般车里不能用二氧化碳灭火器，因为它不适合为车灭火，并且放在车里，夏天通风不好，还有高温爆炸的危险。

不说的话，肖明还真不知道。以为灭火器跟灭火器不会有什么不同。于是他就买了一个水基型灭火器。

但是临结束宣讲时，消防员最后拿出了一个铁皮盒子，让肖明眼前一亮。消防员说："这是缓慢降速器。"

几乎所有台下的听众都不知那是干什么的。只有肖明说："这个好，高空逃生用的。"

肖明看过那个著名的美国电影《史密斯夫妇》。就是由道格·里曼执导的、翻拍自希区柯克的旧作，由布拉德·皮特和安吉丽娜·朱莉主演的动作片。影片一出场，安吉丽娜·朱莉饰演的特工，在高楼里杀人若干后被围追堵截时，从容镇定地凭借手持的一个设备，从高楼的窗口安全地使自己降落到外面数十米高的地面。

安吉丽娜·朱莉手持的那个设备，就是缓慢降速器。

不消说，肖明在众目睽睽之下，又买了一台这个东西。

大家都嘲笑肖明。肖明买了一台缓慢降速器，简直迅速地在测绘公司大楼里传成一个笑话和谈资。令大家不解的是，一个家庭一辈子能遇见一次着火吗，而且是连房门都被堵住了的那种大火？你花大价钱买个高空逃生的东西，不是很可笑吗？

同事们最开始打趣肖明的时候，问他为什么买这个东西。肖明比较认真地说："这是为了万一家里着火，人被困住，可以通过它来逃生。"

结果同事们笑得更厉害了。

再有同事打趣时，肖明干脆就说："不为什么，就是好玩。"

有一天，大家都在食堂吃饭，不知谁开始议论一个手机新闻，说是一个男人，大白天跑到一个相好的家里私会，结果女人的丈夫回来了，男人情急之下，竟然半裸着身子从六楼窗口的雨水管往下爬，想重新回到地面，结果一失足，从四楼的位置掉下来摔断腿了。因为那个新闻配着视频，所以大家都感慨原来还真有这样的事情，之前还以为类似的事件都是传说。感慨之余，不知谁插了一句，哎，这个男人如果买一台肖明那种的缓慢降速器就好啦！

大家笑得前俯后仰。笑声使食堂瞬间变成了快要爆炸的锅炉房。

肖明的脸红得不行。

又有不知哪一个同事，说："据肖明说，美国一个电影里表演过这东西，可那毕竟是电影啊，有许多特技的，现实里咱可没见过，也不知肖明买的这个东西好使不？万一关键时候不好使，还不如爬雨水管安全哩。"

大家把饭都一齐喷了。

肖明不恼，他慢慢地说了一句："咋能不好使？"

"那让咱见识见识呗？"

"就是就是，肖明你亲自演示一下嘛。"

"我们大家每人凑二十块钱给你，算是观看费，四十多个人，你就从这里往外跳一下，几分钟的事，八九百块钱你不赚啊？"

"对啊对啊，演示一下大家看嘛！"

同事们七嘴八舌的，气氛越来越热烈。看得出大家也确实都满怀好奇。

一股热血涌上肖明心头。"演示就演示。"肖明说，"别拿钱恶心我。"

肖明回到办公室，拎回来那台缓慢降速器，大家一下子都静悄悄的。说到底，当玩笑开得真了，大家心里也没底。而肖明呢，肖明心里也没底。不过肖明是这样想的，毕竟这个小小的设备，不是在非正规的市场里买的，而是在消防局那里买的，资质肯定是没得说的，也不可能不安全。唯一不同的，是肖明自己也从来没试验过。这一点，他其实跟大家一样怀着好奇。他甚至感谢大家，如果没有大家的怂恿，他不可能独自一人找一栋楼房，从高空中往下试验，一个人难以有那种勇气。是啊，反正这东西买在手里，就是注定要用才行，否则还不如买只花瓶摆着好看。

食堂是五楼。五楼正好，太高了，会眩晕，不敢。除非是死神真正降临，那就从八楼九楼甚至十几层高楼赌一把。二楼呢，二楼太低了，试验不出效果。再说了，二楼的话，肖明就直接跳下去好了。

肖明还真的不怕从高处往下跳。从小学一直到初中，肖明都是个淘气的孩子。他小时候迷恋武侠小说，从大刀王五到霍元甲，从杨露禅到无崖子，他通通佩服得不行，尤其他曾梦想练习飞檐走壁。在他小时候的生命里，有长达四个月的时间，肖明每天上学时，都故意扔掉父亲剩给他的那台老旧不堪的自行车，裤腿里偷偷绑着一副五斤重的沙袋，一路小跑着去上学。等到放学后，利用母亲做饭的当口，他就扔下书包，偷偷地去到老宅后面的旧戏台那里练习飞檐走壁。说是飞檐走壁，其实首先就是练跳高，看你凭借自身生理而不是凭借外界条件，能否做到身轻如燕。猛地卸去了腿上的沙袋，肖明还真是觉得整个人不跳也要飘。那个老戏台有八十厘米高，这个高度，肖明站在它面前，是正好平齐到自己的裆部。别看这个高度，百分之九十的男人，如果不采用助跑，就那么原地立跳，是跳不上去的。而肖明可以深蹲一下后，原地立跳上去。练习到三个月的时候，肖明在那个老戏台上面摞了三块厚木板，这样高度达到了一米。一米是他的腰部位置了。就这个高度来说，百分之九十九的男人是原地跳不上去的。肖明跳上去了。可是在接下来的一个月，无论肖明怎么苦练，他原地跳不到一米一高。一米一的高度几乎是他的胸口位置了。肖明不服气，为此试了好多次，他的两条前腿分别被戏台边缘撞得皮开肉绽，鲜血直流。后来肖明只好放弃了。他身材不高，一米七，能原地起跳到一米，就算是很对得起他的四个月苦练了。

不过肖明这人做事还是聪明，要么就是武侠小说的影响对他太大了。仅仅过了几天，肖明转念一想，去他老儿哟，我不能练习飞檐走壁和跳高，我练习从高处往下跳还不行吗？

于是肖明就练习从高处往下跳。墙头，屋顶，柴禾垛，都成了他下跳的平台。有一次放学，几个同学路过一幢未建好的楼房时，好奇地钻进去玩。来到一个三楼的阳台时，几个人往下一瞅，都跃跃欲试往下跳，可是谁也不敢。肖明看着外面的地面，还好不是水泥地，是土地。另外，三楼的阳台，其实也就是二楼的楼顶，但也足有五米多高了。肖明说：“我跳。”他运了运气，让身体找好平衡，“呼”的一下就跳下去了。

跳下去，全身安稳，毫发无损。

所有同学都惊呆了，佩服不已。

那是肖明长到这么大，往下跳得最高的一次。

肖明打开食堂五楼的窗户，观察了一下周围的环境。外面的水泥地面显得无比空阔，蝉鸣声像细雨一样在地面来回跳荡，绵延不绝。肖明打开缓慢降速器的铁盒子，从里面一一取出物件。一根环形挂钩，一个速差自动调节器，一根航空钢丝绳，一件吊带安全服。

正好窗户旁边有一条暖气管，肖明将环形挂钩死死地扣在上面，又用力拉了拉，发现无比牢固。接下来，他将吊带安全服穿在身上，手里攥着安全服连接到挂钩那里的钢丝绳，起身站在窗台上。就在他即将往下跳的一瞬间，他的胳膊被拽住了。

是门卫老李。老李斜着眼，看起来有点令人恐怖。他的一只眼睛经过一次手术后，就变成了这个样子。

“卡扣没系。”老李说。

肖明低头一看，这才发现，他虽然穿着安全服，但是安全服上面的卡扣竟然忘记了拉死，这样穿着安全服，简直形同虚设，如果跳下去，后果不堪设想。

当然，围观的同事们，除了老李，谁都没发现这个问题。

肖明吓出了一身冷汗。

将安全服的卡扣重新归位并系好之后，肖明背着身子，面向墙壁，从五楼的窗台向外轻轻一滑。他感觉自己像一只大鸟一样，在空气中柔和地下降。

不到三分钟，他双脚站到了地面。

“我喜欢养花。我家的院子里，我养了许多花。”在一片很洋气的咖啡店里，肖明与老李相对而坐。老李头上的布质草帽忘了摘，加上黝黑起皱的面孔，再加上斜眼，看起来像是一个美国西部老牛仔。

“我几年前也喜欢养花，可是现在不养了，我总是把花养死。”肖明说。

“花需要精心来养，养花又不是养狗。”老李嘿嘿地笑起来。

“我也许是太精心了吧，”肖明说，“我养的花不是干枯而死，是经常被水浇死了。”

“那你是太精心了。”

“还需要点什么？”肖明问老李，“再来份多士？”

“不要不要，这样就很好，喏，这么多的牛排。”

小时候，在胡同里跟别家的孩子们打架，肖明总是打不过对方。他很奇怪，自己又不是身体不够灵活，力气也不是很欠，可为什么总打不过人家。有一天，哥哥把他叫到院子里，让肖明看着他。肖明看着笑嘻嘻的哥哥，还没反应过来是怎么回事，哥哥突然脸色一变，一拳就打在肖明的下颌上，给肖明打翻在地。哥哥临回屋时给他撂了一句话：“熊样，再在外面打架吃亏别找我，我都腻烦了！你想打架的话，一要主动出手，二就要狠！”

肖明的脸肿了三天。再跟外面的孩子打架，肖明总是被父亲事后领着去对方家里道歉。他不是把对方牙打掉了，就是把对方的头用石头砸出血了。他再也没有吃亏过。

有一次，父亲又领着他去人家家里道歉。人家正在屋里吃饭，桌子上摆着一种肉，闻起来很是香味诱人。肖明从没见过这种肉。主人倒是很客气，待肖明道完歉之后，随手夹起来一块那个东西，给肖明吃。

肖明回家的路上问父亲："那是什么东西啊？"

"牛排。"父亲说。

"牛能吃？"肖明惊讶地问。因为从小到大，他家里连猪肉都只是在过年时才吃，平时哪里吃得到？他以为牛只是耕地的。

"你以后别打架了。我给你买牛排吃。"父亲说。

走了一会，父亲又说："我给你打架包赔人家的药费，够你每月吃一回牛排了！"

肖明把这个往事讲给老李听。又补充了一句："事实是，我吃了牛排之后，打起架来更有力量了。"

老李静静地听着，忍不住笑了一下。他只有笑起来，才看不出眼睛是斜的。因为都眯在了一起。

肖明感觉老李使用起刀叉和铺垫巾的手法其实很专业，包括他倒咖啡的姿势。肖明其实不太熟悉老李，老李是去年才来的。之前听说，他是给一家企业开卡车的。退休后，来到了这里做值班门卫。

肖明只去过老李的值班室一次。好像还是临时跟老李借什么工具。老李的房间被他收拾得很干净，印象突出的是，阳光非常强烈。老李的房间布置得很简朴，一张桌子，一部电话，再就是倚墙有两排收发报纸和信件的架子。在里面的卧室里，肖明记得床头放茶水的矮柜上，放了一只相框，照片上的人是老李的妻子。

这么大年龄了，还把妻子的照片摆在眼前，肖明多少感觉有点好笑。

此时，老李的眼前浮现出妻子的面孔。肖明在讲他的往事的时候，老李有点溜号了。老式放映机。他想。他手里有一盘几十年前他和妻子结婚时录下来的结婚录像带。自两年前妻子去世后，他有一天突然想起这盘录像带，可是令他茫然无措的是，录像带虽然找到了，那是他用心保存在柜子里的，但是播放录像的机器却早已坏掉了。这是他无法预知的事情。后来，那个早已坏掉的机器，在早年间的某次打扫卫生时，被他给扔到废品站了。这两年，老李跑遍了这座城市的所有家电行，找了无数的人，想买一部能播放这部带子的新的放映机，可是人家说，这种机器早已淘汰，全世界也看不到谁在生产了。

“怎么会？”老李经常喃喃自语。

后来，经人家指点，老李又去电脑行请人把这部带子转制成碟片保存，据说那样既可以重新播放，又可以永久保存。但是同样是跑了无数的电脑行，对方经过万般尝试，都摇头说，这个录像带的磁粉都已经掉光了，带基已经被严重侵蚀了，无法修复。

老李想重温旧梦的想法彻底实现不了了，他多想好好看看当初跟妻子结婚时的场面。后来，老李的这个想法，渐渐被一种强烈的内疚所压倒。他觉得很对不起妻子。妻子在这个世界上，留下来唯一的活动的影像就是这个了。可是，却跟没有一样。

眼下陪着老李的是一条柯基犬。棕色的，夹杂白花纹。老李很爱他的这条柯基犬。

临告别时，老李说："你知道栀子花最喜欢什么肥料吗？我保管你能养好。"

"什么？我从来没养过栀子花啊？"肖明说。

"你刚刚不是问我了吗，栀子花怎么养。"老李眼睛瞪得很大。他这么一瞪，肖明就觉得有点恐怖。

"我真的没问过你栀子花的事。"

"哦。"老李显得很是失望。

"到底怎么养？"肖明只好问。

"栀子花最喜欢野雉鸡的粪便，用野雉鸡的粪便来养它，栀子花就不会死。"

"哦，"肖明说，"我真没养过栀子花的。"

"我本想送你一盆。"老李说，"但是算了，现在的野雉鸡粪，你根本找不见。"

夜晚，将要躺下休息时，单位测绘室的汪馥琼终于给肖明回了手机短信。肖明拔掉正在给手机充电的电线，半倚在沙发上，借着屏幕的荧光跟汪馥琼对话。

"你还没睡？"汪馥琼问。

肖明回了一个微笑的表情。

"我觉得还是不行。"汪馥琼说，"我确实尽力了。"

肖明知道，他俩之间的关系，终于面临一个分岔口。过去相处的一年多，看来要变为回忆了。

“主要是，”汪馥琼看到下面好久都没回话，只好说，“我父母对我太娇惯了，也不想让我这么快就找男朋友。他们跟一般父母不一样，他们总想让我多陪陪他们。”

其实理由只有一个。肖明知道，他在她父母那里过不去关。汪馥琼的父母，一直觉得肖明的经济条件太一般，尤其是，肖明的父母都是下岗工人，只有很微薄的养老金，加上身体又不好。

肖明回：“其实，这个结局我并不意外。”肖明说的是实话。肖明见过她的父母，不是汪馥琼专门领他见的，是肖明跟汪馥琼有一次吃饭，碰巧遇见的。做父母的一见女儿跟他吃饭，加上他俩当时的神情，就明白了七八分。

肖明曾问过汪馥琼两次，她父母对他的看法，汪馥琼都把话题转移过去了。

汪馥琼见手机长时间没动静，就回：“对不起。”

肖明说：“没什么。”

他们互相道了晚安。临熄屏时，汪馥琼最后回了一句：“你那天从大楼窗户降落的姿势，真是帅呆了。”

肖明苦笑了一下。没回。

汪馥琼不久就嫁人了。肖明提前买了一条项链给汪馥琼作为礼物。但是结婚现场，他没有出现。

过了不到半年，或者顶多大半年吧，汪馥琼工作调走了。她的公公和婆婆据说有点门路，把这个儿媳调进一个更好的电力国企里面。

没有了汪馥琼的测绘公司，肖明觉得日子过得真是单调。而那时候，作为私营企业的测绘公司的业务也越来越不好做。肖明渐渐懒得跟任何人说话。

有一天，肖明开车进单位大门时，发现开移动栅门的人不是老李。一打听，原来老李被换到夜班值班了。眼下这个值白班的是个年轻人，个子很高，看人的表情有点傲慢。

又过了几个月，肖明听说，单位裁员，老李被裁掉回家了。回家就回家吧，肖明想，他年龄也不小了，该是颐养天年的，每天熬夜值班又是何苦。只是不知道，他的那些花儿养得怎么样？还有他说过的那条柯基犬，越来越老了，呼吸道或是肺子有毛病，每天晚上睡觉时，剧烈的喘息声搞得他睡不好觉。

但是，有一天，肖明被一个突然的消息惊呆了：老李跳楼自杀了！

啊？怎么会？肖明百思不解。

单位的人都在传说老李自杀的事。他是在一个夜晚，从一处废弃的铁路家属楼十一楼的楼顶跳下来的。据说，他一句遗言都没有，只是，因为是夏天，天气太热，他住的是带院子的平房，本来很凉快，但是他担心那条老狗喘息费劲，别给热死，于是把所有的窗户都打开通风，一个人锁好门走掉的。

整整一天，肖明的心里都非常难过。不过，也仅是难过一整天而已。肖明不了解老李，说到底，他们不过是生命轨迹毫不交叉的人。就比如说，如今的汪馥琼对于他来讲，似乎也成为这样的人。尽管他十分爱她。生活那么漫长，那么随意，何必刻舟求剑。

不久，肖明也结婚了。他没告诉汪馥琼。肖明以为自己会从此打一辈子光棍，可是没想到真的结婚了。是别人介绍的。他们买了新房。肖明再也不用过那种租房子、吃快餐的生活了。结婚两年后，他渐渐胖了一些。他和妻子的生活基本是非常规律的，每周利用周末逛一次街，回父母家吃一次饭，再就是每半年还能够出去旅行一次，在旅行途中的宾馆里，他们也做爱。

不过他暂时还不想要小孩。

到了结婚的第九个年头，肖明的女儿长到六岁了。有一天，肖明收拾家，他到处翻拣家里犄角旮旯里的杂物，是想给女儿找一本自己小时候读过的彩色儿童书。猛然地，他发现了那个铁盒子——那个有点儿锈蚀的、完全陌生的、里面装着缓慢降速器的铁盒子。

他几乎都不记得它何时来到这里。

是啊。九年来，他只用过它一次，还是在别人的怂恿下才用过一次的。他当初买它，到底是为什么？现在想来确实多么滑稽。

他把它拎在手里，耳边猛然响起一个声音：

“卡扣没系。”

他一下子就想起了老李。那个斜眼的老李。肖明眼泪差点出来了。老李多疼啊，肖明想，他是从十一楼跳下来的。十一楼，十一楼，肖明想。

肖明觉得身体有点眩晕。站在女儿身边和温馨的房间里，他第一次觉得自己原来有一种说不清的恐高症。

他拎着那个缓慢降速器，亲了亲女儿，独自下楼钻进车里。在车里，他打开音乐，路边经过的商店橱窗给他一种不真实的感觉。他沿着公路开出很远，几乎比郊区还远。他们一家三口都没有开出过这么远。他爬上了一座山，费力地沿着小路，登上了一处野树丛生的山崖。

那座山崖有几百米高。现在，他站在了崖边，远处云雾缭绕，深不可测，没有一丝风，也没有一丝声响。

肖明用一只手死死地攥住那个铁盒子，后退半步，抡圆了胳膊，然后一下子将它从空中扔了出去。

那个缓慢降速器，像一枚刀子一样，又像是一只大鸟一样，只一会儿就不见了。

马桶

原载《山东文学》2023 年第 6 期

我和赵彤找了好久，总算选中了这间公寓。

两年前，我俩从不同的方向来到这座城市，那会儿我们还不认识。据说这座城市会有一些就业机会，其实也不是。我们找工作很辛苦，但是找到工作后，感觉更加辛苦。好在分别找到工作后，我俩认识了，并且住到了一起。

我之前有过一位女友，因为她酗酒，就分手了。赵彤倒是不酗酒，可她喜欢撒谎。看来女人没有十全十美的。她喜欢清洁，经常在房间擦地板，洗衣服。我目前还十分爱她。将来，谁知道呢?

这间公寓处在市中心，虽然朝向不够好，见不到多少阳光，可是价格便宜。更重要的，与我俩之前租住的那个平房不同，这间公寓有智能马桶。嗯，之前我俩住的那个地方是蹲厕。

赵彤有时候坐在那里玩手机，不过这没关系。那个马桶坐圈温热温热的，坐在上面，像是简陋的生活遇见了美好的日子，谁不喜欢多坐在那里一会儿呢？赵彤有时候在那里给她妈妈发短信，或者视频，也有时候在手机上逛淘宝，浏览一些商品。不过她很少买，更没有网上购物症。她更多的只是看。我说过，我们的经济很拮据。

我们没有什么像样的家具。其实公寓也就三十几平方米。地面中央有一张床，靠窗那里有一张书桌，上面堆了几本平装书。没有沙发，放沙发的位置是一个方形茶几，我们平时在那儿吃饭。赵彤喜欢吃自己做的沙拉。就这样。对了，还有一条狗，是小巧的、白色的博美狗，我认识赵彤之前她就带在身边的。也就是这个原因，我们很少远足。因为带着狗出门，实在是不方便。

有一天，赵彤从卫生间出来，跟我说："周茂君，我实在是忍受你好久了。"

周茂君是我的名字。天知道我的父母是怎么想的，当初给我起了这么一个老气横秋的名字。那时候，我正在翻几幅我新拍出来的摄影片子，我准备选几张贴在墙上。尽管墙上已经有很多这样的摄影了。

"怎么啦？"我问。

赵彤还是怒火冲冲，看来我不陪她一起走进卫生间不行。她指着马桶说："我跟你说了多少次，你每次小便完后，不能把马桶坐圈放下去吗？"

听好了，她是说要我把马桶坐圈放下去。可是，我为什么要把马桶坐圈放下去？我每次站着小解完毕，提上裤子，拉好拉链扣，系好裤带，然后去弯腰把马桶坐圈放平？这难道是一种什么仪式吗？

可能是那天我真的心情不好。我忍不住反问："你每次解手完毕，为什么不能把马桶坐圈立起来？害得我每次小解前，都得先伸手去扶起它。"

由于男女生理结构的不同，也由于社会习俗的不同，女人是坐着小解，而男人是站着小解。女人坐着小解的时候，需要把马桶坐圈放下去，男人站着小解的时候，需要把马桶坐圈立起来。就这么简单。

到底使用完马桶，该放下去还是立起来，这事有没有一个公允的答案？

对女人来说，她如厕前，当然喜欢马桶圈是平放好了的，便于她直接坐上去。而立起来的马桶圈，也便于男人直接小解。

除了捍卫自我权利、从自我角度出发外，这事有没有一个纯粹的客观结论？

我上网查了一下，"使用完马桶，坐圈应该放下去还是立起来？"竟然有几百万条争论。争论者当然只分两类人：男人和女人。

我和赵彤的争吵，大概就是从那时候起。

其实我仔细想了一下，我打从工厂辞职后，就感觉到了赵彤对我的疏远。

我在工厂上的是三班倒，或者是四班三运转。早班是上午八点到下午四点，中班是下午四点到夜间零点，夜班是夜间零点到次日早八点。每一个循环为八天，休两天。你们听起来很乱，其实我更乱。它打破了我的正常生活规律。要命的是，赵彤的工作时间也不规律，这直接导致我跟赵彤做爱的时间并不多，甚至变得罕见。

在工厂里，我开机床。我每天看到的就是旋转的机器，耳边是轰鸣的噪声，它们令你眩晕，甚至呕吐。有时候高温烤着你，你觉得裤带上的钥匙都是热的。我也讨厌那些同事，尤其那些坐办公室里的人，以及班组里习惯四处溜达、找你毛病的人，他们生就一副病恹恹的面孔。我想再这样下去，我也会病的。

我跟赵彤说了我不想干了，我得辞职。“你辞职后做什么？”赵彤吃惊地问我，“再说你当初来到这个城市，不就是为了找到一份工作吗？”当然，我记得。我投的各种应聘简历像雪花一样多，我跑的各条小巷也像蛛网一般密集，我还托了许多朋友帮我，可是我不想干了。

“我也不想干了。”赵彤说，“可是我不干，我们就得分手了。”

“你这么想过？”我问。

“这不用想。我得养你。你他妈的。”赵彤说。

我想抽她。但是没有，我们接下来做爱。在那个凌乱但是洁净的床上，阳光根本照不见它。我们的房间有窗，平时却很难见到阳光照射，尤其夏天，可能是子午线夹角的关系，也可能是这座城市的建筑设计问题。好在夏天要阳光也没什么用。冬天会好些，但我们在这里还没度过第一个冬天。

我和赵彤做爱的时候，她经常穿着袜子。哪怕全身都脱光，也要穿袜子。她穿的又不是性感的丝袜，就是普通的睡眠短袜，有时候是灰色的，有时候是橘色的，也有时候是带条格的。为什么要穿这个？她说她的脚怕凉，凉了很不舒服。嗯，我觉得这更多是一种心理记忆而不是生理问题，于是就问她："你的那些前男友习惯你这样吗？"她变得十分生气。但那次，我还是强行把她的袜子给脱了，扔到一边。我们和好后，却怎么也找不见另一只。我想是她的博美狗给叼到哪里去了吧。

我曾想，冬天来了的时候，我给赵彤买一双暖和一些的好皮鞋。但是这事也就是想想罢了，回头我就给忘记了。

我喜欢边走边摄影，现在很多人把它叫成街拍。辞职后，我没事就经常到处溜达，握着我那部二手的富士X100V，这东西的好处是小巧，便于携带，另外过片声音也不大，拍人物时不会引起对方格外反感。只不过价钱贵了一些，但还算可以承受。

再说，辞职后，我把养老保险断缴了，以后的事以后再说。这样我又能省出 点钱。

我什么都拍，没有专题。店铺密集的街市、菜市场、老胡同、工厂厂区、农村田园，甚至垃圾场，都是我随时光顾的地方。我的拍摄也不讲究什么传统审美，大多是一个歪曲的角度，或横截面，我觉得片段和局部比整体更真实，也更有力量。

我拍裸露的大地、毫不掩饰的建筑，以及女人的镜头多一些。我觉得它们之间有着某种未知的联系，起码都是，给你提供某种坦诚而安全的需要。裸露与安全，似乎是一个悖论，但令人着迷。

当然，我拍女人，大都是背影，或者是她们的下颌，洁白的、各种弧形的下颌，稍微连带局部嘴唇。再就是小腿。在强烈的阳光下或阴影里，她们小腿的腘部形成的迷人的窝形，无不展示出时代的某些健康或低调。我有时候把这些照片挑选出来，发在自媒体上，在不涉及侵权的前提下，会接受一点打赏。也有一些杂志喜欢这些摄影，他们会给我付一些稿酬。但更多的，是我自己保存和欣赏，我像个生活的采集者，记录一些过程。这是我生命的需要。否则我不知道我还能干什么。

总之，我觉得，我的一切还过得去。

当然，我说这话的意思是，如果没有那天夜晚。

因为一个工友有事请假，而答应替他值班弄机床的同事突然生病，我辞职的那家工厂主任给我打电话，希望我能去替他们代一个夜班。他们熟悉我，再说我有开机床的经验和资质。这没问题。主任答应给我两倍的夜班费。

我把所有的工作都做好，去值班室那里签了字，然后下班回家。这时候已经是零点一刻了。

我吹着口哨走在路上。那天的路灯还真是明亮，也许是有月光，我忘记了。总之，道路上灯火通明，视线也不错。就在我接近我公寓附近时，在马路边，我看到我们公寓的保安站在那里，他的面前躺倒着一个人。一个男人。

我说："怎么啦？"

"他看起来不很好。"保安对我说。我不确定这个保安是不是熟悉我。

我低头看了一眼那个人，穿着一件半棉的卫衣，因为那时候天气已经很冷了。他头发微弯，衣服很洁净，看起来是个比我还小的年轻人。他躺在路边，头部伏在马路牙子上，搞不清是怎么回事。

我大声叫了他两下，他什么反应也没有。我蹲下去，丝毫闻不到酒味。

我和保安都不敢去碰他。说真的，这事我们都没有经验。

"赶紧打报警电话。"我低声说，接着掏出了手机。

电话接通后，对方问我怎么回事。我说出了地址和街道位置，我也说出了眼前的情况。我担心他是突发疾病，就在我将要这么表述的时候，我一直冷静地观察地上的那个人，我发现他动了一下。这明显不是突发心肌梗死的症状，于是我对电话里说："应该是喝多了，他醉得不省人事。"我也说出了我的担忧，天气很冷了，如果他这么在路边躺一宿，没准会冻死的。

"好，稍等。派人去。"电话就挂了。

过了大约十分钟，或者顶多十二分钟，一辆闪着警灯的车子无声地从远处夜间的街道开过来。车停下后，下来两位年轻警察，其中一个拎着黑色的包，包里是什么我不知道。

“你报的警？”一位瘦瘦的年轻警察问我。

我说是。

“你住在这里？”警察指着旁边的公寓楼。

“对，我下夜班回家。”

另一个警察戴一副近视眼镜，在我和他同伴对话的时候，他已经干练地蹲下去，从他兜里掏出手机看了一眼，马上说：“是韩国人。”

这个年轻人兜里没有任何其他证件，除了那部手机。而且，警察在简单而快速地翻看他手机的时候，发现里面没有任何通讯联系人。只有一个今天打过的电话，名字显示是韩国字母。

警察按照那个电话拨了过去。已经是快夜里一点了，但是嘀嘀声只响了两下，对方就接通了。对方是一位女性，听声音，似乎不很年轻。

对方说的是韩语。警察只会说中文。警察“喂喂”了几声，问：“能听懂我的话吗？”

对方仍旧在说韩语。

不过对方可能是觉得发生了什么，因为熟悉的手机号，是来自陌生的人打给她的。她的语气听起来，是一直在那边焦急地问着什么。

警察尝试着讲了几句英语，但也不成，对方还是在讲着韩语。那位瘦瘦的警察马上掏出自己的手机，通过一个翻译软件，将情况和地址写在上面。手机里很快出现一个机器人用韩语的读取声，警察将这部手机对准那部正在通话的手机重复播放，对方连连发出“啊，啊”的声音，应该是她明白了什么。

不过接下来的事情仍旧很麻烦。对方只是在继续说着什么，这边没办法听懂。我大声地喊着那个年轻人：“喂，你家在附近吗？你家在哪里？我们送你回家！”

年轻人什么都听不到，他醉得死死的。好在电话那边的人一直没撂电话，她一直在讲韩语。警察在用年轻人的手机通话的同时，快速地翻看了一下他的手机相册，他找到一张他的照片，问我：“就是这个人，你认得他吗？”

那是一张合影。我不认得他——躺在地上的年轻人。但是我看旁边合影的那个人的时候，不禁吃了一惊，那个人竟然是赵彤。

背景是一家西餐店里，在桌子前，两个人自拍的合影。他们笑起来很亲切，或者说很亲密。

我快速地看了一眼手机相册显示出的拍摄时间，是一年以前。那时候我还没有辞职，每天在工厂里没黑没白地三班倒。

“我不认识。”我重复了一句，说。

警察关了相册，要我和保安帮忙，给他扶起来坐着，把脑袋扶正。警察要给他拍照。年轻人力量太大了，他坐在那里，一不小心就要前倾到地面，那样会把面部磕破的。我死死地扳住他的脑袋，警察在手机上拍完照，说：“好了，能识别出来了。”

警察递给我一个手机上自动出现的年轻人信息以及住址

图像：×××大街××号，中央花园×座×单元×××室。

警察问我："中央花园是附近那个小区吧？"

我说是。我用手指了一下，过了我这个公寓楼，前边一点就是。

戴近视眼镜的警察叫来保安，他俩去年轻人的住处找家人过来。我当时有一个意识，这年轻人家里一定没人，而那个电话里的女性，她此时应该在韩国，她虽然着急，但是无法前来。

所幸手机里的韩国女性声音一直没断，她一直在讲着什么。反正也是等待中，我就将那个不断讲话的手机放在年轻人耳边，给他听。手机里的女性一直在说话，带着焦急的口吻。突然，年轻人"嗯"了一声，接着又"嗯"了几声，嘴里咕哝着什么。可见对方一定是他熟悉的声音。我大声地从中喊："对，大点声，不要停，接着讲！"

年轻人突然睁开了眼睛，挣扎了一下，看着四周。他本能地把我擎在手里的手机抓过去，开始跟对方慢慢讲话。他们讲的都是韩语。

"你会说汉语吗？"我大声地问。

年轻人点了点头，说会。

看来他清醒了一点。那位瘦瘦的警察说："我们扶他站起来吧，扶他回家。"

路上，我们三个人遇见了那两个去他家敲房门的人，一位警察和一位保安。他俩果然空手而归。于是我们一起，按照年轻人的地址，给他送回公寓。

我扶着他的时候，心里五味杂陈。赵彤怎么会认识这个人，又怎么会跟他一起亲密地吃饭？不过我自始至终，都没有仔细去看他。

到了他公寓的房门口，年轻人按了一下指纹锁，门开了。里面的灯是亮的。警察问："有人吗？"

"没人。他应该是独身，一个人住。"我不知怎么说了这么一句。

年轻人跳进房间，接着又出来，给我们深深鞠躬。他看起来完全清醒了。

走下电梯，临到跟警察告别的时候，我问："为什么他醉得那么厉害，可是浑身没有酒味？"

"他喝的是韩国真露，这种酒后劲大，但是不仔细闻，是闻不到酒味的。"警察说。

我觉得我跟赵彤的生活一定是出了什么问题，但我没说。那天晚上的事情，我从来没说。我觉得赵彤跟我怎样，不是我现在要想的事。我不了解她的过去，她也不了解我的过去。在我还没想跟她领结婚证之前，连"我"都是她的"过去"。如果我将来和她领结婚证了，那她才是一个跟我有关的人。

也许吧。我就是这么想的。

否则，我相信赵彤马上就会离开我。

有一天周末，赵彤似乎心情很好，她约我一起出去吃饭。我们先是打车来到了郊外，爬山，攀岩。后来又在室内游泳。躺在躺椅上的时候，我在翻看一份报纸，赵彤跟我有一搭没一搭地聊天。

“这里的人似乎越来越少了。”赵彤说。她坐在椅子上，正在给自己的脚趾涂蔻丹，一种紫色的会发亮的蔻丹。她在游泳的时候是脱光袜子的。

她的脚趾很润洁，很可爱。

“也许我真该干点什么。”我说。

“可是你不愿意干。”

我是不愿意干吗？我没反对。我还年轻。另外，我也知道活着是怎么回事。得活着，活下去。

临近有几桌人也在聊天，带着孩子，孩子在人群中蹦蹦跳跳。他们穿得花花绿绿的。

“讲一件你小时候的事吧。”她说。

“嗯？”

“比如说，难忘的事，或者有意思的事。一件就行。”

“小时候，嗯，其实也不小了吧，十七八岁，正是年轻和有精力的时候。有一天，我骑着自行车，后座载着我一个哥们，我俩进城。”

赵彤歪着头看着我。

“骑到一个道路向上的大坡的时候，我累得很，脚底下实在没劲了，但是我不服输，我加倍了气力蹬自行车的踏板，我想，我非得载着这哥们骑上这个大坡才行。”

“你有的是力气。”赵彤说。

“可不，我有的是力气。结果真是，我把自行车骑到了道路平坦处。”

“我说么。”

“你听我说，”我慢悠悠地回道，“你不是要我讲一个有意思的故事吗？我继续骑着车子，跟身后的哥们说：‘咱俩今晚去看一场电影怎么样？’偏巧这时，我身边也有一位女孩子骑着自行车经过我身边，只不过我没发现。我的哥们不做声，我只好又问了一句：‘哎，你他妈的倒是说话呀，我俩今晚去看一场电影怎么样？’结果，身边骑自行车的女孩子终于忍无可忍，歪头瞥了我一眼，骂我一句，臭流氓。”

“为什么？”赵彤问。

“因为啊，我的哥们不在后座位上，他见我上坡吃力，很早就跳下车了，自己在后面走，但是我竟一点都没发觉。而身边的女孩，以为我是跟她搭讪。”

赵彤忍不住，哈哈大笑起来。她不断地回味着我讲的事，想一遍笑一遍。她在椅子上直起身子，又弯下身子，她把眼泪都笑出来了。

“周茂君，你可真有意思。”赵彤说。

“但是你就要这么过下去吗？”赵彤想了一会儿，又说。

我不知道她是什么意思。

“你得拿出真气力，你去爬坡。好吧，求求你。”

我们坐的地方不远，墙壁上挂着一幅油画。我看了好久，才发现那幅画竟然挂倒了。难怪看起来那么抽象，那么奇怪。

这个月我们得付房租。我得给我的手机续费。但是这个月，我决定不再跟我的父亲借钱。我们好久没通话了。上次的通话，我跟他借钱，他在电话里说："你是跟我要钱吗？我的病都没钱治，我每个月只有几百块钱，你去死吧。"

我父亲离异了，我母亲很早就嫁了别人。我跟母亲的家人更没有什么联系。

事情就是这么个事情。我街拍，我很好。通过街拍，我看到无数比我还活得不好的人。我开销不大。并且我从中得到快乐。哦，别吹牛，这世界能感到快乐的人，你觉得有几多吗？

赵彤还在冥思着什么，我掏出我的富士X100V，认真地为她拍了一张照片。我还没有为她拍过照片。

"为什么要拍？"赵彤问。

"我拍照是为了看看事物被拍摄下来的样子。"我说。其实，我说的是美国的街拍大师加里·温诺格兰德（Garry Winogrand）说过的一句名言。

其实我更想说的是另一位美国著名画家贾斯珀·约翰斯（Jasper Johns）针对摄影谈过的话："一个物件，讲述各种物件的消失、毁灭。不谈自己，谈别的东西。它会把它们包括进去吗？"

我觉得，"它们"其实是口误。应该是："它会把它自己包括进去吗？"

我拍照，是把自己包括进去了吗？

一个穿比基尼的女人，可能边走边只顾照看她身边的孩子了，她从我身边走过，我的脚自然地垂落在躺椅边，她经过时，不小心腿部碰了我脚一下。

她没注意到我躺在那里。她只是回头看了我一下。事情就这么可以过去了，但是她远处的男人很敏感，他问："有什么事吗？"

"没有。"那个女人说。我觉得她有点漂亮。

"我看到了，"那个男人走过来说我，"你碰了她一下。"

我仍旧半躺在那里，报纸在我胸前摊着。我说："是她碰了我一下。"

"你是说，她用腿，故意碰了你的脚？"那个男人长得像鹰，鼻子尖尖的，个头并不高。但是他身上明显有一股迂腐气。我说不好。

"她不是故意的。"我认真地澄清。

那个女人对身边的孩子说："小米，叫爸爸去给你拿雪糕吃。"

那个男人不依不饶，他说："我们打一架怎么样？"

我一直躺在那里想着，如果跟他冲突起来，我是把他揍进泳池里，还是把他的短裤打飞。赵彤把一切都看在眼里。就在男人走近准备拉我的时候，赵彤像一头狮子一样，立刻跳到他面前，大声地说："你信不信，你敢动他一下，我先抽你的嘴巴。"

那个男人看着赵彤。赵彤说："这是我老公。"

女人赶紧拽过男人，说："你多什么事！"他们渐渐走远了。

赵彤撒谎的时候，总喜欢说她爱我。

我有点相信了。

我还是迷恋街拍，疯狂地迷恋。我不太担心邻居们说我不务正业。有一次，一个邻居说："你有什么困难，尽管告诉我。"

这个城市有很多故事，跟它错综复杂又难以记忆的街道一样。每条街道都有无数的银杏树。尤其秋天，或冬天来临之前，满街的路上都是翻飞的金黄的银杏叶。有时候，你凌晨五点起来，会看到有人在打扫店面，扫那些落叶；也有的人背着旅行包，匆匆地行走；卖豆浆的，给他的孙女或外孙女装好果子，拍拍她的背。一切都显得雾气蒙蒙，像毛玻璃里面的镜头一样。

我打算跟赵彤结婚。时间也许是春天，也许是下一个秋天。我没跟她说。

不过后来，事情还是变了。如果世上有奇缘，嗯，我相信有。否则怎么会有"奇缘"这个词呢。简单说吧，它还是跟我的街拍有关。

有一天，派出所的警察找到我，只不过不是我之前认识的两位警察，而是另一个辖区的，离我住的地方隔着七八个街区。我街拍的时候，最远步行过十五公里。

我记不得我有时候拍过什么了。富士X100V，每次最多可以拍摄近千张照片。我公寓的电脑里，应该存了三万多张照片。但是警察找我，只是要查看一下，我12号在胜利桥台阶上拍的那些照片。

"为什么要查看我拍的照片？"

“12号上午在胜利桥下面的胡同里，发生了一桩大宗的掉包盗窃案，涉案数额巨大。10时1分56秒，我们在监控器里看到你了，你举起相机正冲一个方向拍。而那个方向，是监控死角，我们看不到他，我们只能看到他的背影，但看不到他的面容。”这次，面对我的是一位老警察，头发花白。

我交出了我当天所有在胜利桥拍摄的四十多张照片。镜头里，大都出现的是天空，桥的一角，和一些犬牙交错的电线杆。也有行人，杂乱而匆忙行走的行人。照片角度有仰视的，也有平视的，更多是俯视的。镜头在默默地俯视着人群和物象。

警察在我的相机里，熟练地导出了一张照片。他放大来看，然后说了一句：“就是他！”

我都没留意我拍的是什么。警察在放大照片的时候，我一眼认出，那是我熟悉的一个人。——那个韩国年轻人。我扶过他回家的、深夜里醉过酒的年轻人。

只不过我叫不出他的名字。

好了，事情如果就到此为止，那还算什么“奇缘”呢。过了几天，警察请我去辖区派出所补一个物证的手续。这事简单。我去的时候，头发花白的警察正在屋里忙开会，我顺便问了另一个警察，他也认得我，我说：“情况怎样了？”

“谢谢你，他被找到了，已经被控制三天了。”

“到底为什么盗窃？”我是说，我感觉那个韩国年轻人，有教养，懂礼貌，我还记得我们给他深夜送回家的时候，他从房间又走出来，给我们深深地鞠躬。

“为他的女朋友。”警察叹口气又说，“谁知道呢，他的女朋友很辛苦，而他不想跟自己在韩国的母亲要钱，他想让他女朋友过得更好一些。喏，这些都来自他的口供。”

“他女友叫什么名字？”

“赵彤。”

我转身默默走开。我感觉地板晃动了一下。“哎，你的包忘拿了。”警察喊我。

我回到家里。我的公寓里。赵彤还没下班。那天我等了好久，我觉得我要跟她谈谈。谈什么呢，我不知道。到了晚上快八点，我猛然觉得不对，我想，赵彤是消失了，她离开了这里，离开了这座城市。因为，她经常使用的行李箱不见了，而她的那只白色的博美狗，我找遍整个房间，也不见了。

我记得，我曾跟赵彤交流过爱情。那是我们唯一认真交流的一次。我问她：“什么是爱呢？”

“为她做一切。”赵彤不假思索地说。

“如果为此失去了他自己呢？还如何去爱？”

“周茂君，我在跟你谈爱情，你在跟我谈道理。”

我决定我一个人，好好活下去。让自己显得轻松的一个好办法就是让自己忙起来。我挨个收拾和擦洗每个房间，每个抽屉，每个角落。在一摞子摄影杂志中，我看到了那只袜子。我曾给赵彤脱下来的、丢失了的袜子。我愣了愣，我准备把它丢到卫生间的垃圾桶里。

那只马桶矗立在卫生间的地面上，你一进去就会首先看到它。我端详着那只马桶，赵彤在上面坐过，当她急不可待地要坐在上面的时候，她先要放下那个座圈，否则会很凉。就像我急不可待地去小解的时候，我总是恼恨那个座圈为什么没有被人提前抬起来。

现在，我默默地、小心地放下那个马桶座圈，我凝视着它。有一刻，我也想到上面尝试着坐一下，但是，我胸腔里一阵突如其来的巨大的疼痛，使我禁不住跪了下去。

大街

大街。

他“再次”看到了这条大街。

此时，他坐在家中客厅的窗边，漫不经心而又怀有虔诚地望着窗外，似乎在等待着什么。“时刻”。他想，“时时刻刻”。如果愿意的话，他每天都可以无限期和无目的地坐在这里，望着窗外的大街。——所谓“再次看到了这条大街”，不过是内心与上一秒目光之间存在着感觉的断裂而已，也可以说是由于新奇，眼睛发现了某种不可知的事物变化和延宕。是的，每一秒之间的事物是有差别的，哪怕是凝定不动的景物。六十多岁了，他觉得自己似乎很老了，而且觉得自己越活越胆小，要缩到一个盒子里才行。但他又很害怕一些盒子。这仿佛是一个悖论。他对某些事物的“存在”（或者是消失？）存在着好奇和绝望。在他书柜的一角，安放着一个自鸣钟，那个自鸣钟不是纯粹的摆设，也不算古董，它是二十世纪七八十年代流行的上海“三五牌”黄油木质座钟。他父母留给他的。当然他小时候，也亲自给它上过弦。在这个世界里，几乎每一处的时间都是需要看的，但他的时间是可以听的。那是属于他的时间。每一天，每到整点，那个座钟仍旧准确敲击和报时。他沉溺于时间的提醒感，但又无所事事。

这条街道，是二十世纪八十年代市郊最繁华的街道之一。如今它显得蹩脚。无论是街道两旁的建筑的样式，还是它外面墙体的颜色和材料，都显得跟眼下流行的风尚格格不入。许多建筑已经矗立四十年，竟然没多少变化。比如，当初最高的大楼是五层楼，如今还是五层楼。它当初是一家大商场，后来变成家具店，再后来又变成工厂，现在几乎废弃了也未可知。他多年再未走进去。也许它变成了居民楼？偶尔，夜晚，他会发现大楼的窗户里，会透出零星灯光，白天，会看到斑驳的墙皮在风中兀立。

在目力所及的一角，北边的方向，有一条横着的街道，当然那条街道是另一个名字，也更窄些，叫南通街。它与他所处的街道形成一个T形。楼下依旧是车水马龙，只不过它们比记忆中节奏更慢，影子更模糊。他记得年轻时，远处有一座教堂，它不在面街的位置，是在街后，远远的可以看到它的尖顶。街上还有一个出名的雪糕店，经营它的是一对母女，都很胖。他经常走到那里去吃一根。回到家里，他隔着玻璃窗，哪怕是夜晚七八点钟，仍旧可以看到在那家店的门前站着许多人，排队等待吃雪糕。那时候，市郊只有这一家雪糕店。雪糕店的旁边是一家冷面店。也有的时候，运送垃圾的车，或者邮政局的绿色汽车，因为装卸或搬送堵塞了街道，会聚起许多人，许多自行车，就跟有人打架被围观一样。

他在这个街道和楼里住了快三十个年头（之前，他在另一处房子里，度过了他漫长的少年时光）。三十多年前，有一个画家，曾给这条街道画过一幅油画：一些梧桐树，混杂着比较年久的杨树，天际线和排排门店的侧角，以及远处的教堂尖。那无疑是秋天。1986年还是1987年，毗邻的某栋楼里发生过一起火灾，当时整条街道几乎被封了。如果没记错的话，街上的许多门店也停业了。

他现在比较喜欢喝咖啡，速溶的或现磨的，进口的或国产的，都无所谓，手边有什么喝什么。还有就是香烟，因为年纪大了，身体乏力，他一直想戒，但是没成，也就罢了。客厅书柜的一角，还放着他太太当初给他买的戒烟贴，已经泛黄了，也过期多年了，但他没舍得扔。他觉得自己挺可笑。

这座房子就是一座时间的博物馆。每一件物品都会引起他长久的回忆。只要天气晴朗，他隔着窗户，就能望见远处大地深处房舍的炊烟（他想，在如今，还能望见炊烟是一件多么奢侈的事啊），他会突然闻到童年时糖果的味道。那种熟悉的幸福感，是从后脑勺和膝盖的部位开始弥漫的，就好比是被阳光或初恋的女友抚摸到那里。他此时再次感觉到膝盖的微微颤抖。

他还保存着一支小时候家庭里用过的老烛台。这支老烛台就立在玻璃窗下面的窗台上。它的底座是被加工成菱形的绿色的玉石，竖起来的柱子是铝的或锡的，柱子最上端是一根坚硬的铁刺，那是用来插蜡烛的。

这支烛台是什么时候来到他家里的？记不清了。只记得，停了电的漆黑的夜晚，妈妈让他点燃蜡烛，他小心翼翼地划着火柴，将蜡烛燃烧后熔化的蜡油滴在木板上，有时候会滴在手上，烫得很痛。蜡烛被蜡油粘牢在木板上，竖立起来。他把它端给妈妈。妈妈往往正在缝纫机前忙碌，隔壁的房间会传来爸爸的咳嗽声，不知道他在干什么。

也有的时候，一支蜡烛会燃亮在他和哥哥姐姐们居住的小居室里。姐姐在墙角的小木桌前看书，他和哥哥早已躺下了。说是早已躺下，其实也不早，夜里九点。因为第二天还要上课。除非是周末。如果是周末，他还能听到姐姐在临睡前给他和哥哥讲一个故事。爸爸会偶尔进来，问他们饿不饿，他刚刚烤好了几个土豆，他是趁着厨房的灶膛里还有木炭的余温。爸爸关门离开的时候，门框会发出被老式的、镶着四块玻璃的木门关合的清脆的声响。

爸爸在他的房间里写稿。县里的广播电台经常跟他约稿，通常，他会写一些诗歌。也就是那个时候起，爸爸的案头出现了那支玉石烛台。有一天，他一个人在炕上玩，头上的广播喇叭（那时候，每个家里都装有一个小小的广播喇叭）突然响起爸爸朗诵自己写的诗歌。多少年过去，他只记得一句："你大义凛然啊——"应该是讴歌张志新。那个"啊"字他记忆犹新，因为带着爸爸蹩脚的乡土口音，并结合着时代化。一个人的作品能像虫子一样钻进房子里，对他来说，是一件多么新奇的事！

在姐姐讲述的故事当中，他快睡着了。但是他又舍不得睡。于是在朦胧中，他看到脚底下的墙面上，映着爸爸房间里投进来的摇曳的蜡烛光影，有时候是一列火车，有时候是一个人，它们伴着姐姐的故事，后来他终于睡着了。

没事的时候，他会到大街上走走。他穿的那件藏蓝色的老式坎肩有些旧了，右边的下摆处沾有一小块绿色油漆，不知道哪年弄上的。每年在清洗的时候，他都会停顿一下，想，这块油漆是怎么出现的，结果总是以叹气告终。年轻的时候，他也喜欢戴墨镜，有时候墨镜被早晨的冷雨蒙上了雾气，他也会掏出手帕来擦一擦。他的衣柜里还有件米黄色的风衣，不过他很少穿它了。

没错，他二十多岁时，是街里出了名的能打架的人。不过他很少欺负老实人。谁欺负他，他就以牙还牙。跟他在一起的还有一位朋友，也算大哥，叫丁峰。不知从哪年开始，他经常会想念这朋友。丁峰留着短胡子，个头比他高，一笑就会露出一排整洁的牙齿。打架时，丁峰的敏捷以及力量，完全跟他平时的低调温和不成正比。

"嗨，骡子，不就是那么一回事嘛！"

"嗨，骡子，你把摩托车的后视镜弄歪了。"

"哎，骡子……"

丁峰为什么叫他“骡子”，也许是笑话他打起架来像头骡子。骡子笨吗？他不知道。他和丁峰从小就认识。丁峰的右眼皮那里有个疤痕，是他给留下的。读初中时，一次他们邻居几个小伙伴在附近的山上，坐着吹牛，喝那种劣质的啤酒。就在他无比投入地讲着什么的时候，坐在身边的丁峰不怀好意地盯着他的脚下说，“你看——嘻嘻”。他一低头，发现丁峰在他吹牛的时候，已经不知不觉地用手里的刀子，把他的皮鞋割开了，皮鞋底几乎要掉了。那是父亲给他买的一双新皮鞋，是他已经读到初二时，人生第一次穿的皮鞋。他当时就把手张撒开，惊讶得大叫一声，没承想，手里的烟头一下子拄在丁峰的右眼皮上，那里就此落下了疤痕。

丁峰左肋那里也有个疤痕，不是他留下的，是丁峰为他而留下的。在录像厅里，别人故意把痰吐在他后背引起了争执，他和丁峰跟对方五六个人大打出手。在追逐中，一个人斜刺把刀子捅向他，丁峰从中阻拦，死死地抱住那个人，没承想，另一个人用断裂的啤酒瓶，直接刺向他的左肋。那是夏天，大家都穿短袖衫。

丁峰说：“当你深呼吸的时候，你就会感觉充满力量。”难怪每次打架前，丁峰都那么沉静，他是在做深呼吸吗？他记得还有一次，群殴，七八个人对七八个人，他的脑袋被狠狠地撞在墙上，鲜血汩汩地流，他倒在地上，感觉真的要死了，丁峰跪在地上，抱着他，大声地喊：“深呼吸！深呼吸！”

后来他活了下来。

随着天气的阴晴不定，他身体的疼痛也时好时坏。岁月流逝，这就是老了。他今天故意穿着邋遢，帽子也没戴，一眼可见花白的头发，走在大街上，以显示自己身体的虚弱，跟世界达成和解。但谁又认得他呢？这不是四十年前，那时候，只要走在大街上，谁不认得他啊？“骡子来了。”大家小声议论。“骡子”——这个丁峰最初给他起的外号，后来就传开了。

看了一眼远处的那座五层大楼的楼顶，他想，他不是不想通过用力呼吸取得力量，而是身体衰老了，呼吸自动减弱了。

这两年，他经常想起丁峰。丁峰已经离开十多年了。在一次划船中，不慎失足落水。他走得就像水痕一样，从这个世界消失，抹去了，再也不见。

丁峰没有给他留下任何话语，也没有任何物品。丁峰带着为他留下的两处疤痕，走了。

街边的一个五金店还开着张，门口堆满了杂乱的钢筋和轮胎。他摸了一下下巴，就近踅进去看看。

他吓了一跳。五金店内还是那么肮脏，昏暗，像是地下室一样，连空气中弥漫的锡焊的味道都让他感到仿佛如昨。一张老旧的木桌旁，坐着两个人。他以为是老肥和他的儿子，怎么会呢？“老肥”抬头看了他一眼，没做声。

他这才意识到，不对，时光过去了几十年，眼前这个人，是老肥的儿子。他长得跟当年的老肥几乎一模一样：体重应该有二百多斤，头发蜷曲，戴着眼镜。那么，坐在这个老肥的儿子面前的年轻人，应该是他自己的儿子——就像当年那个老肥领着他坐在五金店里一样。

“要买点什么？”老肥的儿子问。

“你爸呢？”他脱口而出。

老肥的儿子——当年的小青年——现在也有五十多岁了吧，懒洋洋看了他一眼，低头摁了一下桌子上的计算器，在账单上写着，然后说：“走了快八年啦。”

老肥死了。他想。他又暗暗想了一下，老肥若是活着，也该八十多岁了。他望了一眼远处的货架，密密麻麻的，摆满了锤子、钳子、各种胶圈、灯泡，还有镐头。其中有一种扳手，一下子让他想起了从前——如果不是在这里见到，他一辈子都想不起来，但是既然见到了，他觉得竟然那么亲切，并且为此感到羞愧。那是一种花式扳手，薄薄的一张铁片，镂空出好多不同形状的孔洞。现在竟然还有人卖这个！他记得，那是小时候，家里修理自行车时经常使用的工具，用它来拧不同大小的螺丝帽。这让他一下子就想起了他的父亲。他人生第一次跟劳动和机械打交道，就是他父亲用这个来教他如何修理自行车。他现在，早已不买任何工具了，他的生活里没处去用这些东西。以前……那是太久的以前了。

他默默地退了出来。阳光一下子刺得他睁不开眼。一个女人从他眼前经过，他没经刻意地就看到了她闪现着的乳沟。因为她离他太近了，开领又比较低。他怔了一下，望着那个女人离去的背影，感觉她应该很年轻。他一时不知道该怎么办。他默默地掏出一根香烟，送到嘴边点着。他吸烟的姿势和表情，无比决绝，仿佛是刚刚主动跟那个女人结束了一场恋爱一样。他觉得他应该大哭一场。

他站在街头宽阔的“T”字形路口，尽量让目光变得飘忽。这路口太宽阔了，两边的建筑因为低矮和绵长，竟然显得有些变形。有一瞬间，他感觉置身于中世纪的古罗马斗兽场。从这里，可以望见他家住的楼，以及他四楼房间的窗口。是的，他曾无数次站在那个窗口，向外眺望。他记得那里住着一个单身男人，他太太走了很多年了。他每天早起后，洗漱，刮胡子，在涂满剃须液的脸上，端详一个被岁月抛弃的男人的面庞。有时候他走到窗口，向外无由地探望，却又不知道在等待什么。就像现在，他望着那里，就像望着一个替身。猛然地，他再次想到了老钟。

他掏出手机，给老钟打了个电话，约他吃饭。

老钟乖乖地来了的时候，他再次发现自己是那么讨厌老钟。当年，二十世纪八十年代初，为了拿学历，也为了找工作，在县城读夜大的时候，丁峰、老钟和他在一间宿舍里住着。老钟总是在房间的窗帘下放着一个带铁丝把手的尿罐，他说他肾不好，时不时地半夜就要起来解手，可是旱厕在很远的户外，他说自己又胆小。他说自己胆小的时候，丁峰总是狠狠地骂他，怀疑他是懒。因为房间里放着个尿罐也就罢了，他和丁峰经常在夜色昏暗和睡觉的迷蒙中，听到老钟窸窸窣窣地起床，接着就会在耳边听到哩哩啦啦的尿水声。可是不管白天什么时候，老钟自己从来不去倒尿罐。老钟的尿罐十有八九是他去给倒掉的。老钟还有个让他瞧不起的毛病，就是从年轻时候起，喜欢跟人借钱。老钟也曾无数次地跟丁峰和他借钱，当然一次也没还。就在去年，老钟还给他打过一个电话，跟他借了三千块钱，当然至今也没还。

他固然也不好意思要。如果他每次都好意思要，老钟也不会这么乖乖地前来。老钟是吃准他了的。

老钟翘着兰花指，坐在西餐桌的对面，端起酒杯说："敬你。"

他自顾呷了一口酒，白兰地。他嘴里沉浸着一种沉木的香气，只不过稍微有点苦。

"后来丁峰跟我说，他说你说的没错，胆子确实小。"他说。

"嘿嘿。"老钟笑。

他指的是有一次，在宿舍里，隔壁几个人为了一点什么事，跟他们约架，他和丁峰甩掉拖鞋，弯腰正在地上换球鞋，老钟坐立不安，说："我去趟厕所。"

结果直到他和丁峰把对方砸得落花流水，老钟才装模作样提着裤子回来，说："啊？这么快打完啦？"

丁峰就笑，笑起来仍旧露出一排洁净的牙齿。

几乎每一次都是，他约老钟见面，吃个饭也好，谈个天也好，话题总是从丁峰那里谈起，并且几乎每次，都是由他起头。他感觉老钟其实不喜欢丁峰，而他也不喜欢老钟。不过，许多事情就像上瘾一样，每当他怀念丁峰的时候，他就只能见见老钟。就像在无数个薄暮时分，他坐在自家窗前，看着夕阳被融金的云彩一点点吞噬掉，最后消失不见的时候，他还能知道落日的方向在哪里。也就是说，环顾这么多年来，能使他回忆起丁峰的往事和氛围的，在他所有的时代朋友中，只剩老钟一个人了。老钟是他当下还原跟丁峰有关的事物的一个纽结，这没办法。

他跟任何一个人谈起丁峰，他们都不认识他。或者只是听说过他，但没法跟自己做更多交流。丁峰就像一块生命中的抹布，被随意地丢弃了。

有时候他想出趟门。比如，他收拾好了行李箱，把它放在简陋的通往门厅的走廊，甚至他连钥匙都交给邻居了，请他们帮助他定时浇花。可是当他第二天起床的时候，却又打消了念头。他不知道自己想去哪里。他望着那个走廊，想起某年，或某日，在一门之隔的外面，抄表员曾在门上贴过欠费的条子。那一个条子，就让他觉得仿佛欠生活许多。他还想起在走廊内，他和太太刚搬进来的时候，他俩在走廊里亲热。他的太太带着一点小心，脱了一只鞋子，后来不脱了，他们用双脚的不规则表达对生活的热爱。不，他不认识丁峰，为什么即便在他感觉生命最酣畅的顶点的时候，他要想起丁峰呢？他想起丁峰为他挡过一刀。那也许是生活中的一枚刀子。他还想起，在他跟太太谈恋爱的时候（那时候她多么年轻啊），她妩媚，从容，跟谁都充满亲和力，身上仿佛贴着一层海绵，与人为善，当然也吸收外界赐给她的能量。那一次，夜大毕业之际，同学们组织去郊区远足和旅游，他带了未婚的太太去。在旅途中，同学们不断埋怨和咒骂活动的组织者，选了一个什么破地方啊，虽然有林荫，但是到处都是沟壑，简直像一群农民被号召上山劳作。他落在队伍的后面，尽管所谓的队伍，也是七零八落了，变成三三两两。在一处溪涧面前，他看到未婚的太太不敢过，于是身边的丁峰拉起她的手，扶着她跨过去——那一幕，他恰巧看到了，也恰巧丁峰看到他看到了。他们的目光对峙了一下，然后他们彼此温暖地笑了。不过从那以后，丁峰再也没接近过他的太太，哪怕是许多年后。丁峰毕业后，甚至四十多岁，也没有处过女朋友，直到他离开这个世界。

“苏伊士运河是哪年开凿的？”

“什么？”老钟正吃着一块甜点。

他也不清楚自己为什么突然问了这么一句话。他的脑海里还是当年读夜大时的课堂。考试的时候，他急慌慌地抽出事先藏好的小纸条，看到了抄写的密密麻麻的答案：“1859年。”

“这个东西多少钱一块啊？”老钟问。

“什么？”他诧异。

“这个，”老钟说，他仍旧翘着兰花指，把手里的多士甜点转圈翻着，“这个。”

他觉得讨厌死了老钟。但是他仍旧笑着，耐心地说：“大概二十多块一只？我猜的。”

“嚯，嚯，好贵。”老钟说。

老钟吃掉那只多士，连纸巾也不拿，直接用两只手搓了一把脸，目光瞥向别处，似乎在想着什么。

他静静地坐着，不去打断老钟。他觉得老钟也陷入了回忆。

他觉得老钟也老了。两鬓不仅白，而且鬓毛稀疏。他的嘴角一边是翘着的，一边却又是耷拉着。他希望老钟能主动跟他攀谈些什么，但是老钟沉寂了片刻，突然说一句："我肾一直不好，下个月还得去治疗一回，你借我两千块钱好吧？"

他起身，用手机往老钟的信用卡按了一串数字，然后告别。

他发誓再也不找老钟了。

但是事实是，以上镜头，不过是他后续不断在重复的一个场景而已。他的生命里不能没有老钟，不能没有这个令人极其讨厌的人。他在生活里的某一时刻，总是会有"咔哒"一声，仿佛定时闹钟，他想，完了。

有时候，他会跑到南通街，在他楼下不远处拐角的那个街道，去看看丁峰住过的地方。那里快要动迁了。这条在本地二十世纪八十年代市郊最繁华的街道之一的毗邻街道，住过一个叫丁峰的大哥，他要随着街道和岩石、墙皮、钢筋一起消失了。无数个夜晚，他们走在路边的灯光下，彼时也谈起过未来。有时候，兴之所至，丁峰会邀请他到自己家里，他们一聊就是几个小时。直到后来，他黏在太太身上的时间多了起来，直到丁峰一个人去了另一个地方。

假使，生活中有一种意外，开始的时候就是结束，那他还值得为此去过吗？他摇摇头。不知道。他又一次想起了自己的太太，自己的父亲、母亲、姐姐。他们给自己讲故事，哄他长大。他太太的头发是棕黄色的，发梢在枕边的时候显得透明，他抚摸它们。他也抚摸她结实而弹性的乳房，他用自己的顽强解除她的一切矜持，就像下雨时，他们彼此围拢着一把伞，而这把伞是他给她的。他一遍遍地给她穿好衣服，又一遍遍地脱掉。还有那只仍旧放在走廊处的未被拎起的行李箱，他们一起旅行时用过它。“我的丝袜，”她说，“我的丝袜忘拿了。”坐在车厢里，她随着车轮的颠簸，晃动着身子。他有时候觉得，他父母给予他的生命，就是为了他去忘记一条丝袜。仅此而已。

这个夜晚，他睡在床上不久，就感觉自己发烧了。他不知道抽屉里还有没有药，他懒得去拿。他在想，他能不能在痛苦中，也感觉出快乐。他的头也痛得很，身体像是麻袋浸满了水。朦朦胧胧中，他听到楼下有人打架。一个少年，和一个中年男人。争吵中有摔碎酒瓶子的声音。

他以为事情很快就会过去。但是超出他的判断，殴打声竟然越来越大。他扭开灯，想了想，又本能地关闭掉，强撑着自己的身体，在夜色笼罩的房间里移动到窗前，望向楼下。他看到一个少年，被一个喝醉酒的男人殴打，少年极力挣扎和反击，但是无济于事。

大街上围了一些人，但是没人敢去阻拦。一种力量立刻在他身体里升起。他跌跌撞撞地挪动到厨房，费力地弯下腰，在最下面一层的抽屉里，找到了一只生锈的大开口水暖扳手。它沉甸甸的，他感觉胳膊在传达一种久违和颤抖的膂力。妈的，他想，他想起了自己的名字，和一个叫丁峰的人的名字。他许久不默念自己的名字了。

他向门口走去，只不过摇摇晃晃。他觉得他有冲动和力量去拉开门，走到大街上。没想到的是，走廊里的行李箱绊了他一下，他迎面扑倒在门框上，失去了知觉。

现在，他仍旧坐在阳台的窗边，看着对面的街道。那个叫南通街的街道已经不见了，代之而起的是一排排比他居住的楼房还要高出几十米的楼群。楼下依旧是车水马龙，只不过它们比记忆中节奏更慢，影子更模糊。他还能看到远处的教堂，以及它的尖顶。与以往记忆不同的是，他第一次看到那里落满了冬天的积雪。

那次摔倒，使他拄上了一支可折叠式的电镀拐杖。他不经常用它。因为他出门的时候越来越少了。有时候，他会想起一句话，一个故事，是不是小时候在烛光下听过的，他不记得了。也有的时候，他会想起路遇过的一个女人，她年轻，仅仅是跟他笑了一下。他的房间墙壁上贴满了自己写下的纸条："早晨，空腹，恩替卡韦片，含服，每日一次"。"早晨，中午，晚上，洛索洛芬钠片，一片，每日三次"。"卡托普利，每日一片"……

这一天，他自感心情不错，在房间里，他竟然抛弃了拐杖，慢慢走到盥洗室，剃了胡子。有没有仔细端详自己的面庞他不记得了，他擦干了双手，迫不及待地给老钟打了个电话。他想约老钟见个面，吃个饭。

电话响了许久才接通。对方是一个女声，他不熟悉。

"我找老钟啊。"他说。他觉得自己的声音充满了深情。

“老钟，他走了。”

“啊？走了多久了？我怎么不知道？”

“走了三个月了。你是谁？”

对方问他，可没等他说出自己的名字，对方就已经把电话挂了。

他缓缓地把目光看向那支倚在墙角的拐杖，他已经不用它了。它孤零零立在那里，像是一把脱落了伞骨，准备被主人丢弃的雨伞。

海岛

原载《滇池》2023 年第 10 期

初来海岛的时候，他没觉得岛上的空气会这么干爽。他当初以为跟着顾蒂来到这里，会是一件蠢事。后来发现不是。但是如今他感觉一切糟透了，还是一件蠢事。

有几个人在沙滩上晒太阳。车间里的伙计们在搬着工具。顾蒂的妈妈在车间门口半明半暗的阳伞下的躺椅上睡觉。她早年死了老公，一辈子再也没嫁。她有没有再嫁的心思，别人不知道，他也不知道。总之，他听说，她四十岁之前，当对她有意思的男人们还肯围着她的时候，只要听说她领着顾蒂，就渐渐远离她了。她现在像是一只老猫，没事时就爱打盹。她其实还不到六十岁。

顾蒂蹲在矮墙下，正在摘鱼干。她穿着裙子。她蹲在那里，显得非常不雅。大腿间的内裤很窄，但也几乎全暴露了。他想起他第一次跟她做的时候，她说："我这是第一次跟你。”

什么叫“第一次跟你”？废话。他想。也许她是故意模糊这么说的，他想。你不能按正常逻辑来揣摩她说的是什么意思。也许她是想说，这是她第一次跟别人，只不过表达的意思不完备。

他没去追问。

她到处吻他，吻他任何的自己都没留意过的身体部位。他那时候还没站在过海滩的潮水里面，他不知道潮水一波波冲来，裸露的小腿其实是很痛的，因为它们带着盐碱和细沙。他的皮肤能清晰地感觉到她口腔的苦味。

“要下雨了么？”她问。

他看了看四周和天空，到处晴得很。

“不会。”他眨了一下眼睛，说。

“哦。”

“天气不是很好吗。”他说。

“可是我以为要下雨了。”

顾蒂站起来，把一网兜的鱼全都弄好了，她把它们晾晒在一条铁丝上。她干活总是那么麻利。

“这些鱼干够吃一个月的了。”顾蒂说。她随手捞出桶子里的湿毛巾，拧干了一些，用它擦了擦手。

“够吃半年的了。”他说。

“够吃一个月。”顾蒂说。

他不去跟她争辩。

这些鱼是明太鱼，又叫阿拉斯加大口鱼，属于当地独有。早些年时，这儿的海里产量很大，价格也便宜，有当地的渔民或运输贩卖者，把它们弄到南方，比如深圳、广州，在各个饭店里卖得很贵，因为南方没见过这种鱼。近十年来，哪怕在当地，这种鱼的价格也越来越高了，一方面可能是它越来越少了，另一方面可能是南方市场价格的抬高，反而牵累到当地了。很多人都吃不起了。

顾蒂把这些鱼晒成鱼干，然后再冻上。冻一段时间，再拿出来晒。如此反复几次，它们就变成了上好的鱼干。客人们喜欢用手撕它来下酒。

但是这个岛上的客人，来得越来越少了。

· 有时候 ·

顾蒂从少年教养院回来的第五年，找他借钱。“我没有钱。”他说。

“识相点。”顾蒂说。

他们在初中快毕业时就认识，只不过那时候他仅仅是跟她接吻过。

后来，顾蒂进了教养院，离他很远。她抽烟，打过架，也跟一帮女孩子抢过人东西。

她妈妈管不好她。

他到处给人装空调。夏天，累得像狗。有时候他都不好意思跟别人一起进电梯。他担心自己的鞋子太臭。

“你到底有没有钱借我？”顾蒂问。

“没有。”他说。

“你觉得她们打了我吗？”顾蒂说。她剥了一块糖放在嘴里吃。

“我听说，教养你的那个地方，以前关押过很多革命烈士。”他也想找点什么放到嘴里，于是他叼上了一支烟。

“你看看这里，有没有被打的痕迹？”

顾蒂说。不等他说什么，顾蒂就转过身去，把裤带解开，把裤子褪到髋骨的部位。他立刻看到了她臀沟上面的突起一点的尾骨，以及一片白腻。那里很光滑。

顾蒂嚼着糖，回头看他一眼。她的臀部似乎扭了一下。

他只好上前抱住她。他以为他只是安慰她，可是她一反手，握住了他的什么。

完事后，他说：“你到底要干什么。”

“我要回老家，那处海岛，盖几间房子。我和我妈妈的户口还在那里，我要经营一处景点。要不要买游艇的现在没想好，不过将来应该会的。”

他只好跟公司辞了职，带着所有的家当和一些积蓄，跟她来到了这里。

除了倾其所有，他还带来了三台没来得及卖掉的空调。

那时候，岛上一片沸腾，到处都在搞土地基建。偌大的海岛，雨后的蘑菇头一般升起了许多农家房、民宿，还有帐篷。只不过，别人的大都是平房，他和顾蒂盖的房子更有特色，有一座像荷兰风格的二层小别墅，有一处钢构的休憩区，有一处车间兼储物仓库。他们的位置也很好，靠着海边，不隔马路。坐在别墅门前，可以直接面对无垠的大海。院子里有一处低矮的防风墙，顺着一级级台阶走下去，就可以来到沙滩。

“为什么我来到这里，一直没看到哪里有灯塔？”有一天，他问顾蒂。

“有的。”

“既然是大海，为什么没有灯塔？”

“有的，很远，你没看见。”

“是在这个岛上吗？”

“在邻近的那个岛上。”

“我们怎么过去？”

“你得跟渔民出海，或者你划船过去。”

他后来忘记了这事。岛子繁忙的那个时节，他也跟着忙。在大约有三海里之外的陆地上，每天都有人计算着涨潮或退潮的时间，用轮渡把成群成群的游客们运过来，再分散在岛子上。白天的时候，那群游客们戴着墨镜，穿着短裤或泳装，喊：“大海啊！”到了晚上，他们支起帐篷，喝着啤酒，跳着舞，歌声里也都是赞美大海。

他有时候也倒杯啤酒，给自己喝。他坐在帐篷下，旁边是一张小茶几。他其实不太擅长喝酒，以前在岛外的陆地上，他想喝酒的时候，总会本能地想到当天要不要开车，如果开车那就算了。可是在岛上，多年过去，他渐渐不再这么想。岛上没有交通警察，治安警察倒是有几位，但是他们对查酒驾并不专业，甚至这也不是他们分内的事儿。尽管如此，他也很难看到有人酒后开车，岛子不大，崎岖蜿蜒的道路也不适合开车，想到哪里做什么，步行就完全可以了。

他有时候也到公共房间里或是沙滩的躺椅间走走。他看到小孩子们吃了半截的火腿肠或是喝了一半的易拉罐在一边，会觉得太可惜了。岛上与陆地之间的运输不便，食物短缺且昂贵，这么干下去，连垃圾处理也会麻烦的。

也有的时候，他会随意捡起客人们落在茶几上的书，边喝啤酒边看。比如有一本书，叫《知性改进论》，作者是斯宾诺莎。他读不懂。不过翻翻也是很好的。他以为斯宾诺莎是女的，过了几天他才弄明白，斯宾诺莎竟然是男的。斯宾诺莎说过一句话："政治的目的是自由。"他不太明白这是什么意思，但是他会联想，他现在在岛上，到底自由不自由？还有一些别的游客丢弃的书，类似《夫妻性爱指南》那种，花花绿绿的，他看了几眼就再次丢弃了。有些道理他是凭本性明白的，什么东西一"指南"，纯粹就是扯淡。

·邻居·

他看到邻居赵肯大叔正在挖排水坑。他本来不想跟他打招呼，他们说是邻居，其实隔着一条马路。他在马路边走，赵肯大叔看见了他，把镐头拄在地上，一只手向他扬了扬。

他戴着草帽。阳光确实太晒了。他记得刚刚顾蒂问他是不是要下雨，阳光这么烈，哪里会下雨呢。

"你走起路来，还是像个牛犊子。"赵肯大叔说。

他也觉得浑身是劲。他知道自己还年轻。不过这也没什么劲。

“刚刚的广播听见没？”赵肯大叔说。

“我刚刚在接个电话。”他说。

这个岛，其实就是一个自然村。通知什么事情，村上通过有线广播喇叭给喊出来。

每条马路边都有专门架设和分布的喇叭。

“船票要涨价了。”赵肯大叔说。

他吃惊了一下。

“这么干？”他问。

“是啊。”

“涨多少钱？”

“每张船票从原来的五十，涨到九十。”

“差不多一倍！”他觉得更加不安。

“是啊，本来这几年客人就少。”赵肯大叔说。他笑了一下。

他不明白赵肯大叔为什么笑。

有一个事情是肯定的，这几年，经济似乎越来越不妙，来这个岛上游玩的人，也越来越少了。从环卫工人白天里悠闲的步伐上就能看出来，他们现在几乎是无事可干。

连街道边的椅子上，不被打扰的流浪猫都越发多了起来。

“游客这些年本来就越来越少了，船票再一涨价，从陆地来的游客不是更少了吗？”

"村上说，不涨船票价格，村里维持不下去。"

"受害的其实还是自己。他们，我们。"他此时忘了自己在跟赵肯大叔说话前，他要去干什么了，但他隐隐约约知道有事要干。

"好好干吧，你的生意还不错。"赵肯大叔说。

他想，他和顾蒂当初投入的成本还没完全收回来。

"你挖这个排水坑干什么？"他问。

岛上一般人家的洗菜水，都是直接倒在路上，顺着沙滩流到海里的。那种洗菜的水也没什么污染。从大海到沙滩，再到民居，是一片从低到高的地势。

"我家隔着马路。"赵肯大叔说。

"许多家都隔着马路的，一样流到海里。"

赵肯大叔不再说什么。

他想起该干的事，于是跟赵肯大叔告辞，转头走掉了。

·空房间·

他的沙滩车坏了。

当初，他和顾蒂盘算了半天，买不起快艇，只好买了一只橡皮艇，倒是省了很多钱，可以格外买来一辆沙滩车。这样的好处是，沙滩车跟橡皮艇一样，既可以出租，供游客玩，也可以自己运海鲜。

传感器的连接线坏掉了，难怪，近来每次开钥匙打火，油泵那里都发出"咔咔"的声音，跑起来时，油耗也出奇加大。

他蹲在沙滩上，忙得满头大汗。

“待会潮水要起来了，你得把车开到这边。”顾蒂说。

“不用。”他说。他用扳手拧下来一个螺丝。

“潮水真的要起了，海水会腐蚀你的车零件。”

“不用等潮水起来，我就能把它修好。你不信吗？”

“好吧。”

“这几天还是没有预订的客人吧？”

“没有。”顾蒂说。

顾蒂站在沙滩上，光着脚。她用一只脚蹭了蹭另一只脚上面的小腿处的沙子。

“你好久没有载着我在沙滩上兜风了。”顾蒂说，她望了一眼远处的大海。

“这倒是。”他擦了一下额头上的汗。

当初，他拉着顾蒂在无边的沙滩上尽情地驰骋。绞纹的轮胎在沙滩上压出一串串雕花。顾蒂也是像这样光着脚，侧坐在他后面的机盖上，海风把他俩的衣服吹得不像样子。他早已熟练地掌握了驾驶沙滩车的技巧，如何让乘坐者有瞬间的后仰感、侧旋感。比如，他在大角度急速转弯的时候，身体就必须朝反方向夸张地倾斜，这样会减少车身颠覆的危险。当然，做这个动作的时候，顾蒂不会是侧坐的，她正对着他的后背，双腿死死夹住他的腰，胳膊缠在他的肩膀上。像一条鳗鱼。

“你他妈的。”顾蒂说。

然后他俩哈哈大笑。

对，那是很久以前了。那时候，生意多么地好。

潮水退下去的时候，用不了多久，他们就会在沙滩上捡各种贝类。那些贝类小小的，他不吃。他用贮满水的玻璃瓶，把它们放进去，五颜六色的，玻璃瓶像是一只大的琥珀。

他甚至忘了顾蒂曾经在少年教养院里待过。

以前有过一次很奇特的经历。半夜里醒来，他突然发现床上的顾蒂不见了。借着月光，他下楼去找。他以为她又失眠了，一个人坐在海边。他看到月光笼罩着大海，到处白亮亮的。他喊起来，没人应答。

他只好回到住处，在走廊里，在各个房间里，去找她。那是冬天，岛上没有外来游客，他们的所有房间也都是空的。他不知道顾蒂能去哪里。不过就在他来回逡巡，触摸一扇扇门的把手的时候，他觉得生活不知在哪里出现了问题。原因在于，他从来没有单独一个人在夜晚里去别的房间查看。这些房间大小不一，格局不一，这里分别曾经住着陌生的游客，不同的人，散发着不同的气味……男人，女人，老人，小孩。男人们打鼾，情侣们或许做爱。他们翻报纸或看手机，聊天。他仿佛走进了别人的生活。他们有他们的故事。但他们，同时又或穿梭，或镶嵌在属于自己的房间内。

他渴望在这样的房间睡上一觉，在不属于自己的房间内，但又目力可及。

后来，他累了，只好回到自己的房间。窗外折进来的月光下，他看到顾蒂正静静地睡在床上，双臂抚着腹部，像是护着什么。

他没有叫醒她。没有弄醒她。

他以为自己是梦游。

顾蒂却恰恰醒了。她说："我刚刚到处去找你。"

· 消息 ·

他刚刚给路边的树剪好枝，看到街道对面，有一辆货车，正在赵肯大叔的门前装载家具和物品，还有一辆红色的自行车也被丢到货车上，那是赵肯大叔经常骑的。

他观察了很久，终于忍不住上前去问："这是要做什么？"

赵肯大叔看见他，不好意思地说："房子卖了。我准备搬走啦。"

赵肯大叔平时就他自己，雇了两个服务员。他平时也接待游客，他家做的拿手好菜是酱焖鱿鱼。

"搬哪去？"他问。

"到岛外的陆地去。我女儿很早就叫我去她那里。哎！"

"再不回来了么？"

"我想是的。"

"是因为生意不好了吗？"

赵肯大叔没说什么。

"你前几天不是还在挖下水坑？"

"洗菜的水，不能再那么随意淌到大海里了。虽然终归它们在地下，还是会流到大海里，但是在地面上不好看。你看，我挖了一个隐蔽起来的下水坑，房子就格外好卖一些。”

“嗯，希望你经常回来看看。赵肯大叔。”

赵肯大叔望了一眼远处的大海，神色凝滞起来。

他离开赵肯大叔门前，一只手拎着电链锯，低着头回到自家院子里。

“有了好消息。”顾蒂扬了扬手，说。

她刚刚放下电话。那时候，她正在吧台边忙着什么，她在电话里说：“好的，我记下了。”

她在本子上写下什么，想了想，又继续写。

“厂子里答应给你妈妈补发退休金了？”

“不是。”顾蒂想了一下，但她丝毫没有受这个话题的影响，她说：“待会，马上，要来客人了。”

“哦。”他问：“几位？”

“两位。”

“住一宿？”

“住两宿。”

“他们要面朝大海的房间。”顾蒂又说，“看来他们不怕吵。有的客人夜晚时反而避开大海，因为海浪声会影响睡眠。”

确实是好消息。他想。他们已经足有两周没有接待过一个客人了。

他望了望防风墙下晾晒的明太鱼干，再加把劲，那些鱼干也许只能够吃一个月。像顾蒂说的那样。

他们安排好了菜谱。两位客人应该吃不了多少东西，但是他和顾蒂还是加大了量，希望能给对方留下好印象，让对方多多宣传。是啊，他俩对往日海岛的喧嚣已经恍如隔世。

·疼吗·

她摘下太阳镜，走进房间的一瞬间，他才猛然认出了她——他们快十年没见面了。

他不知该说什么。世界这么小。他小声地说："我没想到是你。"

她说："早就听说这个地方不错哦。"

她怎么这么大胆，敢以这种方式来见面。他想。他心里油然升起一些感动，他为此几乎瞬间原谅了她。但是她当初背弃了他。他曾再三找她，而她如石沉大海。

"你们认识？"她丈夫拖着行李车，走过来跟他打着招呼。

"不认识。"她摇摇头说。

"我叫徐速，速度的速。她叫小米。"她丈夫和蔼可亲，四十多岁，稍微有点发福。不过因为个子很高，倒也显得干练。

"你好，小米。"他说。他知道，她全名叫甄小米。

"一般来说，这个季节是海岛最好的时候了。"徐速说。他扶了一下鼻梁上的眼镜架。他的鼻梁很挺。

“是啊，可是客人不多，没几个。”

“热闹些当然更好。”徐速说。他把行李全都安顿好，掏出手机，对着窗外的大海拍了张照片，然后说：“我们吃饭。”

他们在院子里坐着。空气有一点海水的咸气。被防风墙遮挡的视线之外，他此时只能看到远处露出一截桅杆。

对方盛情邀请他和顾蒂一起吃。他不知道该怎么做，站在那里犹豫着。顾蒂笑着说：“你看，我幸好多加了几道菜。”

“有明太鱼干么？”徐速睁大眼睛看着那些丰盛的菜肴。

“这里。”顾蒂指着，说，“你们是本月第一波尝到它的客人。”

“那太好了。”

一起坐下后，他跟徐速和小米说：“这是她刚刚亲自晒好的。”

“据说船票涨了。”徐速举起啤酒杯，跟他们碰了一下。

“是啊，这不应该。”他也只好喝了一口啤酒，说。

“我们以为是快艇，其实是快船。不过只有几海里，小米也晕船。”

“看不出。”他说。

“晕得厉害。”徐速说。他给小米夹了一个新鲜的赤贝。

小米好奇地吃着。她的手指无比地洁净。她还是那么年轻。她有点儿漂亮，但是某种直率和神秘，此时随着时间的淘洗，似乎占了上风。他望着小米，觉得她哪里变了，但是又说不清。

顾蒂去了少年教养院后，他去卖空调。他在货场上认识了小米。她戴着手套，也在那里搬空调。他记得她当时穿的是一件蓝色T恤。她的左膝盖有一处瘀痕，不用说，那是被箱子碰的。

他说：“等你忙完了，我请你吃饭。”

“你没有女朋友吗？”她问。

“我没有。我只有一个算不上是女朋友的人，我什么都不懂的时候亲过她。我们现在没有联系。”

“你有钱吗？”她问。

“我没有多少钱。”他老实地回答。

“我现在只是很寂寞。”她说。

他们在一起住了三个月。有一天，他突然发现她不在了。她不辞而别，不知道去了哪里。他曾无数次打她手机，空号。

他觉得这是他真正爱过的人。虽然他没怎么爱过。但是他爱小米。

他想起小米说过的一句话。两个人弄感情，就是在扯一只橡皮筋，谁先放手，橡皮筋就抽打到对方。

他想，那就算了。

没想到，时隔差不多十年，她竟然回来了。

“是我答应她的，一定带她来海岛玩玩。”此时，徐速说。

“你什么时候答应我的？”小米问。

"去年。"徐速充满爱怜地看着小米说。

"他也答应我很多事，可是他经常不在意。"听徐速聊到这里，顾蒂插话说，看了他一眼。

他苦笑着，只好装作没听见。

他觉得他欠小米的，虽然他也恨她。有一次，他半夜里突发肠梗阻，痛得不行，小米顶着胆怯，去叫醒邻居，让邻居帮忙一起去把他送到医院。她昼夜护理了他三天，为他花了几千块钱。

可是她为什么后来离开他呢？中间发生了什么吗？他不知道。

她果然太老练了，完全装作不认识他，甚至是无视他。这怎么可能。

"我答应她的，她不记得；她自己说的话，她也不记得。"徐速接着顾蒂刚刚的话，说。

"那是因为你俩有默契，不用多说。"顾蒂陪着笑脸说。

"洗手间在哪里？"小米问。

"房子里边，一楼左拐。或者你二楼自己的房间里也有洗手间。"顾蒂说。

小米起身离开了。

"不是。"徐速看着小米的背影，对顾蒂说，"这两天可能要给你们添麻烦了，她经常不记得所有的事情。"

"所有的事情？"顾蒂问。

"比如，她要你们早晨八点给她准备好车子，回头你找她，她可能完全不记得。”

“为什么？”顾蒂端起一杯啤酒，又放下了。

“三年前她独自开车，遭遇一次车祸，恢复后，她就基本对以前的事情失忆了。她的大脑海马区严重受损，刚刚过去的事情，最长会记忆六小时，最短可能几分钟。”

他吃惊地呆坐在那里。他觉得凝固的防风墙抖动了一下。他一句话都说不出来。

“我答应她找一个海岛玩玩，她说她喜欢大海，喜欢有海岛的地方。可是她竟然不记得说她喜欢海岛。”

小米回来了。

她说：“这里真好啊，我想去海边看看。”

·你·

他陪她坐在海边。视线的很远处，徐速开着他那辆刚刚修好的沙滩车，一圈圈地来回转，快乐得像个孩子。

他目不转睛地盯着被拖曳出的车轮痕迹，再看着它们被海水一遍遍冲平。小米抓了一把细沙，轻轻握在手里。她的发梢在夕阳的逆光下，搭在肩头边，与白皙的肩头一起发出橙色的光晕。

“你真的不认识我了？”他说。

“我不记得。”

“我爱过你。我们在一起过。”

“是吗？”

“不是吗？”

“那真的很抱歉。”

“我这么说，你觉得是冒犯你了吗？”

小米迟疑着，摇摇头。

“你一丁点的回忆都没有了吗？”

“你想回忆什么？”

是啊。你想回忆什么？

“我想说，当初，是你离开我的。我到处找你。”

“哦，那我这不回来了吗？”

他一时不知该怎么应对。说到底，他还是有点不太相信她真正失忆，或者说，不太相信她丈夫说的。可是，事情又会怎么样呢？有时候，病象般的话语本身也许就是一种智慧，智慧是因为你看不清它背后的东西。她来了，如今，她失忆，他怎么着。

天光渐渐暗了，乌云在远处的一个岬角处急速地遮盖着夕阳。沙滩车停在那里，远远地，可以看到徐速在岸边跟当地的渔民聊天。他扭头看了看顾蒂，她还在吧台那里忙碌着，接电话。也许不久又会来一拨客人。当然，也许，顾蒂还在通过电话，跟她妈妈的单位商讨退休金的事。当年，她做不到成为一个好孩子，从少年教养院出来后，她妈妈就只好请假照料她，如今，她妈妈连退休金也没了。

只一会儿，天空越来越暗了，风很急，空气中似乎能拧出水。暴风雨竟然说来就来了。海浪在剧烈地起伏，大片的海鸥在头上做大幅度盘旋。岸上的建筑物发出“咔咔”的声响，配合着树木们猛烈地摇摆。他分不清这是黑夜来了，还是暴风雨遮蔽了一切，喧嚣的雨幕瞬间毫无规则地倾泻下来。

沙滩上已经空无一人。他拉住小米的手，大声喊："快跑！"

他们跑进了最近的一个建筑里。飓风死死地堵住门，连拉都拉不开。他们的脸上都是水，身上的衣服硬硬的，像是捆绑起来的绳索。大地上，整个海岸线也随着晃动。除此，他什么也看不清。他与世界隔着一堵墙。他费了半天的劲，搬掉一块木板，拽着小米躲到烟囱墙的凹处，风和暴雨在那里形成一个斜角，使他们暂时变得安全。他掏出手机，打电话给顾蒂，顾蒂说，她和妈妈还好，躲在二楼的储物间里，就是暴雨要把窗玻璃打破了。她问他在哪里，他说他离她很近，叫她不要担心。就在这时，他问，徐速回房间了吗？顾蒂说，她没看见他。他肯定不在房子里。

他用双手拢着头，遮着雨幕，紧张地向四处张望，他什么也看不见。真正的夜晚已经来了。他试图喊出声，可是喊出的声音连他自己都听不见。他让小米给徐速打手机，小米紧张地打了半天，没有人接听。

他不知道眼下发生了什么。一切都像是一个抽象的图形，割裂着他的日常经验。他觉得很对不起小米。他的心情是极其复杂的。看得出来，她丈夫照顾她很好，他很爱她。虽然，可能，她也同样记不住她和她丈夫当初的爱情。但是眼下，他只有忍耐，让暴风雨快些过去。

他们在那里等待了足有三刻钟，或一个小时。雨渐渐停了，风也变得慵懒和倦怠，只不过夜色变得更浓了。听觉渐渐恢复，他能听到整条街道，水流进罅隙的汩汩声。他把小米送回到房间，转身又来到外面。

他去找徐速。本能的，他觉得徐速就在附近，或者就在岸边。转了两圈之后，果然，他在岸边看到一个黑魆魆的身影，不消说，那一定是徐速了。

“哎，你还好吗？你在弄什么？”他边走近徐速边喊。

“简直了。”徐速说。

徐速背对着他，弯腰在搬着什么。他在弄他的橡皮艇。

“你没事吧？”

“哪里话，我很好。就是我的一只鞋子没了。”

“你弄它干什么？”他问。

“我要把它启动起来。”

“然后呢？”

徐速扭头看他一下。夜色里，他感觉高大的徐速像个怪兽。

“那个岬角，那个地方，”徐速指了指，“我听说有一处灯塔，你去见过吗？

“我没有。”他老实地说。

“我要去看看。”徐速说。

“有什么好看的。”他说。不过刚说完，他就觉得懊悔了。其实，他也一直想去看。他想，在有过暴雨的夜晚，那个灯塔一定是亮的。

“来，我来帮你。”他说。

他踏上橡皮艇，检查了一下推进器，又打开射灯。夜色一下子变得昏黄和安宁。

他让徐速坐好。两个男人，握着桨，一边一个。

橡皮艇在茫茫的夜色里，在大海上，一点点前行着。他感觉好极了。

一处有过山车的地方

时隔多年，我再次经历着一次谈判。

只不过，这次谈判不是跟我的商业对手，而是跟我的前妻。

我本来不想去，但是我前妻的弟弟亲自给我打了电话，他说："你当然得来谈谈，我们谈谈。"我有点害怕她的弟弟。她弟弟属于那种准黑道上的人，或者就是那种不三不四的人。嗯，你知道。

我只好说，等我处理完手里的事情吧。我想拖一拖。到了本月的第三周，他弟弟再次打来电话，我知道事情不可能像我想的那样能溜之大吉了。

我和我前妻五年前离了婚。我们没有孩子。这五年来，我们没有联系，我也不知道她过得好不好。总之，我过得……算是过得去吧。我去年因为在省城的生意不好，加之经济萧条，就搬回到我父母所在的县城里住。我没有啃老的意思，事实是，我每月尽量拿出一点钱，改善他们的伙食，帮他们买衣服，看病，偶尔也旅游。没有去太远的地方。

我前妻曾经想要跟我复婚，被我拒绝了。我还从没想过这事，另外我不知道她是什么意思。但这次，她说我欠她一笔钱，五万块。这不算什么大钱，但也不少了。我说过，我现在经济条件一般，虽然还有几处不动产，但是像约好了一样，几位不同的租客近期纷纷退订了下一年度的房租，我的那些房子一下子空下来了。于是，我的资金来源也终于像被挤干了水的海绵，变得干巴巴的。

前妻说我有字据在她那里，证明我欠她钱。我确实不记得这事了。老唐看出了我的忧虑，他说："我陪你去吧。"

老唐是我去年才交往的一位朋友，他人很好，我们也谈得来。关键还有，他脾气好，你叫他端一盘菜上来，说，盘子不好看，换一个盘子，他是连自己的衣服都换一身重新出现在你面前的那种人。也可能是因为这个原因吧，他至今单身。你看，现在有些女人多势利，脾气好也没有有钱有用。老唐做过电工，现在靠修理家电维生。

我们约好在一个小酒馆见面。我想穿得体面些，但又不想太体面，免得让前妻和她弟弟觉得我过得挺滋润的。车就无所谓了，反正我开的那台车也是二手旧车，老别克，不值多少钱。

老唐是走着去的。前妻和他弟弟怎么去的我不知道，也许是打车。我们在一个叫作"1979"的酒馆见了面。我决心在他们把事情说清楚之前，绝不喝酒。事实上我也没多少酒量。我没老唐能喝。

我们点了三文鱼、炖牛腩、丝瓜、榴莲饼，还有一道菜我叫不起来名字，但我知道前妻爱吃榴莲饼。菜是我点的。

服务员是个比较漂亮的女孩，二十出头，穿着也很大胆。我有心想多看几眼，但是碍于前妻在，我只能故意视而不见。老唐倒无所谓，他不认识我前妻，但他也只比我多看了一眼。

我给老唐和前妻他们分别做了介绍。前妻的弟弟有点魂不守舍，或者说是不可捉摸，眼睛时不时向上翻。他对我点点头，就算是打了招呼。

前妻跟五年前一样，没什么变化，但是说老实话，她似乎更年轻了一些，只不过气色不太好。她穿了一套米色的运动装，跟她有些苍白的脸色过于接近，好在脖颈那里围了一条水蓝色丝巾，显得人总体还算生动。

为了先把一顿美餐吃好，我们似乎都很有默契，大家都没有谈欠款的事。我记得还是老唐先说的第一句话，他在表扬一道菜。

“我觉得你说得有道理。”前妻说。她当时正在品尝那道菜。

“也许主要还是因为食材好。”老唐说，“你知道，有些人间美味，即使用白水煮一下，什么调料也不放，本身就可口之极。”

“你平时做菜吗？”我问。

“会做一点。”老唐说。

我突然想起了什么，说：“我们来点酒吧，喝两瓶啤酒。”

前妻的弟弟最先摇了摇头，他说他近期犯了荨麻疹，一喝酒就皮肤过敏。我断不定前妻是否会同意我的提议，她是一个对生活没什么冒险的人，但是也有例外。她平时不喝酒，但是没来由的也会喝上一杯。此时，她也说不喝吧。剩下老唐，老唐当然不会说自己来喝。

老唐冲前妻的弟弟笑了一下，说：“两人不耍钱，一人不喝酒。这些都是伤感情的事。”

老唐笑得很诚恳。我觉得带老唐来，果然没错。

我喊来那位女服务员，说：“来一杯巧克力圣代吧，给女士的。”

前妻默默地看着我。

在我们共同生活的五年里，前妻应该很幸福，也很辛苦。她在一家校外教育辅导机构里任辅导员，说是辅导员，就是督促学生学习，检查作业完成情况，以及解决一点日常生活问题。她不能讲课，她没有教师资质。因此，她的工资也不多。我经常不回家，或者回家很晚，我说了，我前几年在省城忙业务。我对妻子的照料可能少了点。后来我们很少讲话。我想，我们可能渐渐地不是对对方失望，而是对生活失望吧。我简单回忆了一下，妻子对我经常提出的批评只有这么两件：一是让我吃饭时少跟女服务员搭讪，二是说我对小人物缺乏同情。我不觉得小人物需要我什么同情，每个时代里，人都要向上看，争取更好的平台，同情小人物会给你带来什么？小人物也需要向上挣扎才是。再说了，我也是个小人物。至于“少跟女服务员搭讪”与“对小人物缺乏同情”，这根本就是一对悖论嘛。服务员难道不是小人物？我跟她们搭讪难道说我是在歧视她们？不是我存在悖论，是她，我的前妻。

如果不是我对经济萧条越来越感到压抑，我是不会回到父母和前妻所在的县城的。也就是说，他们未必想见就能见到我。

这顿饭很快就要吃完了。在让服务员端上茶水漱口之前，我平静了一下心气，因为下面我知道，要进入谈判的正题了。好在饭吃得还算愉快。但是就在这时候，前妻的手机响了，是她父亲打来的。她的脸色白了一下。她跟弟弟小声耳语了几句，前妻的弟弟也有点着急。

原来，是她母亲突然病重，有些危险。她的父母住在邻县，她和弟弟需要马上回去一趟。

事情来得如此突然，但是我明白，这不是我脱身的理由。那毕竟是我曾经的岳母大人。何况我们的谈判总得进行。我看了一眼老唐，说：“你没事吧？”

老唐说：“我能有什么事。”

“那我们一起去吧。”我对前妻说。

“啊？好啊，”前妻的表情竟然粲然了一下，“如果可能，我们一起顺便去看看那个有过山车的地方。”

你看，我对前妻的内心世界实在是缺乏了解。

车子基本是在匀速行驶。前妻的弟弟是开着车来的。他拉着他姐姐，我拉着老唐。他们走在前头。午后的阳光正烈，阳光固定地照在前车尾部的某处钢板上，一路刺着我眼睛生疼。我几次想超过他们，但是想想又罢了。

“有音乐吗，来点音乐。”老唐说。

他是音乐发烧友，对跟音乐有关的事物懂得很。他连音响设备里哪怕一颗不同的螺丝钉所影响到的音乐质感，都区分得很明白。这方面我有点嫉妒。

“我没有碟片，”我说，“我有收音机。”

我打开了收音机，收音机里正在播世界体育新闻。新闻先是回顾了一下，法国足球队在俄罗斯世界杯决赛中以4:2击败克罗地亚队，这是继1998年之后，时隔20年重新夺冠。接着，新闻里又播报说，朝鲜和韩国决定共同申办2032年夏季奥运会。

“那么久的事，十多年之后呢。”老唐自言自语。

“是啊。”我说。

我们都沉默了一会儿。也许是我们都想起了未来，以及某种不确定性。其实我经常在想的，不是我个人遭际和命运的事，而是我的父母。我的父母已经老了，他们将来有一天不在了，我该怎么办。这个世界只剩我一个人了。老唐看起来比我“乐大派”，他似乎不琢磨以后，只埋头眼前。呃，这也不是什么缺点。有时候为了躲避后面的车辆，我向右看一眼后视镜，会连带瞥到老唐。他头上有一点白发。才四十出头的人，就出现了白发，这让我觉得痛心。老唐有一个妹妹，据说还有一个同父异母的弟弟，只不过弟弟平时不在他身边。有时候凝定的时间久了，我是说老唐，他在老老实实地坐在那里的时候，面部会微微地摇晃，也许是头部。他的头在微微摇晃。我不知道他是出于对生活的紧张还是享受。老唐只谈过一次恋爱，很快就告吹了，所以他至今单身。我不知道他为此做过努力没有，也不知道他究竟睡过女人没有。生活对我们来说都是尝试，尽管你不知道它的结果。看着车窗外天上的白云，一层层的，一切都会好起来吗？我不知道。

收音机里开始了音乐节目。竟然有了音乐，是张德兰的《春光美》。二十世纪八十年代特有的电声伴奏，老唐说这是G调的。总之在音乐如水一般流淌的时候，我和老唐的心情开始好了一点。

话题不知怎么转到了女人身上。我给老唐讲了两个黄色的段子。前面的路突然变窄，我集中精力开车，没看到老唐笑还是没笑。后来又讲到了二十世纪八十年代泛起的黄色歌曲。最后，我让老唐把他车门那边的矿泉水递给我。

老唐说：“那其实就是最早的流行音乐啊。”

我说：“你说什么？”

“流行音乐。”老唐说，“只不过我们之前没听过。”

“之前没有的东西有很多。”我说。

“之前也没有音响。”老唐说。

“没有汽车。”我说。

“没有矿泉水。”老唐说。

"没有世界。"我说。

"没有你。"老唐说。

我俩都哈哈大笑起来，甚至把眼泪都快笑出来了。怎么搞的。

前妻那台车慢慢减速，停在了路边。我以为他们要干什么，比如他们看到了丛林中的野鸡，或想捡一块木头回去做摆件，等了半天，发现前妻和她弟弟站在路边，打开车前盖，呆立着不动。

估计是车抛锚了。

我和老唐只好走下去。"怎么啦？"我问。

前妻的弟弟皱着眉，悻悻地说："妈的。"

"到底怎么啦。"我说。

"车突然给不了油了。"

"你是说没油了？"

"不是，油箱里的油挺满，但是车子突然无法加速了。"

前妻的弟弟边说，边在发动机那里翻弄着。我们走了大概四十公里，还有一百公里。不过天色倒还早着。

我钻进驾驶室，先把空调给关了，然后插入钥匙，试图点火。结果发现，竟然连火都打不起来了。

老唐走过来问我，车里有工具吧？

我没回答。修理家电的人难道也会修理汽车？我打开我那部车的后备箱，拎了一箱工具给他。

"像这种情况，一是点火设施有故障，一是输油有问题。"老唐站在车头卷起袖子，挠了挠头。他一挠头，我发现他的白头发更多了，不过发质很洁净。他在专注思考的时候，前妻水汪汪的眼睛望着他。

老唐弯下腰，在连接到发动机那里的一团高压线里，用钳子夹出其中的一根，然后让前妻的弟弟坐到驾驶室里，重新点火。只几秒钟，老唐就摆了摆手，示意不必了。他看到高压线的线头溅出火花，这说明点火设施没问题。

“嗬呦，你这个家伙。”

老唐又趴在车头那里，检查燃油泵的保险丝是否烧掉了。他拔出一个卡扣，用嘴吹了吹，仔细端详着，发现没问题。就这一会工夫，老唐的衣服就已经蹭满了油。

老唐让前妻的弟弟从前车门下来，再钻进后车门，把后座的座位搬起来。前妻的弟弟非常不解，但也只好照做。倒是前妻显得很配合，她问：“要不要我帮忙？”

“不用。没多少力气。”老唐说。

油泵在后排的座位下面。老唐用螺丝刀撬开油泵的盖子，找到了一条输油管，他发现那条输油管的插头掉了。“也许是当初没插紧，也许是开车被震掉了，”老唐认真地说，“这回试试。”

前妻的弟弟重新坐回驾驶室，他踩着刹车，　扭钥匙，车子“突突突”地发动起来了。在他忙着清理工具的时候，前妻走到老唐面前，两人在交谈着。老唐表情很轻松，他笑了一下。

“橘子”。我似乎只听到了这个发音。橘子。前妻说。也许她说的是别的。

“我们可以上路了吗？”前妻的弟弟说。

车子一前一后，重新出发了。

因为决定走便道，我们没有上高速。很快，沿路能看到许多店子、招牌和散步的行人。季节不用说，这已经是深秋了，有时候，街道边蹲坐的一两条狗，它们的毛被风吹起，波浪般翻卷，像是在水中游泳的姿态。也有那么一两位姑娘，穿着很厚的秋衣，只露出一截白色的脖颈，在橱窗边流连，让人感觉踏实和亲切。收音机开始自动换了一个频道，之前的信号不太好。里面在播一档情感节目，内容大概是，一个小伙子，怎样看待他女友的变心。

我问老唐：“是她变心了吗？”

“谁？”老唐说。

“你的女友。”

“也许。不过——也许不是。”

“你们认识几年了？”

“三个月。”

“那你讲讲吧，我想听听。具体点。”

“我没有恋爱过，”老唐老老实实地说，“我只有那一次，也不知算是不？我也没法讲具体，因为我没有参照。总之就是一个故事吧。”

车子过了街道，奔向郊外，道路明显又变得开阔了。我把档位推到快速。

“但是奇怪的是，我不想弄清楚事情原委。感情的事，不是你拿着钳子，去找到发动机的螺丝，说，问题在这里。”老唐说。

我点了点头。

“就是说，她跟我好了三个月，然后她突然要出国，非常强烈的那种念头。她要我陪她回老家，办一场结婚仪式，给她母亲看，然后我们就各自走掉。”

“这太过分了。”我嘟囔道。

“她母亲当时是癌症晚期，弥留之际了，她不同意她出国。一个女孩子家家，如果非要出国，必须得有丈夫陪她。”

“这故事一点都不新奇。”我说。

“是不新奇。但是对我来说，我是太普通了，我适合普通的事物在我身上发生。新奇的事物，降临不到我头上，我也不试图去了解。”

我摇了摇头。

“你们真的回她老家办了仪式？”

“嗯，甚至也领了结婚证，给她母亲仔细看了。仪式很好，很隆重，她的亲戚和乡邻们都来了。”

“你得到过她吗？”我问。

“没有。”老唐顿了一顿，又问我，“什么意思？”

“这太过分了。”我重复着说。

“她做得很好，她兑现了她给我的诺言，说是等伺候到母亲过世后，她再出国。她母亲不久后便过世了。”

“是啊，”我说，“然后你背负了一个离过婚的男人的名目。”

“我不这么认为。”老唐说，“我结过婚了。”

“再说了，”车子驶过一片树木的时候，老唐说，“这重要吗？”

“你——”其实我想问的是，你爱她吗。但是我打住了，我觉得这是一个愚蠢的问题。

下午四点多钟，我们到达了邻县。我们直奔我前岳母所在的医院病房。万幸的是，就在我们来的途中，她的危险期度过了，一切看起来都那么的好。

我前妻和她的弟弟，分别跟他们的母亲拥抱。我的前岳母躺在床上，看了看她的女儿，又看了看我，什么也没说。但是她的目光里对我有感谢。她说：“我没事。”

“你们怎么吃？”前妻的父亲对我说，“我没时间提前安排晚餐，尤其你还带来了客人，真对不住。”

我看了看前妻。前妻愣了一下神，跟她弟弟交换了一下眼色，对她父亲说：“哦，也好，我们还有别的事要谈。我们去外面吃。”

我们向外走。然后我听到了我前岳母低低的啜泣声。

我们把车子开到了那个有过山车的地方。那其实是一个森林公园。我们把车子停在了公园门口。这地方我几年前跟前妻来过，我们谈恋爱那会儿。

进了公园，我驻足看了一会，老唐递给我一支烟，我俩分别在吸着。这地方，四下里，显见着是有点落寞了，甚至衰败。虽然也还有零星的游客。门口右侧的那个售票亭，是一个木质结构的小房子，黄色的，但是木板上充满了风干的锈迹，里面也没人。看来，这里如今是随便进了。

往里走，有几方椭圆形的、矮矮的水泥花坛，只不过里面没有花，尽是一些黄土，还有草。我们面前是一个喷泉池，水是干的，一些喷柱已经生锈，池子里散落一些孩子们用过的食品袋和一些碎石。远处是一些树，起起伏伏的树。因为是深秋，叶子已经凋落了，几排一层或二层的小楼矗立在那里，虽然也在营业，但是并没有人在门口招徕顾客。

前妻的情绪突然变好了。她迈着轻松的步伐，像个少女。我有一刻看了她一会儿，但也只有一会儿。我想起有一年我出差在外，半夜聊天时无意中说肚子有点饿，她立刻给我所在的城市住所下单一份外卖饺子的事。她是个好人，虽然五年前的婚姻没有使我们走进彼此的内心，甚至越来越陌生，但她确实是个好人。老唐说得对："感情的事，不是你拿着钳子，去找到发动机的螺丝，说，问题在这里。"

突然，我们几乎同时看到了那架过山车。庞大的过山车，像一条龙一样，盘旋凝固在半空，也像是一个酩酊的醉汉一样，瘫倒在那里。它看起来也是多年不再运营了，一处一处的，被遮满了绿色的帆布，一些座位上，和着雨水粘贴着许多落叶。那都是些叫不出名字的落叶。我想，它们都曾经年轻过。

"你坐过吗？"前妻问老唐。我感觉她是怀着对老唐帮助修车的感激，主动跟他说话的。她怕他一个人被冷遇。

"没坐过。"老唐一点都不掩饰他的落伍。

"你想，就是天旋地转的飞升感觉。"前妻说。

“也许它还能再开动起来。”前妻的弟弟说。他拍了拍自己的下巴，低头在装模作样地琢磨着。

我是极其讨厌她这个弟弟。不只现在，就是当初，我也从未喜欢过他。自大，无知，蛮横，他肚子很大，但腿又可笑地很细。长着一双小眼睛。我都觉得前妻跟他是不是真有血缘关系。

前妻拿出手帕，挑了一处干净的座位，垫在上面，然后迈腿坐了上去。她扶着把手，似乎在回忆什么。

能回忆什么呢？确认无误的是，我俩当年确实来过这里，坐过这架过山车。车子像要把我们甩出去，但巨大的离心力又迫使我们挤在一起。我记着我当时买了票之后——那是一张钴蓝色的过山车的票——出于对正在沉浸的爱情的欢喜，我还给那个年轻的售票姑娘分了一个橘子吃。妻子当时激赏了我这个行为，因为她满脸都是笑容。

惊呼和欢笑声回荡着整个山谷。四个人一排的座位，几百米长的过山车，巨大的铁柱支撑起无数同乘的游客，鲜红的甬道宛如红地毯。“嘎嘎”的过山车的碾动声响，似乎还萦绕在我的耳边。

但是我又想起了橘子，以及“橘子”的发音。前妻跟老唐聊天时，是说“橘子”么？他们总共也就聊了五分钟。

“哎，我们该做点正事了。”前妻的弟弟叫嚷着。

我们只好在公园内找了一家西餐店坐下来。西餐店不大，但是结构复杂。我说结构复杂的意思是，这家店子是嵌在一处火车般长长的建筑物里面，它毗邻的其他店子与它相连，并且还有很多似乎是隐秘的通道，彼此出入。我坐在靠窗的位置上，可以隔着简约风格的落地玻璃看到外面，外面大多是平坦的空地，突然出现一处弯转的楼梯，它通到二楼或是哪里，总之视线被窗棂顶部给遮蔽了。这像是故意设计的文化风景一样。

我对所谓的欠款字据非常好奇。也正是出于对自己的自信，我才愿意答应前妻，跟她来到这个有过山车的地方看一看。老唐倒是有点紧张，因为他自以为，他肩上负有的使命太重了。我总是很信任老唐。

我说："说说，我什么时候欠你们五万块钱？"

前妻神色有些不自然，但她也没说什么。她弟弟掏出一张纸，在手里晃了晃，说："喏，你赖不过。"

老唐接过来，递给我看。我匆匆看了一眼，那根本不是欠款字据，而是一封信。我早年写给前妻的一封信。

信的内容帮我回忆起来了。大致是，我们恋爱的某一年，某一天，那时候，我常驻在外地跑业务。我正被一桩重要的业务纠缠，这业务对我，对我们，是不可或缺的。我在给妻子的信里倾诉了这种苦恼和忧虑。事实是，妻子极大地帮助了我，她认真而及时地安慰了我。我在信里说，如果这笔生意做成了，结婚时我一定给你买一只五万块钱的钻戒。

我很羞愧，事情做成了，但结婚时我没买钻戒。我给她买了一只普通的金戒指。也是因为妻子后来说，我们共同生活，你乱买东西也是花我的钱，没必要。

"这个算是字据么？"我笑了一下。

“你说什么？”他弟弟冲我咆哮。

“它代表一种心情而已。”我说。

“你他妈的还好意思说？”

前妻挡了她弟弟一下。不过若真的讲动手，几年前我打不过他，现在他未必打得过我。我知道他弟弟吸毒。离开毒品，风都会把他吹倒。

等到老唐见我把信看完，他才拿去看了一下。他的头又开始无意识地晃动，我没觉得他有帕金森病。

“我们好好讲话。”老唐说。他喝了一口杯子里的柠檬水。

“你觉得呢？”我问前妻。

前妻定定地看看我，又看看窗外。她说：“很耸动的，过山车开始的时候那么剧烈，我忘了它停下来的时候是怎样的，是很慢很慢的么？”

我也记不起来这个了。

“我真的很想再坐一次过山车。”

“就是说，我给你写的信，你当成字据，然后要我们签一份合同，规定限期把这钱还给你们？对吧？”我问。

“当然是。”前妻的弟弟竟然禁不住笑了。

“两万不行么？”我知道在这个事情上，讨价还价会很无聊，但我还是嗫嚅着说，“我的经济有点难。你知道，现在都是不景气。”

我想起我回来时，回到父母所在的县城之前，手下的员工们送我，哭成一片，然后他们也都失业了，各奔东西。

前妻说："我们不谈钱吧。"

我不知道她所说的"我们不谈钱吧"的意思，是不要讨价还价，还是这事一笔抹消？但是谁也没接她的话。

"你写下的是五万，你答应了的。你这个骗子。"前妻的弟弟不依不饶地说。

"那好吧，这事成了。"我突然说。

"成了的意思就是，我照办，三天内我打款。"我接着说。我的内心竟无比平静。但也有一些东西渐渐远去。

我们接下来好好吃饭。老唐和前妻的弟弟还喝了一些酒。席间，大家像一家人一样，还敲着碗筷唱了一些歌。我的内心有些激动，也有些释然。就在大家尽情歌唱的时候，我们听到远处传来"嘭"的一声响。我们谁都没当回事。

等到我们吃完饭，准备要离开的时候，我们吃惊地发现，我停在公园门口的那台车子，被什么物体给重重地撞了。它的轮胎歪了，侧身也被弄瘪了。

"也许是哪个醉鬼司机不小心给干的，然后他开车跑了。"前妻的弟弟说。

我在想接下来怎么办。因为一眼可见，这不是老唐再次能修理的问题。

我们打电话叫来了拖车，对方来了两个小伙子。他们今晚得把它弄回去，明天换轮胎，并且要检查车架有没有变形。

也就是说，今晚走不了了，我们只能住在这里。一处有过山车的地方。

夜里，起风了。我躺在床上独自掖了掖自己的被角，山里的秋总比外部凉许多。我们四个人，每人睡一间房。远处有火车探灯般的光线扫进来，在黑暗中，依次映现出房间的每一处家具和角落。我半天睡不着。大概夜里十点钟，我听到前妻的弟弟出去了，他的脚步就是吸毒者邋遢的脚步。也就是晚饭后，我曾听前妻对我说过，她弟弟在本地有个相好，那他八成是鬼混去了。我接着听到他那台老旧的桑塔纳轿车发动机启动的声音。我们的住处离公园门口很近，我记得他车子发动时的怪响。

前妻抱歉地对我说，是不久前，他弟弟去她那里翻找父母的老相片，无意中翻到了我当年写给她的那封信。他弟弟说："姐，这么大的好事啊，你可吃亏了。"

我记得我当时没有说话。我看了一眼我的前妻，原来她的发间也出现了几丝白发。她对我粲然一笑。但是她努力而调皮地对我说："我知道了，我们都在成长。一切在继续。"

我也记得我们谈判完事后，我私下问老唐，这事怎么办。老唐沉默了半晌，对我说："你该把钱给她。一分不少。"

"为什么？"

老唐看也不再看我。

我一直想问老唐："你俩在我们修车的时候，究竟聊了什么，笑得那么开心？"

但我没问。我问老唐的是："你觉得我很有钱吗？"

老唐说："你记不记得去看她父母，临走时一个细节？"

我说我看到她母亲小声地哭了。

"不，"老唐说，"她母亲小声地哭了……她父亲悄悄地给她擦去眼泪，然后自己也哭了。"

我在临睡前，因为百无聊赖，随手用手机给老唐发了一个动图，动图上写的是"祝你晚安"。那个动图是我亲自用软件制作的，有点小黄色，不过无伤大雅。你知道，男人间有时候分享这个，是良好友谊的象征。我这是第一次给别人发这个。

这一夜，我基本没有睡好，时睡时醒。因为这个奇怪的建筑。我们住在一层，但二层是个回旋的廊道，我总听到头上有人在走。大概夜里快一点钟，朦胧中，我听到住在隔壁的前妻的房门轻微地响了一下，地板上有压低的脚步声。大概三点钟，房门又响了一下，是关门。接着就什么声音都没有了。窗外的很远处，似乎有群鸽在"咕噜噜"地叫，但这是晚上。也许是打雷，要下雨了。

第二天，车子修好了，竟然是晴天。我在去卫生间洗漱的时候，才发现手机里有前妻发给我的信息，是昨天晚上更晚些时候的，在我给老唐发了动图之后，她给我的信息。只不过后来我终于睡着了，没有听到声音。

前妻什么也没说，她只是发给我一个动图。至于动图，就是我发给老唐的那个，一点不差。动图上写的是"祝你晚安"。

上车前，我捂了捂嘴，我忍住没哭。启动马达的时候，我看到前妻跟老唐一起走出来。我转眼看了一眼别处，有一只白鸟正在一座楼中间飞，它像墙皮剥落一般，慢慢地掠过。

我的回忆经常是一堆碎片

［访谈］

小饭：晓威老师好，让我们从这个短篇小说开始。《马桶》这篇小说，构思很奇妙，用第一人称写了一个爱情故事——或许只是爱情的一部分，甚至是令人遗憾的部分。而且于老师还用了一些悬疑的元素。我的第一个问题是，这篇小说的创作起点是在哪里？

于晓威：谢谢小饭兄的提问。我是想写一个跟爱情有关的故事，或者说是爱情的一部分，因为我们看不清它的完整形象。“起点”的意思，如果我理解为构思的起源的话，那它就是马桶本身。近年来我装修自己的房子和工作室，经常会去网上选马桶，有一天看到一个有意思的链接，男人站着用完马桶，该不该将马桶座圈放下？竟引起了无数人的争论和探讨，甚至有人列出了相关的数学公式（从行为学角度来讲，到底是男人掀马桶座圈次数多，还是女人盖马桶座圈次数多）。这是一个问题，每个人可能都会遇到。比如我，回想了一下，也曾跟妻子开玩笑地辩论过这个问题。理论上说，谁去使用，谁就自己图方便好了，如果全依赖男人，男人的辛苦程度将是女人的两倍或四倍之多。但是我女儿当时从旁边说了一句话："你是男人，该多为女人着想。"我想好吧。于是我想写这么一篇小说。

小饭：哈哈，看来还是女儿的话最管用，带有启发性。那么回到"马桶"，我感觉这个意象在小说中可能包含某种至关重要的隐喻，一开始我就是这么认为的，后面我也在思考，这个意象隐含的内容到底是什么？你可以说说吗？

于晓威："马桶"隐含的内容就是男人和女人可能存在的不同的认识事物的方式。另外，我非常喜欢马塞尔·杜尚，他用一只小便器解构了艺术史，我当然也可以用"马桶"作为小说的标题。

小饭：了解了。既然说到杜尚，我看到资料，说于老师在高中时代是专业学习美术的，后来还在鲁迅美术学院进修过。美术方面的学习和创作，对文学写作方面的帮助大不大？比如，你有没有写过以画家为主人公的小说，塑造过一些画家的人物？

于晓威：写作时间太久了，二十年或三十年，需要喘口气歇歇。这就好像当年我们在上海昏暗的房间里，我俩每天打乒乓球的时间可能超过了写作的时间（我多么怀念那个时候的动作和激情啊）。绘画首先能让我歇歇，文字不断使人的思想向内转，而色彩会使人的精神向外宣泄，它们彼此是一个很好的调剂与中和。尤其是现代派绘画，对文学写作的结构、意象、斑驳性的审美会有一些好处。我觉得你也应该尝试着绘画。老实说，它不需要多少基础。它跟写作还不太一样。到目前为止，我没有写过以画家为主人公的小说，就像我至今没有写过以作家为主人公的小说。原因很简单，我一直觉得我熟悉的东西，别人也会厌烦（笑），所以我尽量把笔触伸向其他领域。

小饭：我记得当年咱们在上海的房间，又宽敞又明亮……被你说得我愣了一下。我想你是故意这么说的，但我猜不出你把明亮说成昏暗的原因。要不你坦白一下？而且关于打乒乓球的记忆，我回想起来总是首先沉浸于胜利的喜悦，你则强调了时长。关于记忆，你是怎么安排的？你是否觉得在我们人生中发生的一切变成了记忆，这是一种终极资料性的财富？

于晓威：呃，我也很愣，是我说错了么？也许与北方相比，是上海季节的原因？比如总是闷闷的，湿湿的，雨热同季。也或者是，我们学习和住宿房间朝向的原因？平房，我觉得总是见不到阳光。虽然那时候我们也不小了，但是远没有今天显得如此“断烂朝报”，它还青春。青春在我眼里，总是晦暗不明或者是阴暗的。当然你比我年轻多了，正好小一旬呢，我们同属狗。十七八年前，你属于更年轻。你沉浸于胜利的喜悦是对的，但我确实更多记住的是你凌厉的身影、憨厚却带坏笑的表情，以及你在发球时隐藏在眼神背后的明亮的沉思。那时候我会想，我们终有一天会大江南北，天各一方，再也不会如此集中地在一起从早到晚地打乒乓球。我对回忆没有整体性，是一些碎片和局部，但这种回忆不仅对文学是一笔宝贵财富，它对人生也是。就像今天，付出多少也换不来了。

小饭：尽管不积极，但怀旧肯定是人生幸福事，我是这么认为的。几年前有人说你至今还在用纸笔创作。现在恐怕不会了吧？用纸笔创作和用电脑写作，这个话题也许有点老旧了，不过我还是很想听听于老师你的经验之谈。它们之间的区别在哪？

于晓威：我愿意真诚地说老实话，哪怕被朋友们骂我装。首先是怀旧和习惯。前几天恰好还有一位朋友聊起来我当年的写作，那个年代没有电脑，没有复印机，你只能手写。投稿往往超重，我省吃俭用，连邮票都舍不得买，但是还是得写作，得投稿。慢慢地，就习惯并喜欢纸上被钢笔磨出的沙沙声，觉得它似乎有一种潜在的力量，也训练了你的韧劲。后来，浸淫文学之间太久了，就一直保存了那种敬畏的初心，不想改变，尤其是，四十岁左右读了《庄子》，里面讲一件事情：子贡南游，遇一农人浇菜畦时，“凿隧而入井，抱瓮而出灌”，于是问他，何不使用机械，那会轻松省力得多。农人回答：“有机械者必有机事，有机事者必有机心。”这使我更加明白了一个道理，文学本来就是使人“返璞”与“怀真”的事业，太科技太便捷了，会使人泯灭某种“钝性”，而在我看来，这种“钝性”也许是最宝贵的。电脑写作会更便捷，而手写更是漫步和享受。我相信很多人还是愿意在纸上写字的，比如书法，那么多人愿意写书法和练书法，大概不都是奢望为了能卖钱。当然，我的以上想法，只是为自己用纸笔创作来辩解而已，不代表什么普遍的道理，更无意于得罪他人。事实是，近几年如果有特别着急要的稿子，我也会用电脑直接去写。

小饭：那这篇《马桶》是用电脑写的还是用纸笔写的？我猜测是电脑。

于晓威：你总是那么狡黠。跟聪明人交朋友，会让我每每感觉眼前一亮。

小饭：于老师这么说我都快没办法接话了。我想接着问与此相关的问题，你曾经说“手写首先有助于不写废话”——这也是我看到有趣的说法。在文学作品中，废话通常是必要的——从某种角度上来说，修辞都是一种废话，说得好听就是闲笔。于老师喜欢什么样的废话，又会避免自己写下什么样的废话？

于晓威：哈哈，有趣的问题！小饭兄机智，在给我设圈套（笑）。我觉得，假设我们承认电脑写作更便捷、手写就比较辛劳的话，在这个生物性的辛劳中，你潜意识会让自己写得更俭省，更凝练，更少废话。同时，在纸上修改会涂抹句子，它们会留下痕迹，这种痕迹会直观性地在纸上呈现一种对比——你的目光由此不断推敲，它们究竟修改得好不好、对不对？尤其是，当一个句子或一个词，被你改变或涂抹了三遍以上。而电脑的修改就会直接消除句子，不存在直观的对比。在我看来，前辈作家说的这种做法仍旧是对的："写完后至少看两遍，竭力将可有可无的字、句、段删去"。如果从修辞学角度来讲，那种类似闲笔的废话，那种不仅为叙事服务，更是为叙述本身服务，或者干脆是出于某种策略和充满智性与张力的废话，恰是我所喜欢的，因为它们是内容的一部分。

小饭：于老师用了很多专业术语，这段感觉你是一个搞学术的。我也听到和看到有人说你是"对存在和生命的思考者"，那么于老师平时关注哲学方面的书籍吗？在一些终极问题上，于你而言，时间是什么？生命又是什么？

于晓威：我确实喜欢读哲学书籍。于我而言，时间是我再也回不到过去的一种刻度，生命是我尚能感知友情、亲情、爱情的一种容器。

小饭：嗯，爱情是什么呢？你寄希望于读者在自己的作品中更全面地了解爱情吗？比如我，我在《马桶》这篇小说里，看到了你对爱情——尤其是在物质生活影响下的爱情——的失望。我期待于老师对我的纠正和反驳。

于晓威：只要人类还没有灭绝，对爱情的了解就没有全面和终结。后一个问题，我既想反驳你，又坚决捍卫你。

小饭：众所周知，我们都是爱情的结晶，按照某种传统的说法。但是在于老师的说法里，我感觉人类的存在才是爱情的前提。我们通常意义上的爱情也确实应该发生在人和人之间。那你觉得，是先有人类，还是先有爱情？

于晓威：上帝创造人类的初衷，我猜是让他们相爱。跟"先有鸡还是先有蛋"这个命题不同，这是人。唯一的人类，不是其他物种。

小饭：那你有没有担心过人类的未来？比如说有没有担心过人工智能的发展被有些人定义为“过分发展”？很多人认为人工智能即将代替包括作家在内很多文化行业的工作，你怎么想这个问题？

于晓威：二十世纪八十年代末，我十八九岁的时候，受荣格、池田大作以及罗马俱乐部等世界人文主义著作和研究的影响，担心过人类的未来发展。后来，明白了人类经济活动的规律、世界各国社会发展的内驱，还有人性自身的缺点等，我不再担心这个问题，或者说，我们担心也没有用了。十多年以前，我注意到我们传统的社会发展领域不再使用“增长”这个概念了，开始使用“发展”的概念，可能我们也知道，“增长”是有极限的。我为此乐观了一阵。但是总的来说，世界还是在竞相喧腾，竞相发展，这个趋势没有变，也变不了。所以，我现在不再担心这个问题了，我宁愿相信一切事物都有它内部的自洽法则。

人工智能会否取代包括作家在内很多文化行业的工作，你这个问题提得好，我得仔细说说我的认识。首先这里有两个方面需要厘清：一个是“行业”与“事业”的区分，另一个是文化领域内部的精英文化和大众文化（或泛文化）的区分。人工智能会对行业性工作造成冲击（其实我觉得也不叫冲击，它是一种充实和发展），因为人工智能的核心是信息和算法，因此它对某些机械性、技术性、社会程序性领域的事物产生重要影响，但对事业性、非机械性、非程序性的事物不会产生多少冲击。另外，就文化领域而言，文学创作属于精英文化的一部分，属于心灵事业，属于极端个体化的作业，而非集体化和协作化，我不认为它会对真正的文学创作和作品产生冲击，但它可能会对大众文化与泛文化产品形成影响，比如，当初电脑喷印以及数字字库的出现，对美术中的流行广告产生影响，使很多会写美术字的行业画家变得无事可干。那么未来，就艺术来说，人工智能可能继续会对音乐里的某些创作，尤其是电声编程，以及视觉艺术中部分的流行性美术创作产生影响，对视觉文案和办公文案等产生影响，甚至对某些具有非排他性质的摄影、篆刻、雕塑等产生影响，但对真正的文学创作不会产生多大影响。因为文学创作，它首先是语言的艺术，文字这里面包含每个人独特的生命的基因和密码，那么，这也就回到了什么是文学，尤其什么是小说——这个艺术本身的命题：只有一种情况会使人工智能对小说带来冲击，那就是，小说仅仅专注于故事和情节的设计。从理论上来说，因为信息和算法，人工智能会给你任意组合与提供几千万，甚至几百亿种情节和故事，如果小说的宗旨就是讲故事，那么小说自身就要陷于末路，这个甚至不需要人工智能来消灭小说，小说自己就会消灭小说。但是文学创作中的语言，小说的独特叙述，人工智能就消灭不了。举个简单例子，文学创作中的留白，欲说还休，张力与默契，这些极具个体化、非线性化的叙述本身的特征，包括它们与作品整体内容以及思想的互动，勾连，乃至浑然天成，人工智能太难做到了。说爱你是容易的，跟你调情也是可能的，但是男女间眉目传情、心照不宣的眼神互动，人工智能怎么能做到？这些都是心灵的事，是文学的事。

小饭：你的作品中确实有很多“哲思”——有不少评论都这么写。也有人说过度的哲学阅读和思考，有时候反而会影响创作的生动，你有没有这样的感觉？

于晓威：也许是敝帚自珍，也许是习焉不察，我的创作肯定存在这样或那样的问题。但是我想说，这不是“过度的哲学阅读和思考”所导致的流弊——如果我存在以上问题的话。对人文学科的从事者来说，我觉得，多多阅读哲学是应该的，而对创作来说，就仿佛是“道”与“器”之间的关系，我宁愿说在器物层面、技术层面，我存在不足，这是我的能力不逮，但对“道”的需求，我远远不够。

小饭：那你以后会考虑会写一些社会科学方面乃至思想伦理方面的作品吗？据我所知，有不少小说家，尤其是在高校任教的作家会尝试，而且取得了一些成绩。

于晓威：我取得不了什么成绩，暂时也不想写。但我确实一直想写本小册子，跟社会的、审美的、人伦的思想碎片有关，比如卢梭的《一个孤独漫步者的遐想》，但是比那亲切和好玩，或者说比那浅薄很多也行；或者是像梭罗早年写过的那些小册子一样。我只是想记录我想到的，或者我应该想到的东西。这跟其他人无关。何况小饭兄，你是华东师大哲学系毕业的，你比我睿智，你不要弄得我很不好意思（笑）。

小饭：在大学里我成绩不算好，睿智更谈不上。如果在你笔下，我大概更多的是《马桶》这个小说里那个韩国友人的形象——做提问者的我原本不该说这些，但说完这些我有了新的问题：你写过你身边的朋友吗？在这方面你会不会有某种道德的自律？

于晓威：像你所感受到的，我可能记忆欠佳，我的回忆经常是一堆碎片，因此，在小说里完整地写一下身边的朋友，不仅非我所愿，我也很难达到。身边的朋友，他们的经历碎片或思想，会对我小说产生一些启发或影响，这个不消说。因为我不会完整照搬生活里的某一个人，很多是出于想象，更不会把某人写成恶棍，因此我较少会存在道德的影响。

小饭：关于文学，于老师的最高追求是什么？有没有想过自己最终会成为什么样的作家？希望自己更接近于哪几位作家达成的作品成就？在这么多年来的学习和创作中，是哪些作家会让你觉得不能停止这一切？

于晓威：我对文学其实没有什么追求，能尽量写点，并且在写作过程和实践中，能够不断遇到有趣的事和有趣的人，能够学到未知的东西，能够体验到友情（比如《马桶》这篇小说被朋友催、这篇访谈被朋友下功夫在做，我从中都会感受到被信任的感动和快乐），就够了。“有没有想过自己最终会成为什么样的作家？”我想就是这样，有一天写不动的时候，有人偶尔会想起来，咦，这厮写不动了，但做人还够格。我敬仰一切值得我尊敬的作家。在这么多年来的学习和创作中，海明威、加缪和卡佛等作家，让我觉得不能停止这一切。

小饭：我确实不应该直截了当地问一个作家你的追求是什么，这会搞得大家都很尴尬。但在你的回答里，你依然说出了你所尊重的前辈作家的名字。举个例子，海明威。大部分现代作家都没机会和海明威一样生活在那个跳动的年代。这个时代，可以被"采风"，可以用来被感受的东西，跟那时候或许是没法比的。作为作家，你会因此遗憾吗？那这个时代的作家们有没有相比海明威——只是举个例子——更有一些所谓的创作优势的地方？

于晓威：每一个时代都有它的遗憾。但是我们都喜欢一个开放的时代这是没错的。至于"采风"，《诗经》就是采风所得。朱朝瑛说："以一国之事系一人之本谓之风，言天下之事形四方之风谓之雅。""采风"本身没问题，我记得略萨和毛姆也说过同样的意思，他们想去占有局部的、待了解的生活时，往往也是临时地、短暂性地去了解一下，也或者干脆就是在某个陌生的城市街头坐一会，抽根烟观察一下行人，仅此而已。关键是，采风的内容恰好与作家的兴趣相一致，并能出现真正的好作品，这往往需要缘分。海明威是自杀而死的，杰克·伦敦、川端康成、芥川龙之介、伍尔芙、茨威格……许多外国作家都是自杀而死的，这是他们的时代的不幸吗？如果这个理解成立的话，那么好吧，那我们很幸福，我们活得都还好，这是我们的创作优势。

小饭：我差点就信了你的这番话——就当我信了也行。

那还有一个相对严肃的问题：于老师您觉得自己作为一个写作者，有没有某种自以为的天赋，让你在这个领域，有信心继续下去？也不会担心自己是一位西西弗斯。拜托，请不要再过于谦虚和搪塞我这个问题了。

于晓威：作为一个写作者，快三十年，至今还热爱阅读，思考，热爱文字，而且又那么敏感，我觉得这是上帝派定的事。命定的事，你说是天赋那我接受。从这个角度来说，我愿意继续走下去。我二十年前比三十年前写得好，我现在比二十年前写得好，那我就知道，我不会成为西西弗斯。这就够了。我一旦觉得我可能在重复自己做一件事，那我就改去做别的。万幸现在还没有这个感觉。

小饭：我知道于老师也做编辑工作，什么样的作品会让你，作为一个编辑，同时作为一个作者，击节赞赏？这些年更多的是被作者们“激励”，还是会因为大量的阅读来稿而产生些许的厌倦？

于晓威：既深刻又有趣、既新鲜又亲切、既机智又冷峻、既生动又朴实、既人性又高傲的作品——我羡慕和懊恼我竟然没写出这么好的作品——它们令我击节赞赏，同时，一个错别字也没有，这样的认真也令我感到舒服和折服。从概率和经验意义来讲，刊物发表的作品数量肯定大大少于你读稿的数量，写得好的远比写得平庸的要少，因此，说老实话，我经常会产生厌倦。

小饭：这些年来，你对文学和写作，最大的“改观”——文学上观念的改变——有没有？有的话是什么？如果没有的话，那么文学观念是在何时在你身上固定下来的？

于晓威：有。我对文学观念的改变，更多不是来自文学内部，而是来自个体生命所体验到的外部。这个观念的改变就是，我年轻时的许多认知，是不真实的。

小饭：这个我必须让于老师展开说说。在可以被描述的地方，是谁曾经欺骗了你，蒙蔽了你？你又是何时何地“觉醒”的？这种“觉醒”之后，给你的人生带来了什么样的变化？

于晓威：在可以被描述的地方，它就不是来自个例，而是一个混沌的集合的概念。这似乎是一个悖论。但任何发自个体的蒙蔽都不足以引起伤痕或觉醒，因为这不值得。比如说，旧年代里的一个小脚女人，她只是被她丈夫约束裹脚与缠足，后来又放开，这不构成觉醒。但是，只有一种情况，当社会认可裹脚是一种美，一种时尚，又当社会习俗或规约变了，以放开手脚为美的时候，这个个体的裹脚女人的觉醒，才会是痛彻心扉的。这种觉醒就是悔恨一生。

小饭：最后一个问题了。在生活中，你会对什么产生恐惧？比如时间，比如某种社会认知。如何克服那种恐惧？

于晓威：我对时间没有过多恐惧，尽管也心有戚戚，但也只不过尔尔。对未来的不确定性，或者你所说的对某种社会认知，可能会有担忧和恐惧。克服那种恐惧的办法就是，你得仔细和更多地找到那些同样恐惧的人，并与他们一起前行。

图书在版编目（CIP）数据

于晓威作品精选集 / 于晓威著. -- 南宁：广西民族出版社，2024. 10. --（全国少数民族文学创作骏马奖获奖作家作品精选集 / 东西主编）. -- ISBN 978-7-5363-7842-1

I. I247. 7

中国国家版本馆CIP数据核字第20248PG263号

全国少数民族文学创作骏马奖获奖作家作品精选集

于晓威作品精选集

YU XIAOWEI ZUOPIN JINGXUANJI

东西　主编

出 版 人：石朝雄
项目统筹：吴柏强
项目协调：白　煜　吴桐言
责任编辑：李巧灵　韦秀美　宾伟贤
装帧设计：张文昕
责任校对：吴　艳
责任印制：梁海彪　张东杰
出版发行：广西民族出版社
地址：广西南宁市青秀区桂春路3号　　邮编：530028
电话：0771-5523216　　传真：0771-5523225
电子邮箱：bws@gxmzbook.com
印　　刷：广西民族印刷包装集团有限公司
规　　格：889毫米×1194毫米　1/32
印　　张：10.25
字　　数：210千字
版　　次：2024年10月第1版
印　　次：2024年10月第1次印刷
书　　号：ISBN 978-7-5363-7842-1
定　　价：58.00元